書下ろし

内閣裏官房

安達 瑶

祥伝社文庫

目次

第一章　官邸お庭番

朝の十時。

私は、指示されたとおり地下鉄の溜池山王《ためいけさんのう》駅で地上に出て、目印のコンビニを探した。

急な転属命令で、訳《わけ》が判《わか》らないまま駐屯地《ちゅうとんち》の宿舎を追い出された。命令には従わなければならない。それが嫌なら辞めるしかない。しかし、今は辞めたくない。これまでに何度か居場所をなくしてきた私には、これが背水《はいすい》の陣《じん》なのだ。

こんな都心には慣れていないので、似たようなビルばかりが建っているようにしか見えない。でも、なんとか、指定された建物を探し当てた。そこは一階にコンビニが入った、何の変哲も無い、普通の小さなビルだった。

指定されたのは二階の二〇一号室。オフィス名も何も出ていないので、私は戸惑《とまど》った。しかし、番地やビルの名前、部屋番号は合っている。何度も確かめて、ドアを開けた。

ドアを開けるなり、慌《あわ》ただしい様子の室内が目に飛び込んできた。スーツ姿の男が書類をカバンに詰め込みながら「これから出ます」と早口で通話をしている。もう一人はせわしなく何かを食べている。

「あの、失礼致します。ここは、『内閣官房副長官室』ですよね？　自分は……」

私は、デスクで慌ただしく書類を掻《か》き集めている中年の男に話しかけた。年齢からして、この人が一番偉いだろうと当たりをつけたのだ。

若い頃はかなりのイケメンだった感じの、渋くていかにもアタマが切れそうな、スーツ姿がビシリと決まったカッコいい中年だ。

「自分は、今日この時間にここに来るように言われた上白河《かみしらかわ》……」

手持ちのバッグから紹介状を取り出そうとしたところで、あっさり遮《さえぎ》られた。

「ああ、そういうのはあとあと。おい、行くぞ！　あ、君も、ちょっとついてきて！」

「え？　自分でありますか？」

「そうだよ！　いいから、ついてきて！」

カバンを持って外に出ようとしている渋い中年おじさんは、自分の席でガツガツとサンドウィッチを口に押し込んでいる別の中年おじさんに「おい、行くぞ！」と急《せ》かすように声をかけた。どうもこの人が、ここのボスらしい。

ボスに急かされた中年おじさんは食べかけのサンドウィッチをコンビニ袋に戻して机の引き出しに放り込み、名残惜《なごりお》しそうに立ち上がった。どうやら二人とも、つまりこのオフィスにいる全員が、これから出かける様子だ。

「ほら！　君も行くぞ！　もう辞令は出てるんだろ？」

「は、はい」

私は訳も判らないままにカバンを持ったおじさんのペースに飲み込まれたが、その時、この人が後押しする感じで私の背中に手を添えてきた。いや、背中というより腰、どちらかというとヒップぎりぎりの線にその手が触れたので、私は反射的にその手をぴしゃり、と叩《たた》いてしまった。しまった、またやらかした……と思った時には遅かった。

「お？」

まったく何の悪気もないような顔をして、叩かれたおじさんは驚いている。

「ん？」

「あ、あの、こ、これ、セクハラですから」

やってしまったものは仕方がない。転属早々またクビか、とガックリしながら、それでも私は震える声で言った。

「ああ、これは失敬」

意外にも素直に謝罪されて、私は死ぬほど驚いた。

「すまん。君は女性だったね。若い女性の腰に手を回すなんて、立派なセクハラだよね。いかんいかん。常日頃、注意してはいるんだが」

一体、どうなっているのか。ここは私が今まで居た場所とは、どうやら全然違うところのようだ。

おじさんは、今までこの部署には女性がいなかったから、などと、ブツブツと謝罪のような言い訳のようなことを言いながら、階段を駆けおりてゆく。私も後に続いた。

二階にあるオフィスから階下におりた私たちは、ちょうどビルの前に停《と》まったワンボックスカーに乗り込んだ。

運転席には若い男性が座っている。

助手席には渋い中年おじさん。私と、そしてサンドウィッチを食べかけていたおじさんは後部座席だ。

「判ってるだろうが、これから処理する一件、行く先は警視庁。鴨居崇《かもいたかし》の件」

助手席のおじさんが身体《からだ》をねじり、後ろに向かって話しかけてきた。

「で、紅一点の新人さん、君は……ええと」

「自分は、上白河……上白河レイであります」

私が答えると、おじさんは首を傾《かし》げた。

「ああ、そういう名前だったよね。いかにもやんごとなき風な」

「あ、自分は一般庶民でありますので」

「もちろんそうだろうね。やんごとなさそうなのは名前だけだ」

そう言われても仕方がない。おそらく上司にあたるこの人を、私はさっきひっぱたいてしまったのだ。

「君は今日からウチの配属になったんだよな。ええと、これまでいたのは、自衛隊の……どこから転籍したんだっけ？」

「陸上自衛隊の、習志野《ならしの》駐屯地からであります」

新しい上官……じゃなくてボスは、私をしげしげと見た。

「なるほど。だから君は女の子なのに、自分のことを自分って言って、語尾はアリマス言葉なんだな」

横から声がした。

「大阪では相手のことを自分って言いますがね。自分のことは自分って言わないのに」

サンドウィッチを食べ残したおじさんが言った。よく見ると髪が薄くてギョロ目で痩《や》せている。冴《さ》えない貧乏神みたいだな、と私は思った。

「どうもややっこしくてかなわない」

「自分のことを自分って言うのは警官や自衛官特有の文化だな」

新しいボスは、そう言った。

「しかし今の君は紺《こん》のビジネススーツをきっちり着て、セミロングの髪をゴムでまとめている。普通の新卒新入社員にしか見えない。今日から自分と言わず、私とか言ったらどうだい？」

「それは、命令というか、指示でありますか？」

私の口調がキツかったのだろうか、上司は少しタジタジとした感じになった。

「ああ、いやいや、あくまで要請ですよ。君のような若いコに『自分は』って言われると、妙に緊張しちゃってね。それと、アリマス言葉も変えて欲しいなあ。なんか、怖いのよ」

上司は苦笑した。

「……努力します」

仕方なくそう答えた。

「ところで君、自衛隊ではなにを？　習志野っていうと……パラシュートで降りてくるアレ？」

興味津々《しんしん》な様子で訊《き》いてくる。

「いえ。空挺団《くうていだん》ではありません」

そう返されたボスは、「あっそ」と軽く受けたが、私の横に座っている、風采《ふうさい》の上がらないギョロ目男が、いかにも不愉快そうな、馬鹿にするような調子で言った。

「陸自から来るって聞いてたから、てっきり、もっとゴツい、類人猿《るいじんえん》最強の女が来るのかと思ってたよ」

さすがにムッとしたが、運転している若い人がフォローしてくれた。

「失礼でしょ。しかもそれを言うなら、霊長類《れいちょうるい》最強、ですよ、等々力《とどろき》さん」

ギョロ目男は不満そうだ。

「まあね。霊長類でも類人猿でもどっちでもいいけど、要するにパワー系の人だよね？そういうヒトに、ウチの仕事が簡単に勤《つと》まるとか思ってほしくないんだよね」

私が何よりも不安に思っていることを、言い当てられてしまった。

「……あの、自分、いえ、私は、何にも知らされてないんです。こちらの部署が何をするところか、どんな仕事を与えられるのか、私はどうなるんだろうか、とか、何にも知らなくて」

「まあ、そういうことはおいおいね。オ《O》ン・ザ・ジョ《J》ブ・ト《T》レーニングで行こう。肩の力、抜いてね」

助手席から身体を捻《ひね》って話しかけているボスは、見れば見るほど渋い二枚目ではある。仕事も出来そうだ。それに引き換え、私の横に座っているサンドウィッチ食べ残し男は、本当に冴えない疫病神《やくびょうがみ》みたいだ。初対面の私を類人猿呼ばわりといい、社会性ゼロなんじゃないだろうか。人間関係構築能力に難がある引きこもりのオタクが、そのまんまオトナになってしまった……というのは言い過ぎかもしれないが、ギョロ目なのもちょっと怖い。

渋い中年とホラー風味の中年に比べて、運転している若手はあまり喋《しゃべ》らないので、どういう人かまだ判らない。でも悪い人ではなさそうだし、バックミラーに映る顔立ちは整っている。要するに、私以外は男性三人からなる、この部署のイケメン率は高いと言えるが、最後の一人で台無しだ、と私は内心思った。

「そうそう。陸自だというのに上白河くんはそんなに背も高くないし、ゴツそうにも見えないね」

新しいボスが言った。

「はい。自分、いえ、私は着痩せするタチなので」

髪の薄いギョロ目男がそこでまたも要《い》らんことを言った。

「たしかに『らしく』ないね。てっきり田舎《いなか》の女子高生が社会見学に来たのかと思ったよ」

「それは、どういう意味ですか?」

「だから外見はダサいし、中身もスカスカというか」

「何ですかそれ?」

思わずギョロ目男を睨《にら》みつけてしまった。こういう時、私の目は三白眼《さんぱくがん》になるらしい。生まれ育った福生《ふっさ》でも、ツレからよく指摘された。

「……冗談だよ。怖いな」

ギョロ目男は慌てて弁解した。

「移動の時間を使って……」

新しいボスが「自己紹介しておこう」と言った。そうしてもらうと私も助かる。

「おれはチーフの津島《つしま》。津島健太郎《けんたろう》。警視庁捜査二課から出向中。根がサッカンだけに、『自分』って言う呼称を聞くと妙に構えちゃってね。で、君の隣のオジサンが」

「等々力健作《けんさく》」

ギョロ目貧乏神男はそこで、ごく微《かす》かに顎《あご》を引いた。お辞儀をしたつもりらしい。

「そう。等々力くんはこれでも本籍は外務省で、主要外国語と外国の事情に精通してるインテリさんだ。外大なんだよな？　人は見掛けによらん典型だな」

ギョロ目の等々力は黙って外を見ている。

「しかもパソコンにも詳しい。彼はインターネットが普及する前からパソコン通信にハマっていて、特に画像の扱いにかけてはプロ級だ」

どうせエロ画像を手に入れてモザイクを外すとか顔をすげ替えて加工するとかでしょ、と私は内心ギョロ目男を罵《ののし》った。それが図星であることは後から判明するのだが。

「で、運転してるのが国税庁査察部から来てる石川輝久《いしかわてるひさ》くん。理系で、数字とネットワークにメチャ強い」

石川と言われた男は、前を向いたまま「ヨロシク」と言った。バックミラーに映る顔は若くて凜々《りり》しい感じ。歳は私より少し上か。いかにも勉強が出来そうな、眉目秀麗《びもくしゅうれい》なタイプで、目一杯うしろに下げられたシートの位置からして足は長く、背も高そうだ。

「ウチは男ばかりだから、これからいろいろセクハラとかには気をつけなきゃいかんと思ってるが、君もひとつ、お手柔らかに頼む」

津島と名乗った元イケメン上司の目は優しく笑っている。

「で、我々の上には『室長』がいる。別名・昼行灯《ひるあんどん》。しかし室長はこういう些末《さまつ》な業務にはいちいち出張《でば》ってこない」

津島さんはそう言って頷《うなず》いた。

「なんで昼行灯って呼ばれてるか、興味ない？」

「それはそれで興味はありますが、それよりもあのう……今、これはどういう状況になっているのでしょう？」

私は遠慮しつつ、質問した。

「状況としては、一言でいうと、我々は政治家のバカ息子を身請《みう》けしに行くところだ」

津島さんの言葉に私はびっくりした。

「あの、内閣官房副長官室って、そういう仕事をする部署なんですか？」

「そうだよ」

津島さんはこともなげに言った。

「ウチは、政府ならびに与党の足を引っ張る『案件』を『処理』するために存在している。早い話が、バカどもがくだらない事件を起こして新聞ダネになるのを防ぐんだ。勢い、尻拭《しりぬぐ》い的なヨゴレ仕事が多い。ドブ掃除班と自嘲《じちょう》した先輩もいたし、警察や各省庁においてここは究極の窓際、実質島流しとまで言われたこともある」

「内閣官房副長官室なのに、どうしてコンビニの二階にあるんですか?」

「まあそれは話せば長くなるから、おいおい……」

そう話しているうちに車は桜田門《さくらだもん》の警視庁に到着した。

地下駐車場に入り運転手の石川さんが身分証を見せると、守衛は最敬礼で通してくれた。

私以外の三人が、当たり前のように平然としているのが、私には驚きだった。

車を駐《と》めて、エレベーターで九階に上がった。表示によればこのフロアには、生活安全部少年事件課があるらしい。中は普通のオフィスのように見えるが、奥には別室があって妙に頑丈なドアがついている。取調室なのだろう。

津島さんが身分証を見せて「例の件で」というと、木崎《きざき》というネームプレートをつけて応対した係官が「判りました。少々お待ちを」と頷いて席を立った。私と同じ年くらいで警官の制服を着ているから警察官なんだろうが、きっちり横分けでメタルフレームのメガネをかけている。いかにも役人然とした事務的な対応は、市役所の窓口にいる職員を思わせた。

浮かない顔をしていたせいか、津島さんは「どうした？」と私の背中をポンと叩いた。

「なんか、役所みたいですね」

思った事がつい口に出てしまった。

「はは、こりゃ傑作だ」

津島さんが笑った。

「警察も役所だからね。それを言えば、我々だってそうだぞ。内閣官房なんだから」

少し不思議そうな顔で津島さんは私に訊いた。

「君は警察の対応に何を期待してるの？　まさか、黙って座ってればカツ丼が出て来るみたいなコト、考えてないだろうね？」

「いいえ、もちろん、そんなことはありません」

私は慌てて首を振った。

「なら結構。一応説明すると、我々がガラ受けにきたバカ息子はまだ高校生だ。渋谷《しぶや》のセンター街で大酒を食らって暴れた。店内を滅茶苦茶《めちゃくちゃ》にして数人をぶん殴《なぐ》った。しかも札付きで、これが三度目だ。本来ならお灸《きゅう》をすえるためにこのまま警察に逮捕・勾留《こうりゅう》させるべきところだが、そうもいかん。マスコミのネタにされては面倒なことになる」

なんせ鴨居さんのご子息だからな、と呟《つぶや》く津島さんに、私も、そいつにはよほど偉い父親がいて、しかもその威を借りているイヤなガキなのだろうと事情を理解した。

その時、私たちの背後でドアが開き、中年……と言うには若く見える女性が入ってきた。特に着飾ってはいない。だが着ているスーツは上質で、いかにも金のかかった感じだ。一見、化粧っ気なしに見えるが、手の込んだナチュラルメイク、というやつかもしれない。大きなディオールのサングラスだけがえらく派手で、顔を半分くらい隠している。

「おお、これはこれは鴨居先生の奥様！」

振り返った津島さんが大仰《おおぎょう》に挨拶《あいさつ》した。

「わざわざお運びいただき恐縮です」

「息子なんだから……仕方ないわね」

ワルガキは高校生だとさっき言わなかったか？　高校生の母親にしては、このおばさん、若くないか？　という私の疑問はすぐに氷解した。

「あたくしと血は繋《つな》がってなくても家族には違いないわけですし。鴨居と再婚した時に、覚悟はしていたけれど」

……まさかこれほどとは、と嘆《なげ》く女性が、なるほどワルガキの継母《ままはは》というわけか、と理解した私は、隣にいた等々力さんに小声で訊いてみた。

「あの、鴨居って？」

「副総理にして党の重鎮《じゅうちん》。鴨居派の領袖《りょうしゅう》。とにかくエライ人だ。その人の一人息子が、鴨居崇。十八歳。高校三年生」

そう言いながら私に写真が貼られて名前が書かれた分類カードを見せた等々力さんは、私をしげしげと見た。

「君はホント、なーんにも知らないんだな！　この仕事やるなら毎朝、新聞ぐらい読めよ！　字は読めるんだろ？」

ムッとして「読めますけど？」と返事をした私の声にドスが利《き》きすぎていたのだろう、等々力さんはまた「怖いな」と引いている。

そうこうしていると、小部屋の頑丈なドアが開いた。中からさっきの係官、木崎に連れられて出て来たのは、見るからに生意気そうな少年だ。

Tシャツにジーンズという軽装がかなり汚れているのは、喧嘩《けんか》をしたせいか。しかし少年自身の端正《たんせい》な顔に傷はついていない。

その瞬間、鴨居夫人の絶叫《ぜっきょう》が廊下に響き渡った。

「崇さん！　あなた、何度こういう事をしたら気が済むの！　お父様だって……」

大声で鴨居崇を叱責《しっせき》しかけた鴨居夫人は、そこで言葉を選んだ。

「こんなことが知れたら、どんなにお怒りになるか……」

崇と呼ばれた少年は、継母を無視して私たちをじろり、と睨んだ。

「へえ。また官邸お庭番《にわばん》が出張って来たのかよ。マジ暇なんだな、あんたら」

鴨居夫人が、崇の腕を摑《つか》んだ。

「なんて失礼なことを！　せっかく来ていただいたのに……津島さん、今日は本当にご苦労さまでした。この子は私が連れて帰ります。ではここで」

深々と頭を下げ、不貞腐《ふてくさ》れたままの崇の腕を引いて強引に連れ去ろうとした時、事件は起きた。

崇が継母の手を邪険《じやけん》に振り払ったのだ。

「アンタも災難だよな！　大物政治家を捕まえて玉の輿《こし》で一生安泰《あんたい》、とか思ったら、面倒なクソガキがついてきたんだからな！　どうせオヤジにバレたら困ると思ってるだけだろ。アンタのせいでオレがグレたって、絶対言われるからな！」

崇は継母を振り払った腕を、そのまま係官の木崎に向けて、頬《ほお》を殴った。

鈍《にぶ》い音と同時に木崎のメタルフレームのメガネは飛んでいった。

「なにをするんです！」

役人然としていた木崎も、いきなり殴られて血相が変わった。

「何をするって……お前を殴ってるんだよ」

崇はさらに木崎を三発殴った。

「おれはさあ、オヤジが大物政治家だから、何をしても大丈夫なんだよな！　そうだろ？　そこにいる連中がおれのケツ、ぜんぶ拭いてくれるんだもんな！」

崇とは顔馴染《かおなじ》みらしい津島は、「まあまあ崇くん」と宥《なだ》めにかかった。

「ナニが気に入らなかったのか知らないが、そういう態度は良くないぞ」

「良くないっていいながら、みんなで寄ってたかっておれをカバーするんだよな」

崇は怒りを露《あら》わにした。

「おれじゃないんだよな！　あんたらが大事なのはオヤジだろ！」

「崇さん、やめて！　あなた、自分が何をしてるか、判ってるの？」

「判ってるよ。こいつらはおれには無抵抗なんだ」

そう言いざま、崇は木崎の鳩尾《みぞおち》を殴った。

「ぐ」

木崎は腹を押さえて身体をくの字に曲げたが、周囲は動けない。

「見ろよ！　普通、おれみたいなガキが警官にこんなことしたら、寄ってたかって殴る蹴るされて速攻で逮捕だろ！　なのに……」

「もちろん、君は特別扱いされているよ、崇くん」

津島さんがゆっくり前に出ながら穏《おだ》やかな声で話しかけた。

「お父上が与党の超大物である以上、我々だって君への対応はどうしても慎重になる」

「は？　慎重？　よく言うぜ」

崇は津島さんを鼻で嗤《わら》い、なおも木崎を殴ろうとしたが、さすがに木崎も身構えた。

津島さんがもう一歩前に出た。

「君！　あんまり少年事件課を舐《な》めるなよ。彼らも警察官で逮捕術の訓練を受けてるんだぞ。君が小馬鹿にしてる、この私もだ」

「だからさあ、そう言うなら、おれをきっちり捕まえて裁判にかけて、少年院でも何でもぶち込めばいいだろ！」

崇は顔を歪《ゆが》めた。

「でも、オヤジの手前、それは出来ないよな？　ほんとはおれみたいなクソガキ、ヒネり殺したいとか心の中では思ってるんだろ？」

「崇さん、止めて。帰りましょう。家で静かに反省しましょうね」

鴨居夫人はおろおろしている。

「へっ！　誰がするかよ反省なんか」

そう言い放って大人たちを嘲《あざけ》る崇は、呆然《ぼうぜん》と見ている私に目を止めた。

「ンだよ、お前」

「え？　私？」

「そうだよ。お前みたいな部外者が、なんでここにいるんだよ」

「あの、自分は、いえ私は部外者ではありません。今日から配属された……」

「今日からって、ド素人《しろうと》かよ。ド素人がここに来るんじゃねえよ。おれは見世物《みせもの》じゃねえし。ガキだからって舐めてんじゃねえぞ！」

「舐めてません」

「舐めてんだよ！　お前の存在そのものが！」

その瞬間、このクソガキに対する私のムカつきは頂点に達した。

「ざっけんなよてめえ！」

気がついたら福生のゾク仕込みの罵声《ばせい》が口から出ていた。

「さっきから黙って聞いてりゃ何なんだよ！　いい加減にしろよてめえ！」

ずい、と一歩を踏み出した私を見る崇の表情に恐怖が走った。

瞬間的に身を翻《ひるがえ》したクソガキはそのまま廊下を走り出した。

私も反射的に、逃げる崇を追った。

「このバカ！　待ちなさい！　待て！」

後ろから「オイ君！　追うな！」と津島さんの声がかかったが、私は聞かなかった。

警視庁の職員に体当たりしながら廊下を突っ走る崇を、私は追った。

階段室に出た彼は、階段を駆け上ってゆく。どこまでも駆け上がり続ける。脚力に自信があるんだろう。だけど、私を振り切っても、屋上に出るだけだ。

この先は行き止まり。まさかヘリコプターが待機していて飛んでいくわけでもないだろう。

体力には自信がある私も、ひたすら駆け上がった。

崇は後ろを振り返って、私がついて来ているのに驚きの表情を見せた。

「逃げるな！　こら！」

私の口からはなおも荒っぽい言葉が出る。

崇は虚勢を張ってせせら笑うとさらに階段を駆け上がり……ついに屋上に出てしまった。

地上十八階くらいはありそうな警視庁。だがその屋上は、意外にも普通だった。緊急用のヘリポートはあるが、それ以外は見たところ、どこにでもありそうなビルの屋上だ。

崇は手すりに駆け寄った。

「ちょっと。まさか、飛び降りる気じゃないでしょうね！」

私がそう叫んだので、崇は「あ」と言った。さすがにそこまでは考えていなかったようだが、すぐに余裕を取り戻した。

「どうかな？　飛び降りて欲しければ、そうしてやってもいいんだぜ！」

崇は手すりによじ登る真似《まね》をしてみせた。

「脅《おど》してるつもり？　そういう脅しをかければ、こっちが謝るとでも思ってる？　だけど私は謝らないからね！　誰が謝るもんか！　アンタみたいなワガママなクソガキに！」

怒鳴った私に、崇は目を見開いた。どうやら驚いているようだ。

「アンタ、親がエラいから、再婚したからグレたとか被害者ぶってるけど、結局、『おれかわいそう』に浸《ひた》っていい気になってるだけじゃんよ！　気持ち悪《わり》いんだよ、そういうの」

「な……なに言ってるんだ、あんた。ちょっと可愛《かわい》いからって」

崇は顔を歪めた。笑っているつもりらしい。

「はぁっ？　ちょっとナニ言ってるか判らない」

「だからあんた結構可愛いじゃん。ナニ？　新人アイドルが新しい刑事ドラマの主役をやるんで、その見学とかじゃねえの？」

崇はニヤニヤして言った。

「違うよ！　私は別に可愛くないし、今日から配属されて……」

「だからよ、そんなアイドル顔してドブ掃除班かよって言ってるんだよ！」

言い返そうとしたとき、肩を摑まれた。振り返ると津島さんたちが居た。全員が肩で息をしている。

「九階から十八階まで駆け上がるなよ……こっちはロートルなんだからへろへろだよ」

「エレベーター使えばよかったじゃないですか」

「使いたくても、君らがどの階でフロアに出るか判らないだろ！」

とにかくだ、と津島さんはまず私を落ち着かせようとした。

「なんだかんだ言っても、相手は鴨居先生のご子息なんだ。そして、こういうトラブルを穏便《おんびん》に解決するのが我々の仕事なんだから……彼にバカとか言うんじゃない。後から怒られるのは我々より、まず官房副長官なんだぞ」

「言ってもムダですよ、津島さん。だってこの子は、いきなり現場に連れて来られたトーシローなんだから」

等々力さんが汗びっしょりの顔をくしゃくしゃのハンカチで拭いながら言ったが、その言い分に私はカチンと来た。

「なんですかトーシローって？　あのバカと同じような事を言わないでください。『この子』呼ばわりも失礼ですよ。私が女だからですか？」

私の剣幕に、根が小心らしい等々力さんは目をギョロギョロさせて、「イヤイヤそういうことじゃなくて」と慌てて言い訳しようとしている。

「そんなことより今は、あのバカをナントカするのが先でしょう？」

私は祟を顎で示した。

「だから……彼をバカとか言うんじゃない！」

津島さんが私を窘《たしな》めた。

「お母さんはどうしましたか？」

「困り果てて貧血を起こして医務室に行った」

「ああ、上流階級のご婦人が大仰《おおぎょう》に卒倒《そっとう》する、アレですな？」

等々力さんが少し意地の悪い笑みを浮かべた。本心ではみんな私と同じことを思っているのだ。

「等々力くん。君も、口を慎《つつし》め」

津島さんが等々力さんにもクギを刺した。

「ここは彼をなんとか説得しないと」

「説得ですか？　そんな手間暇かけることないじゃないですか、あんなクソガキに」

私はハッキリと言ってやった。

「君は……可愛い顔して、しかも今日が初日だってのに、ズバズバ言うね。言いすぎるが」

津島さんは呆《あき》れている。

「自分……イヤ私は、根が雑な人間ですから」

私たちがヒソヒソ話しているのに、祟《じ》が焦れてきた。

「おい！　なにをコソコソ話してるんだよ！　狙撃班でも呼ぼうってのか？」

「武器も持ってないのに、君を狙撃する意味がない」

津島さんが言った。ほとほとうんざりした、という口調だ。

「君のお母さんは君を心配して倒れたんだぞ！」

「そんなのはカッコだけだ！　悲劇のヒロインぶってるんだよ」

崇はそう言って、手すりを乗り越えようとした。

「……ったく、死ぬ気もないくせに」

そう思った瞬間、私は許せなくなった。他人に面倒をかけて、自分の値打ちを測ろうとするコイツが、もはや最低のクズとしか思えない。

自然に足が動いた。

「きみ！　やめたまえ！」

またしても津島さんたちの声がしたが、私はもう止まらない。

崇に駆け寄りざま、力ずくでその手を手すりから引き剝《は》がし、思いっきり背負い投げで投げ飛ばした。

ぼて、と音がするほど屋上のコンクリート剝《む》き出しの床に叩きつけられた崇に、私は馬乗りになった。

「いい加減にしろ！　こっちがシタテに出りゃいい気になりやがって、このワガママくそガキ野郎が！」

「うるせえ！」

崇が私にツバを吐きかけたので、手が動いた。反射的に、崇の顔に往復ビンタを浴びせてしまったのだ。それも、二往復。

女に殴られたことがないだろう崇は、平手打ちされたショックで目を見開いたまま硬直してしまった。

「判った判った。君も落ち着け」

飛んできた津島さんが私を彼から引き剥がし、崇は少年事件課の木崎たちに抱き起こされて、エレベーターの方に連れて行かれてしまった。

「聞き分けのないクソガキの頰《ほお》を、てか」

等々力さんが鼻歌を歌って、私をニヤリと見た。

「君はこんな歌、知らないだろうけど」

運転手役だった石川さんは、困った顔をしたまま、先輩たちの陰《かげ》に隠れて、ずっと黙っている。

「おい、アンタ！　覚えてろよ！」

崇が振り返った。顔が腫《は》れて唇《くちびる》から血を流したまま、私に悪態《あくたい》をついた。

「このバカが……」

等々力さんが呟いたが、それは崇に言った言葉なのか、それとも私に向けられたものなのか、等々力さんが私から目を逸《そ》らしてしまったので、判らなかった。

「彼がセンター街で殴った相手五人、および損害を与えたお店とは、すでに示談がまとまっています。これが示談書です」

もとの少年事件課に戻って、津島さんはカバンから六通のクリアファイルを取り出して、木崎に見せた。

「相当、積んだんですよね？」

木崎は書類に目を落としたまま訊いた。

「まあね。それなりの額です」

「それって、当然、鴨居さんの個人のお金ですよね？　まさか国庫からではないんですよね？」

「ええ。我々が一時的に立て替えましたが、夫人が私邸から持ってきましたので」

「彼にも困ったもんだ」

木崎は溜息《ためいき》をついて、津島さんに示談書を返した。

「では、この件は官房副長官室により処理済みということで、これで結構です。こちらの記録にも残さないということで」

「お手数をお掛けしました」

木崎と津島さんは一礼し合い、津島さんが「では」とドアを開けたので、私たちも一緒に廊下に出た。

「やれやれ。君のおかげで、今回はとんだ大捕物になっちまった」

ホッとした顔の津島さんは、私を見てボヤいた。

「我々はただ、あの子の身請けに来ただけなんだけどな」

エレベーターに向かって歩き出した津島さんは腕時計を見た。

「ちょっと早いが、メシにするか」

等々力さんと石川さんはともかく、津島さんはまったく何事もなかったふうなので、私は、不思議に感じた。最初は、ああいう生意気なクソガキは痛い目に遭《あ》わせてやらなきゃ判らないと思っていたのだけれど……。じわじわと申し訳なさが募《つの》ってきた。それと同時に、どうしてここまで私に寛容《かんよう》なのだろうという疑問、そして不審の念が湧《わ》いてきた。これにはなにか、ウラがあるのではないか？

「君、なんか言いたいことがあるんだろ？　あんなチンケなワガママなガキ相手に、どうして全員で来なきゃならないのかって？」

そういう疑問だけではないのだが、津島さんは言葉を続けた。

「まあねえ、全員が雁首揃《がんくびそろ》えて出向いて来る必要なんかない。それはまあその通りなんだが、相手がお偉いさんの場合、こっちも最大限配慮してますよってところを、見せなきゃならないのさ。要するに、宮仕《みやづか》えのパフォーマンスだ」

津島さんはそう言って苦笑した。

「まさか奥様が見えるとは思ってなかったんで、いったんウチにボクちゃんを連れ帰って、そこそこ説教しようと思ったし、連れ帰る道中で逃げられても困るんでオールスターで来たってこともある。結果的にまあ、こういう事になっちまったけど」

津島さんはエレベーターの前で立ち止まった。

「あの、私……」

私は津島さんに向かって頭を下げた。九十度ペコリと、深々と腰を折った。

「あの、私、何も知らないくせに、自分勝手な判断で、鴨居崇さんに手を出してしまいました。本当に、申し訳《しま》ありません！」

ここも、これでお終いだと思った。どうせ習志野での私の行状も、そのまんま伝わっているに違いない。ここでもまたクビになってしまうのだろう。だがそれも自業自得《じごうじとく》だ。

……私は、生まれ育った地元の福生では結構ツッパっていた。何度も問題を起こして、警察のお世話になっている。言い訳をするつもりはないが私なりの筋を通した、その結果だ。付き合った相手が悪かった、ということもある。その男、最低の糞《くそ》野郎については、もはや思い出したくもない。

だが地元の警察に捕まったときの刑事さんが、とてもいい人だった。私の言い分を聞き、審判でも私に有利な証言をしてくれた。保護観察で収まったのはその刑事さんのおかげだ。その後もずっと気に掛けてくれて、自衛隊を私に勧《すす》めてくれたのも、その刑事さんだった。

自衛隊は私に向いていた。順調に訓練をこなし、階梯《かいてい》を上ることができた。だが、最後の最後でつまずいた。選抜されて配属された先に、女と見れば敵視し、馬鹿にしてかかるどうしようもない男がいたのだ。私もずいぶん我慢したけれど、ある日、ついに限界が来て、その先輩に徹底的に反撃してしまった。

謹慎《きんしん》処分を受けた私に自衛隊の中の警察、警務官の取り調べが待っていた。当然クビになると思っていた。ところが、取り調べが始まる前に突然の転属命令が下ったのだ。

地元の友達には「自衛隊で頑張《がんば》ってくる」と言い、お世話になった刑事さんには「自衛隊で昇進して恩返しします」と約束したのに……。

地元に帰れば、友達は温かく迎えてくれるだろう。でも結局、二度も失敗して、尻尾《しっぽ》を巻いて逃げ帰る形になるのだ。どうにも合わせる顔がない。

しかし……社会人として、ここはケジメをつけるべきだ。

私は頭を上げ、思い切って言った。

「済みませんでした！　短い間でしたが、ありがとうございました！」

「え？」

津島さんは驚いている。

「ずっと黙って何か考え込んでると思ったら……この子、ナニ言ってるの？」

「さあ？」

よそよそしい等々力さんの声もしたので、私はおそるおそる声の方を見た。

「君、辞めたいの？　あれは自爆って事？」

　不思議そうな顔をしている津島さんに、私はおずおずと言った。

「自分は……私は……辞めたくないです。習志野でもやらかして、ここでも転属早々、いきなりしくじって……だけど、これでクビになったら私、もう、なんというか、人間としてダメというか、マトモに生きていけないというか……」

「……あのさ、誰が君をクビにすると言ったんだ？」

　津島さんは妙に優しい声で訊いてくれた。

「いえ……しかし、あのクソガキ、いえ彼はその、とてもエラい人の息子さんだし、みなさんそれで凄《すご》く気を遣《つか》っておられたのに、私が、あんな乱暴な口を利《き》いて、おまけに殴ったりまでしてしまって」

「まあ、それはいいんじゃないの」

　等々力さんが無表情なまま言った。

「我々がやるとマズかったかもしれないけど、やったのは君なんだから、別にいいんじゃないの？　つまりあれが君の個性というかキャラでしょ。私は全然感心しないし、全く同意できないけど、責任を問われる立場の津島さんがいいと言うんだから」

「え？　あの、それは……」

　厳罰が下るというか、相当の叱責を受けると覚悟していた私は、この成り行きに戸惑った。

「それは、私だから許されるって意味に聞こえたんですが」

「だから私はそういうことだと思ってる」

等々力さんは仏頂面《ぶっちょうづら》でそう言った。

「要するに、無知でバカっぽい女の子はトクだって事だよ」

「それ、私をバカにしてますよね？」

「そう聞こえた？　まあ敢《あ》えて否定する必要もないけど」

なぜ許してもらえるのか？　ますます判らなくなってしまったが、一つハッキリしているのは、津島さんは私を庇《かば》おうとしてるけど、この等々力さんは私を見下しているということだ。

しかし……この「内閣官房副長官室」で、私はこれから何をすればいいのだろう？　こんなに無知でバカっぽい私が……。等々力さんにバカにされても、否定できないのが辛《つら》い。

「まあいい機会だから、この際いろいろ話しとこう」

津島さんはそう言って腕時計を見た。

「取りあえずメシにしよう。警視庁の食堂は安くて、そこそこ美味《うま》いんだぜ」

エレベーターに乗り込むと、津島さんは地下一階のボタンを押した。

「鴨居崇は我々のことを『官邸お庭番』と言ったが」

席について水を飲んだ津島さんは、そこから話を始めた。

「それ……そこです。私、一体何のことかと思って」

津島さんは私を見て頷いた。

「御庭番とは、江戸幕府にあった組織だ。将軍から直接の命令を受けて、秘密裡《ひみつり》に諜報《ちょうほう》活動を行っていた隠密《おんみつ》の別称だな。時代劇とかに出て来るだろ?」

津島さんは私を見て、「知ってる?」と確認するように訊いた。

「この子に訊いてもムダですよ。なーんにも知らないいんだから」

横から等々力さんが茶化《ちゃか》すように言ったが、私は無視した。

「隠密とは言っても、忍者みたいな活動をしたり幕府に反抗する者をバッタバッタ斬《き》り殺したりしたわけではない。実際には時々の命令を受けて、江戸市中の情報を将軍に報告したり、身分を隠して地方に赴《おもむ》いて、情勢を調べた程度だったらしい。まあ今で言う調査員だな」

運ばれてきたカレーライスを一口食べた津島さんは、話を続けた。もともと話し好きなのだろう。

「だが、我々の活動や権限をよく知らない者は、時代劇のそれを連想する。我々は一応、法に則《のっと》って動いているのだから全然違うのだが、こういう悪口・陰口はなんにでもついて回る。まあ仕方がないかと」

　等々力さんも補足する。

「鴨居崇は、どうせ彼の周囲が我々のことを陰で『お庭番』と呼んでいるのを聞きかじっただけだろう。子どもの戯《ざ》れ言《ごと》にいちいち付き合ってはいられないよ」

　それに、と等々力さんが続けた。

「警察にも自衛隊にも内部の不正を摘発する『監察』があるだろ？　民間の会社にも、内部の人間が不正をしないように、不正を見つけたらそれを正す部署がある。政府にも当然ある。それが『内閣官房副長官室』。ウチだ。『官邸お庭番』と呼ばれても、お門違《かどちが》いじゃあないよな」

　津島さんもカレーライスのスプーンを止めて、言った。

「政府にも我々のような仕事が必要だ。政府は政治家と官僚の集合体だ。国の運営と密接に関わっている。不祥事やスキャンダルがあったとしても、機械的に単純にイジるのはマズい。しかも政治家は選挙に落ちたらタダの人だし、官僚だって日々苛酷《かこく》な出世競争に晒《さら》されている。簡単に尻尾は摑ませないよ。そんな連中を扱う以上、決定的証拠を摑むまでは下手に動けない。かと言って時間をかけすぎて野党やマスコミに嗅《か》ぎつけられ、大騒ぎになってしまったら元も子もない。ナイナイに、且《か》つなるべく穏便に迅速《じんそく》に処理して、場合によっては自《みずか》ら辞職させるとか、長期入院させるとかして、政局に響かないようにしなければならない。非常に厄介《やっかい》なワリに、全然評価もされない仕事なんだ」

それにさ、と等々力さんもラーメンを食べる箸《はし》を止めて口を挟んだ。

「さっきもあのドラ息子が、『尻拭い』とか言ってたろ。まあそういう汚物処理みたいなドブさらい部署だと侮蔑《ぶべつ》するヤツもいるってことだ。誰も『内閣官房副長官室』なんて呼ばない。それどころか、こういう組織があること自体、そもそも知られていない。何故《なぜ》なら、表向き発表されている内閣府の組織図には書かれていないからだ」

「どうしてですか？」

マズくはないが特に美味《おい》しくもない職員食堂の親子丼を食べながら、私は素直に訊いた。

すると男性三人は「それは……何というか」と、言葉を選んだ。

「一度は廃止された部署だからです。いや、正確には、廃止されかけた、と言うべきですね」

これまでずっと黙ってオムライスを食べていた石川さんが口を開いた。

「まあ、ウチのイワク因縁故事来歴《いんねんこじらいれき》を話すとですね……知りたい？」

中年の中の紅一点じゃない、青一点というか、若くて結構イケメンな石川さんが、津島さんをチラ見しながら言った。

「おお、いいよ、言ってご覧」

津島さんが先を促《うなが》した。

「ええ、では。ウチは、ずっと以前の政権の時に作られた組織なんですよね。だけど、総理が何人も交代する過程で、いつしかその存在が忘れられて、リストラされかかったこともあるんですよね。ところが数代前の、閣僚の不祥事や議員のスキャンダルが続出した時の官房副長官に利用価値を見出《みいだ》されて……この官房副長官は目端が利く、いわゆる『キレる』人物でした。この部署の利用価値が大いにアリと踏んで、それで廃止を免《まぬが》れたわけです。その代わりに部署としての手柄は常に『敏腕《びんわん》の官房副長官』のものになって、官房副長官の発言力の密かな源泉になってきた、と、そういういきさつがあるわけです」

そこまで言った石川さんは、津島さんや等々力さんを「如何《いかが》でしょう？」というように見やった。

「まあ、それもあって、官房副長官にとっては使い勝手のいい便利な組織となったわけだ。だから、予算上の巧妙な策を講じて……名目の付け替えとか、要するに裏金捻出《ねんしゅつ》的な、ありとあらゆる技を駆使して、ここを存続させた。事務方としても代々申し送りされてね。だから、ウチの成り立ち、そして活動の詳細を知っているのは、今や歴代の内閣官房副長官のみ。それも政務の二人は……ほとんど知らないと思う。いや、全然知らないかもしれないな。動くのは我々だけど、オモテに立つのは事務方の官房副長官だから」

津島さんが喋って、水を飲んだ。

「そんな便利な組織なのに、どうしてリストラされかかったんですか？」

うんそれは、と等々力さんが嬉々として身を乗り出した。

「ある時、党の幹事長から横槍《よこやり》が入ったんだ。そういう不祥事もみ消し工作は、今後、ウチではなく党の方で一手にやらせてもらうと。その幹事長氏は、そういう工作がエラく得意な御仁《ごじん》でね。しかもそれを権力の源泉にしていた。カネやオンナの問題がこじれると、普通は党の幹事長に相談が持ち込まれるんだ。それをなんとか解決したり、親身に相談に乗ってやったりすれば相手の弱味も握《にぎ》れるし、子分も増えると。そういうことだ。ね？」

私の眼を見据《みす》えて「ね？」と言われても、曖昧《あいまい》に笑って「はぁ」と答えるしかない。

「しかしだ。党の幹事長は忙しい。官房長官とはまた別の忙しさがあって、これも大変な激務だ。そうそう他人の尻拭いばかりやってもいられない。それに幹事長氏みたいな、いわゆる党人派の政治家……つまり官僚出身ではない、市議とか県議とかから上がってきた人だが、そういう人はザックリした裁定は巧《うま》いが、緻密《ちみつ》な調査や裏取りは苦手なんだ。そもそも警察でも何でもないんだからね。それは幹事長氏の部下も同じ。党の職員だって素人だ。それで幾《いく》つか失敗してマスコミと野党に漏《も》れて大炎上した結果、やっぱりこの部署が必要だと、官邸に権限を集中させる手法の一環で、ひっそりと復活したんだよ。内閣官房副長官付きとして」

そういうわけで、官僚がメインで構成されているこの部署には、最初から政権与党とのせめぎ合いがあったわけだが、と津島さんは言った。

「ここにきて、ウチと与党との関係が悪化している。官房副長官と官邸主流派の関係が、悪化していると言ってもいいんだが。今の政権がすべての権限を首相官邸に集中させようとして、いわば政治主導だということは、きみも……まあ、知らないだろうが」

「はい。まったく知りません」

潔《いさぎよ》く認めた私に、すかさず等々力さんが絡《から》んできた。

「ったくすがすがしいほどの無知だな。新聞を読まない女はこれだから」

「等々力くん、『女は』のくだりは余計だ。セクハラになる」

庇ってくれた津島さんはさらに話を続けた。

「それとな、上白河くん。官房副長官は政務に二人、事務に一人いることは話したよね？で、我々は事務の方に属してる。事務方の官房副長官ってのはまあ、官僚のトップだ。その人物が巨大な官僚組織を掌握《しょうあく》して自在に操るためには……どうすれば手っ取り早いと思う？」

この質問はテストのようなものか。津島さんは質問を続ける。

「カネを使うのは、あとあと面倒な事になる。暴力を使うのは論外だ。となると？」

私も一生懸命《けんめい》考えて答えた。

「相手の弱みを握る……とか、ですか？」

「そうだ。言葉は悪いがな。スキャンダルを潰《つぶ》せば、その当人の窮地《きゅうち》を救ってやったことになる。相手の弱みを握れるし、恩も売れるという一石二鳥だ。プライドの高い官僚や政治家を手なずけるには、これしかない」

「それを官房副長官っていうヒトがやってるんですか？」

　私は首を傾げた。

「てか、誰なんですか、官房副長官って？」

　津島さん、等々力さん、そして石川さんは、さながらコントのように、ガクッと派手にズッコケた。

「あのさ、君……それが判らずに今まで話を合わせてたの？」

　石川さんが目を丸くしている。

「だから、私は、何にも知らないんです。何度も言ってるじゃないですか！」

「まあ、鴨居さんを知らなかったことまでは許す」

　等々力さんが意地悪そうに言った。

「困ったね……どこから説明すればいいんだ？　学校でどこまで習った？　三権分立とか議院内閣制とかって判るかな？」

「なんとなく……」

　バツの悪い私に、高学歴な男三人が険《けわ》しい顔で迫ってきた。急先鋒《きゅうせんぽう》はもちろん、等々力さんだ。

「君は学校で寝てたのか？　そもそも社会常識ってものが欠如《けつじょ》している！」

「そう言いますけど、いまどきのフツーの若者って、こんなもんですよ？　てか、私、底辺の高校中退だし。それに中卒だろうが高卒だろうが大卒だろうが、興味ないことを知ってるワケないじゃないですか。だいたいみんな政治なんかに興味ないし」

「あ、開き直った！」

　石川さんが感心したように言う。

「ええとねえ……困ったねえ」

　津島さんは腕組みをした。

　そのへんの虫けらでも見るような目で私を睨んでいた等々力さんが「とりあえず、政府の仕組みを書くと」と、リポート用紙を取り出して、簡単な図を書き始めた。私のような劣等生《れっとうせい》を、優等生が軽蔑《けいべつ》して見下げてくる目線には慣れている。私がグレる前、特に中学校では、さんざんそんな目で見られてきたのだから。

「トップに居るのが内閣総理大臣。さすがにこれは判るよな？　で、その下に各省の大臣がいて、総理大臣を直《じか》に支えるのが内閣官房長官。つまり総理大臣の片腕。ここまで、判るな？」

等々力さんはあみだくじみたいな図を書いて、私を見た。

「ええまあ」

そのあとの説明を津島さんが続けた。

「この内閣官房長官を補佐するのに、三人の副長官がいる。大事な事だから何度も言うが、副長官のうち二人は政治家。衆議院議員と参議院議員。残るもう一人が、官僚出身者。つまり、事務方としては総理に一番近いところにいる官房副長官は、事実上、官僚のトップということになる。ここまではいいね？」

「……ハイ。まあなんとか」

津島さんはウンと頷いて、話を続けた。

「そもそも内閣官房長官は、内閣官房の事務を統轄《とうかつ》する仕事だ。内閣官房の事務は行政府におけるほとんどすべての領域に及びうる為、それを統括する官房長官の職務も、従って極めて広範《こうはん》に亘《わた》ることになる」

「ちょっとちょっと津島さん、そういう小難しい説明をするから判らなくなるんです。こういうバカな子には、もっと易《やさ》しい言葉を使わないと」

等々力さんが横から割って入って補足した。

「つまり官房長官は、『あらゆること』の調整役だってこと。それも役所に政治家、与党野党をひっくるめて全部のね。それに加えてテレビでおなじみの『政府報道官』の仕事もある。ほら、記者会見で記者の質問をぶった切るアレだ。『その指摘は当たらない』っていう……君だってそのくらい見たことあるだろう？」

「すみません。自分、いや私はテレビも見ないので」

呆れた等々力さんが天を仰《あお》ぎ、次に、そんな激務だから、三人の助《すけ》っ人《と》が必要で、その助っ人が官房副長官なのだ、と言ったところで、ふたたび津島さんが説明を引き取った。

「そう。内閣官房副長官は三人いて、その職務は次のように規定されている。すなわち、内閣官房副長官は、内閣官房長官の職務を助け、命《めい》を受けて内閣官房の事務をつかさどり、及びあらかじめ内閣官房長官の定めるところにより内閣官房長官不在の場合その職務を代行する。内閣法第十四条第三項」

また難しい方向に話が戻ってしまったが、とりあえず理解できた内容を、私も言葉にしてみることにした。

「そこまではいいです。判りました。つまり、そういう大切な仕事をしている官房副長官のために、いろんな汚れ仕事を引き受ける部署が、この『内閣官房副長官室』であると」

津島さんがそうだと頷いたので、私はずっと疑問だったことを訊いてみることにした。

「だったら、どうして、『内閣官房副長官室』は、コンビニの二階にあるんですか？　総理官邸とかにあるべきじゃないんですか？　私、転属の辞令をもらったとき、あの総理官邸で仕事するのかって、一瞬ワクワクしたんですよ？　なのに地図の通り来てみたら、コンビニの二階じゃないですか」

「君はえらくコンビニの二階にこだわるね。コンビニの二階で何が悪いんだ？」

　等々力さんが私を睨みつけた。

「コンビニの二階だろうが、官邸の総理執務室の続き部屋であろうが、そんなことで我々の仕事の値打ちや尊《とうと》さは些《いささ》かも損なわれるものではない。そもそもコンビニの二階、などという立地にこだわることこそが、君の精神の貧しさとコンプレックス、加うるに俗《ぞく》っぽさを露呈《ろてい》しているじゃないか！」

「なんだかんだ言って等々力さんが一番こだわってませんか？」

　石川さんがぼそっと言って、私は思わず噴《ふ》き出した。

　何が可笑《おか》しい、笑うな、と怒る等々力さんを無視して津島さんが言う。

「まあ官邸だと出入りがチェックされて自由に動けないこともあるからな」

「そうそう。『キングスマン』の本部だって仕立て屋の地下だったじゃないですか」

　よく判らないことを石川さんが言い、津島さんも嬉《うれ》しそうに答える。

「そうだよ。ナポレオン・ソロの『アンクル』は仕立て屋の上だったな、クリーニング屋が本部に偽装されてたのもあった」

「え？　そんなのありましたっけ？」

　私には判らない話題で石川さんと津島さんは盛り上がっている。不愉快だ。

「……あの、もしかして、私をゆとりだとか思ってバカにしてます？　映画とかテレビの話をしてるんですか？　現実とゴッチャにしてません？」

「いいんだよ。現実がフィクションを真似るのはよくある話だ。実際、官邸とか警察を含む役所にオフィスを置くのは、我々のような仕事の場合、不都合なことが多いんだ。そういう場所は常にマスコミが見張ってるからな。しかしコンビニの二階なら、その心配はない」

「マスコミの誰も、ここに内閣官房副長官室があると知らないんですか？」

「知らないことになっている」

津島さんは何故か得意そうに話した。

「とは言うものの、狙ってコンビニの二階に事務所を置いた訳じゃあない。ウチは内閣官房の『分室』みたいな感じで官邸の外の、あのビルにオフィスを用意されたんだが……ある時、いきなり一階にコンビニが出来てしまったんだ。コンビニが出来たのは後からなんだが、なんだかウチが『コンビニに間借りしている落ち目の組織』みたいなイメージになってしまったのは、我々の遺憾《いかん》とするところだ」

それが話のすべてだったらしく、三人はそこで話を止めて黙々と食べ始めた。

話の続きがあると思っていた私は、みんなが黙々と箸やスプーンを動かしているので戸惑った。

「ん？　なにか？」

津島さんが私を見た。

「まあ、ウチの組織のアレとかナニについては、おいおいまた、判らないところは都度《つど》、説明するから。通り一遍《いっぺん》の説明をガーッとされても頭には入らないだろうし」

津島さんはそう言って頷くと、また食べ始めた。

「それはそうなんですけど、あのう……」

私が訊くと、今度は三人が一斉《いっせい》に私を見た。

「で、私は、あの、これから具体的にはどうすれば」

「君をピックアップしてここに引っ張ったのは、室長の御手洗《みたらい》さんだ。そして私も室長の判断には賛成だ。特に、今日の君の働きを見て、ますますそう思うようになった」

津島さんがそう言ったので、私は驚愕《きょうがく》した。初日でこれだけやらかしたというのに。

「おっしゃる意味が判りません」

「だからね、君みたいに強気でイケイケの、シガラミにビビらずにどんどん行ける、若いヤツの力が欲しかったんだよ。女性であることも重要だ。おれらみたいなオッサンだけじゃあ、行動力にも考え方にも偏《かたよ》りが出てしまうからね」

「イエでも、だからって」

戸惑う私に等々力さんが首を傾げた。

「君は、クビにして欲しいのか？　それとも仕事を続けたいのか？　いったいどっちなんだ？」

「続けたいです！　辞めたくありません！」

私は反射的に言った。

「そう。だったら辞めることはない。ここで仕事してくれ」

津島さんが実にアッサリと言うので、今度は私が拍子抜《ひょうしぬ》けしてしまった。

「いいんですか？」

「いいさ。いいよな？」

津島さんは他の二人を見た。等々力さんは無言で無反応。たぶん、私がいることが目障《めざわ》りで好ましくないのだろう。石川さんは、「何とも言えませんね」という反応だ。渋々受け入れるという感じか。一番若手だけに反対も出来ないとか？

「室長が決めて津島さんも賛成なら、我々には何も言えませんね」

等々力さんが、いかにも嫌々、という感じで言った。

「まあ、男ばかりよりも、扱う案件によっては、むしろ彼女は戦力になるかもしれません」

と、石川さんが言ってくれた。

「ジェンダーギャップ指数がこれで少しは上昇する……なんてこともないでしょうけど」

「よし。キマリだ。戻ったら室長に挨拶《あいさつ》しなさい」

津島さんはそう言って残ったカレーを掻き込んだ。

私たちは永田町《ながたちょう》のビルに戻り、コンビニ脇の階段を上がって二階の事務所に入った。

「おお、お帰り」

いいおじいちゃん、と言うにはまだ少し若いけれど、津島さんよりは年配のおじさんが、灰色のカーディガン姿でマグカップを持って出迎えてくれた。この人が室長か。

「首尾《しゅび》はどうだい？」

「まあ、一波乱ありましたが、この、上白河レイくんの働きでなんとかなりました」

「おお、そうかい」

マグカップのおじさんは嬉しそうな笑みを浮かべた。

「ついさっき、鴨居センセイの奥方からモーレツな電話が入ったけど、まあいつものことなんで適当にアレしておいた」

「それは済みません」

津島さんは頭を下げて、私を見て「あ」と言った。

「いかんいかん。まずは紹介だ。こちらの、いかにも温厚《おんこう》そうに見える紳士が、室長の御手洗さん。つまり、ウチのトップだ」

そう紹介されたおじさんは、いっそうの笑みを浮かべて私に握手を求めてきた。

「内閣官房副長官室の室長を拝命しております、御手洗。御手洗嘉文《よしふみ》です。ヨロシク」

老紳士で、山高帽《やまたかぼう》とかステッキとか燕尾服《えんびふく》とか馬車が似合いそうな人だ。浮世離《うきよばな》れした上品さのある御手洗室長の手は、大きくて柔らかく、温かかった。

「室長は、普段はこんな風に好々爺然《こうこうやぜん》とした温厚な方だが、イザという時は、怖いぞ。物凄く怖い。このおれでも、キンタマ縮み上がるほどの……もとい、肝《きも》を冷やすほどの」

うっかり失言した津島さんは首を竦《すく》めた。

「意味は判りますので」

私は冷静に言った。

「まあちょっとおいで。私の部屋で話そうじゃないか。彼らも仕事がある」

室長はそう言って、私を一番奥の室長室に招き入れてくれた。

室長室と言っても、習志野の部隊長室よりずっと狭くて簡素だ。大きなデスクと書類キャビネット、安い応接セットが置いてあるだけ。

「まあ、お座んなさい」

室長はソファを勧《すす》めてくれた。

「上白河さん。あなたをウチに呼んだのは私なんですよ」

「はい、それは、津島さんから伺《うかが》いましたが……」

私は思い切って質問してみた。

「あの、ここの部署は政治家とか……エラい人のデリケートな事情にかかわるところですよね？　なのに私みたいな素人の女で、ガサツで、つい手が出てしまう性格の、しかも経験不足の人間で、いいんでしょうか？」

「いいんです」

室長は言った。

「そもそもこの私にしてからが、およそこの部署には不似合いな人間でね。津島くんは私のことを、イザという時には怖いと言ってたが……その『イザ』という時ってのはなかなか来ないんでね。みんな津島くんのレベルでなんとかなってる。まあ、私のような者がトップにいるのは一種のカモフラージュだと判ってますよ。『昼行灯』って古典的な渾名《あだな》がついてることも知っています。私はね、それでいいと思ってるし、『昼行灯』がトップに居るというのはとてもいいことだとも思ってます」

「それは……相手に油断させるからですか？」

「まあね」

室長はマグカップのコーヒーを、番茶を飲むように音を立てて飲んだ。

私は、疑問を口にした。

「でも、いくら油断させようとしても、結局はスキャンダルとか不祥事とか、いろんなことを揉《も》み消してきた実績があるんですよね？」

昼行灯とかコンビニの二階とか、人畜無害《じんちくむがい》なイメージを広めようとしても、政府にとって都合の悪い事態を、この部署は見事に抑《おさ》えてきているのだ。

「結果を出しているんですから、実際には、アソコは凄いところだって評判が広がってるんじゃないいんですか？」

「そうですね。それはあなたの言うとおりかもしれない。遠山《とおやま》の金《きん》さんがいくら遊び人のフリをしていても、『アイツはホントは北町奉行《きたまちぶぎょう》なんだぜ』って噂《うわさ》は広がっている。あなたの言いたいことはそれでしょう？」

「そうです」

テレビを見ない私でも、さすがに有名な時代劇くらいは知っている。

「水戸黄門《みとこうもん》にしても、ご老公の一行が日本中ブラブラ歩いていたら目立つし、お触れが回る。普通に考えればその筈《はず》です。桃太郎侍《ももたろうざむらい》も、旗本退屈男《はたもとたいくつおとこ》も同じですよ」

御手洗室長は次々に例を挙げる。時代劇ファンなのか、この人は。

「しかし、我々、つまりこの部署は、金さんや水戸光圀《みつくに》、桃太郎侍や早乙女主水之介《さおとめもんどのすけ》とは明らかに違う。自らの存在を誇示《こじ》するかのように派手に動くことは、一切《いっさい》無い。深く静かに潜航《せんこう》する、いわばサブマリンみたいなモノです。喩《たと》えるならば……そう、あれ、秘密厳守でやってる必殺シリーズの、あたかも中村主水《なかむらもんど》のような性格の組織なのです」

どこまでも時代劇で押し通すつもりなのか。

「あの、ここって、あり得ない感じがプンプンして、まるで現実じゃないみたいな……」

「きみの言うことにも一理あります」

室長は大きく頷いた。

「ただ言えることは、ウチがトラブルを処理した政治家なり役人なりは、自分の汚点を決して他人には話しません。そもそもがスキャンダルなんか、なかったことにしたい。我々も『なかったことにする』を大前提に動くので、記録には残らない。当事者以外で知っているのは官房副長官と、そして我々だけです。カンが鋭《するど》いマスコミの一部が薄々は知っているけど、そっちにはメシ食わしたりお小遣いを差し上げたりして、ま、口止めしてる」

「でも、噂は広がるんじゃないんですか？　つまり、何かあったらここに相談すればなんとかして貰《もら》えるって……」

「そういう駆け込み寺的な業務は一切していませんから。仮にそういう相談をされても、はあそうですか大変ですね、と世間話レベルで切り上げます。まあその中に有力な情報が混じっている場合もあるので、ハナから相手にしないことはないですが」

それにね、と室長は書類キャビネットを開けて、分厚いファイルを取り出して、私に見せてくれた。

「これは念書です。ウチで処理した件については、一切口外《こうがい》しない。家族にすら言わない。自伝にも書かない。いかなるインタビューでも話さない」

「ですけど、それじゃ」

私にはやっぱり疑問だった。

「張り合いがないんじゃないんですか？　やったことが記録にも残らないなんて、まるで存在がないみたいじゃないですか。木を植えても根付かないって言うか、なんだか砂漠に水をやってるみたいな」

「ああ、それは、みんな、自分の頭の中は消せませんからな」

室長は自分の頭を指差した。

「それにね、表に出せないスキャンダルを処理してあげたという事実は、相手に恩を売ったことになります。貸しを作った、とも言えます。その『恩』や『貸し』を官房副長官がここぞ、という局面で使って、難局を乗り切っていくのを傍《はた》から見ているのは、なかなか痛快ですよ。いわばウラから糸を引くゴッドファーザーというか、鎌倉《かまくら》の老人になった気分ですな。おっと、これはきみに言うべき事ではありませんでした」

私は、狐《きつね》につままれた気分のまま、室長室を出た。

自衛隊で教わったように、一礼してドアを閉め、振り返ると……信じられない人物が立っていた。

「ナニあんた？　アンタがどうしてここにいるのよ！」

鴨居副総理の馬鹿息子・崇がニヤニヤして立っているのだ！

「よっ！　格好いいおねえさん」

汚れた服を着替え、髪を梳《と》かし、顔の腫れも引いた崇は、警視庁で見せた凶暴さは跡形もなく、人なつこい笑みを浮かべている。なかなかのイケメンで、一瞬とはいえ思わず見とれてしまった自分自身を、私は馬鹿バカ馬鹿と内心罵倒《ばとう》した。

「さっきはいろいろ、どうも」

「はあっ？」

崇は俯《うつむ》いて、自分の爪先《つまさき》を見つめ、ぼそぼそと謝った。

「まあだから、ちょっと悪かったなと思ってさ。あれでアンタがクビになったら悪いな、とか」

「……なんか、それは大丈夫みたい」

「そうか！」

崇はニッコリ笑って顔を上げた。

「じゃあ、そういうことで、どうもね」

「どうもね、じゃ意味判らないし」

「だから、これからもヨロシクってことで」

崇の後ろには津島さんたちがいて、自分の席で仕事をしている。目は書類やディスプレイに向いているが、耳はこっちのやりとりにクギ付けなのが判る。

「ヨロシクって言われても……こちらとしては、高校生のアナタが酔っ払って暴れたりしなければそれでいいんです」

「またまた、おれを厄介者扱いしちゃって」

崇は両手の人指し指と親指でピストルの形をつくり、私を指差した。

「だって、厄介者じゃないですか！　ねえ津島さん、ちょっと説教してやってくださいよ！　この子、ウチらを舐めてますよ！」

「無駄だ。今まで説教ってやつはさんざんしたんだけどね、おれたちオジサンの言葉は耳に入らないそうだ」

津島さんはそう言って両手を上げた。お手上げ、という意味らしい。

「あなた、ワザと悪さをして、誰かに構って貰いたい『構ってちゃん』じゃないの？」

「だとしたら、どうなんだよ？」

崇は絡んできた。

「だって……アンタはお金持ちなんだから、寄って来る友達は多いでしょ？」

わざわざここに来なくても、と私が言うと、崇は「はいはい」と応じた。

「そういうやつはカネ目当てだってすぐ判るから、酒飲んで気分次第でボコボコにする」

「私たちだって同じなんだけど？　アンタが偉い政治家の息子だから、こうやって相手にしてるだけなんだよ」

「ハッキリ言うね」

「ハッキリ言わないと判らないでしょ」

崇の目を睨みつけて、私は言った。

「あのさあ、こうやって、おれにハッキリ言うヤツっていないんだよね。そこの津島さんだって、妙に言葉を選ぶしさ」

名指しされた津島さんはまたしてもバンザイのポーズをしている。私は言った。

「とにかく、ここはアンタの遊ぶところじゃないんだから、学校行くなりなんなりしたらどうなの？　ハッキリ言ってアンタ、邪魔なんだよね！」

私に睨みつけられた崇は、「こええ」と言って笑おうとした。しかし私が応じなかったので、その笑みが消えた。

津島さんはわざとらしく等々力さんと仕事の話を始めた。

「じゃあ、さしあたって、この件、やっとくか？」

津島さんは書類を差し出している。

「ああ、これですね。竹山《たけやま》衆議院議員の選挙違反疑いの件。選挙区の市議会議員とかに現金をばらまいちゃったって言う」

等々力さんが書類を一瞥《いちべつ》して、言った。

「これ、竹山議員は、秘書が事務処理を間違っただけ、あたかも選挙資金と誤解されるような遣《や》り方で渡してしまっただけで、実態は友人関係にある者への私的融通《ゆうずう》だと主張してるんですよね」

「竹山議員って、党の農林部会で政策通として鳴らしてる人ですよね。派閥《はばつ》リーダーの大《おお》森《もり》農水大臣の、懐刀《ふところがたな》でもあるという」

石川さんが知識を披露《ひろう》したが、なんだかみんな芝居臭い。崇がいるから仕事をする芝居をしているのが見え見えだ。

「この件は……どこから漏れたんだ？」

「竹山議員の選挙区で衆議院議員に鞍替《くらが》えしようとしてる、参議院の神戸《かんべ》議員のスジからのようです」

と、等々力さんが報告した。

「じゃあ、神戸議員には派閥の方から説得して貰って、黙って貰うしかないだろ」

津島さんは溜息をついた。

「こういう小さいことじゃなくて、本丸を攻めたいんだけどね」

ここで私は、崇を睨みながら言った。

「見ての通り、忙しいんだけど」

「判ったよ。帰るよ」

「ハイハイ。そうしてください」

ようやく祟が帰ろうとしたとき、電話が鳴った。一番下《した》っ端《ぱ》の私が取ろうとしたが、津島さんがヒョイと受話器を取った。

「はい内閣官房副……」

名乗り終わってもいないのに、電話の相手が一方的にまくし立てている気配が伝わってくる。

「あ～判った判った、判りました」

そう言って送話口を手で塞《ふさ》ぐと、津島さんはみんなに宣言するように言った。

「都内でコロシ。被害者は、竹山議員の秘書！」

室内に驚愕が走り、奥の部屋から室長が出て来て、電話に応対した。

「すぐに動くしかないな」

室長のその言葉に、一同は色めき立った。

訳が判らないまま、私にも気合いだけは入った。

第二章　「普通ではない」殺人

「事件現場は、目黒《めぐろ》区上目黒《かみめぐろ》五丁目のニューメグロ・レジデンス五〇八号室。被害者の竹山美智郎《みちろう》衆議院議員の私設秘書、柴田雅行《しばたまさゆき》さんの自宅。心肺停止の状態で、本日十一時二十分頃、出勤してこないのを心配した別の秘書が発見して通報。所轄署《しょかつしょ》は、警視庁目黒中央署。今の電話は警視庁捜査一課からの第一報だ」

津島さんが元刑事の口調でテキパキと言った。

またみんなでどっと出動するのかと思ったら、今度は全員、じっくりと考え込んでいる。

「あの……殺人事件、ですよね？　出動はしないんですか？」

「しないよ。ウチは警察じゃないんだから」

等々力さんがぶっきらぼうに言った。

「で、どうするかね？」

ホワイトボードの前に立った室長は思案した。そこには、今着手している案件がマグネットで張り出されている。

「現在ウチが抱えている案件はいくつかあって、優先順位としては『政局に関係しそうなモノから手をつける』のが大原則。さすがにコロシともなると第一義的には警察の範疇《はんちゅう》だから、極めて重大な事案以外は、ウチとしてはおいそれとは手を出せない」

津島さんが私に説明してくれた。

「極めて重大な事案って、どういう事案なんですか？　凄くエラい人が人を殺したとか？」

「いやいや、そんな映画やテレビみたいなことはまず起きないんだけどね」

津島さんは苦笑したが、ふっと真顔になった。

「だが、もし、そういうことが起きた場合は、ウチの案件になるだろうね」

室長は、ホワイトボードに貼ったプリントアウトを外した。

「さしあたっては竹山センセイの裏金トラブルを片付けようと思っていたが……その当事者の秘書が殺されたとなると、裏金の件は後回しだな」

「しかし……竹山センセイは、政治家定番の言い逃《のが》れ『秘書が勝手にやった』を主張して、秘書のせいにしてるんですよ？　その秘書が殺されたとなると、両方の件はリンクするのでは」

石川さんが指摘する。

「その竹山センセイは政策通として鳴らしてて、派閥《はばつ》リーダーの大森農水大臣の懐刀でしょう？　大森大臣と言えば党内唯一《ゆいいつ》の反主流派で、竹山センセイがその急先鋒。だから政治資金疑惑も『ハメられた』と漏《も》らしているとか……」

「この金銭トラブルを漏らした参議院の神戸議員は総裁派閥だから、実に判《わか》りやすい構図ではある」

　等々力さんが皮肉っぽく言った。

「その上のコロシですからな。竹山センセイは総理とはハッキリ言って険悪な関係だから、逆に総理としては痛い腹を探られたくないだろうし……ま、痛くても痛くなくても、探られるのは政治的にマズいですな」

　津島さんはそれを聞いて頷《うなず》きながら、竹山議員の顔写真などの資料をホワイトボードに貼った。

「竹山センセイは、政策の違い、所属派閥の違い、叩き上げという経歴の違いなどなど、ことごとく現総理と対照的で、ライバルというよりもお互い敵視してきた関係だ。それで、竹山センセイは親分の大森農水相を差し置いて、反総理派のリーダーに祭り上げられている存在でもある」

　津島さんの説明に、室長は頷いた。

「竹山センセイの秘書……政策・私設を問わず全員に脅迫状《きょうはくじょう》が来ていた事実は、以前からウチは把握《はあく》していたが……脅迫状が来ること自体は『よくあること』だからねえ。それに、秘書個人に来たのかセンセイに来たのか判別できないこともあるし……様子を見ていたところでね」

「とはいえ、殺された柴田さんは朝のテレビ番組に出演するなどして、それなりに目立っていましたよね？」

と、石川さん。

「で、室長。どうしますか？　警察の捜査が終わらないとウチは動けませんが……」

津島さんが手帳を広げて実務家の顔になった。

「そうも言ってられないだろうね。この殺人事件が大きく報じられること自体を、おそらく副長官は嫌がるだろう」

そこに電話がかかってきた。室長が敬語で丁寧《ていねい》に応対し、「判りました。そのように対処します」と言って電話を切った。

「副長官からだ。副長官としてはやはり、反主流派である竹山議員に同情が集まって、政権の支持率低下に繋《つな》がりかねない可能性を潰《つぶ》したいとの意向だ。はっきりとは言わなかったが、柴田秘書の件は公表しない方向で、という要請であると私は受け取った」

忖度《そんたく》とか圧力とかいうものが存在することは知っていたが、今まさにそれが発動するところを目《ま》の当たりにした、と私は思った。

等々力さんがしたり顔でコメントした。

「公表するなとの要請ねえ……。事務方の副長官は中立であるべきなのにな」

「副長官も政権の一員である以上、それは仕方がないのでは？　各省の事務次官や幹部も、基本的には現行の政権のために動くものでしょう?」

現実的なコメントをするのは石川さんだ。

「しかし、困ったな。だいたい、ウチと警察は仲が悪い。警察の捜査にウチが待ったをかけたり、後はこっちで引き取るって、事件を横取りしてしまったこともあったからなあ」

「等々力くん。それは誤解を呼ぶ発言だよ」

室長が注意した。

「そもそもウチは警察ではないから、捜査権はない。津島くんは警視庁から出向してるが、ウチにいる限り司法警察職員ではないから、やはり捜査権はない。私は警察を定年で辞めたOBだし、石川くんも国税庁の査察官という司法警察職員だったが、津島くんと同じく、ここではそういう権限はない。だから、警察の連中が『ネタを横取りされた』と言うのはおかしいんだ。警察が捜査して、事件としてハッキリと姿形が見えた時点で、事件をウチに『移管《いかん》』してウチが『最終処理』をするわけだ」

「その移管を警察は『遺憾《いかん》』としているわけですね」

石川さんが真面目《まじめ》に口を挟んだが、等々力さんは「イカン違いで大違い」と混ぜっ返した。

「最終処理と言えば聞こえはいいが、要するに揉み消しって事だから、警察の連中が面白《おもしろ》く思わないのはよく判るよな」

「まあ、向こうもこれが政治案件であることは百も承知だろうから……様子見に行ってみるか？」

津島さんがカバンを取った。

「帰ってきたばっかだけど、行きますか」

一言多い等々力さんも従った。

結局、全然帰ろうとしない鴨居崇を追い出して、またもや室長以外の全員で、事件の所轄である目黒中央署へ向かうことになった。


目黒中央署では、台車に乗せた椅子《いす》や机、コピー機などがガラガラと移動中だった。まさにてんやわんやの真っ最中だったので、我々は廊下で立ち往生《おうじょう》した。

「これは、帳場《ちょうば》が立つ準備だよ。毎回、大変なんだ」

「チョウバって？」

「ああ、捜査本部のこと。刑事ドラマ……も、君は見たことはないか」

津島さんが説明してくれたが、その帳場になるだろう会議室の入口で、津島さんはいきなり一人の人物を捕まえた。文字通り、相手の腕を無理やり摑《つか》んで捕まえたのだ。

「これはこれは捜査一課の柏木《かしわぎ》さん。どうも」

津島さんは、角刈りでガッシリした目付きの鋭い男に丁寧に頭を下げた。

「帳場は部長指揮ですか？」

「まあそうなるだろうね。何と言っても、ホトケは議員秘書だから」

「で、柏木さんは副部長で？」

「まさか。管理官だよ」

「そうですか。ならばそこでひとつご相談なんですが、この件については、帳場を立てないで貰《もら》えませんか？」

「は？」

柏木さんは目を剝《む》いたが、津島さんは構わず押した。

「要するに、特捜《とくそう》でも部長指揮でも署長指揮でも、帳場が立ったら会見で発表しなきゃならんでしょう？　しかし、この件は、是非《ぜひ》とも内密に願いたいんですよ。つまり管理官の権限で、会見も報道発表もナシということで」

「コロシがあった事自体、伏せろってか？」

「そういうことになりますかね」

「今回の件、なんか知ってるのか？」

「イエ、まだ特には」

「ホトケが議員秘書だからか？」

「ええまあ……で、どうでしょう、この件、公表するのは控えて貰えませんか？」

津島さんは再度頭を下げたが、柏木さんは硬い表情のままだ。

「それは異例だろ」

柏木さんは難色を示した。

「ただでさえマスコミからは隠蔽《いんぺい》ばかりすると叩かれてるのに、なんだよそれ。事件の概要も知らないで、ホトケが議員秘書ってだけでこれか。え？」

柏木さんはにわかに喧嘩腰《けんかごし》になって、津島さんを睨《にら》みつけた。柏木さんの方が背が高いので、津島さんは上から見下ろされている。津島さんはいきなり口調を変えた。

「ガイシャの柴田秘書のところに脅迫状が郵送されてたのは、柏木、お前も知ってるだろ？」

ああ、と柏木さんは応じた。

「有名人に脅迫状がくるのは特に珍しいことでは無いし、脅迫されていたことは、オタクの働きで伏せられていたよな？」

「マスコミ的にはな。しかし政治家秘書に脅迫状なんて、リリースしたところで、どこも興味持たないだろ？」

話すうちに柏木さんと津島さんはタメ口になっている。前からの知り合いなのか。

「現場にも脅迫状はあったのか?」

「ノーコメントだ」

「もしあったのなら、それも含めて、記者発表を控えて貰いたい」

そう言われた柏木さんは、露骨に嫌な顔になった。

「津島。オマエ、お庭番付きになって政権の幇間《たいこもち》になり下がったな。刑事魂はどこに行ったんだ?」

柏木さんは怒りの表情も露《あら》わに言い放った。

「何度もお前らに横槍《よこやり》を入れられて、こっちはいい加減、頭に来てるんだよ! え? 現場の士気にも響くんだ。それでもオマエ、元警察の人間か?」

「それを言われると辛《つら》いが……今のおれは、官房副長官室の人間だからな。お前とは立場が違うんだ。そのへんを判ってくれよ」

「判らねえ。判りたくもねえな!」

柏木さんは、津島さんの肩をどん、と突いた。

「お前みたいな政治家のイヌと、おれたちサツカンは違うんだ」

いくらなんでもこれは言い過ぎ、やり過ぎだろう、と私はハラハラした。

さすがの津島さんもムッとする筈だ。「ちょっと待て。今お前ナニを言った?」と喧嘩になる……と思ったが、津島さんは笑って「いやいや」と首を振るばかりだ。等々力さんも笑っている。私だけが、なんて無礼なやつなんだろうと腹を立てている。

「もういいだろう、津島。そこを退《ど》いてくれ。おれは忙しいんだ」

柏木さんは、今度は津島さんの胸を突いた。しかし、素速い動きで津島さんは、柏木さんの腕を摑んで捻《ひね》り上げた。津島さんの顔はニコヤカなままなのに。

「そうはいかないな。こっちにはこっちの仕事があるんだよ。そして、我々にも信念がある。お前らには揉み消し・尻拭《しりぬぐ》い・ドブさらいにしか見えないだろうが、大のオトナがそう簡単に、権力に尻尾《しっぽ》を振るポチになると思うか？」

「ああ思うね。カネとか出世をチラつかされたら、人間ってのは弱いもんじゃないか？お前も捜査二課だったんだから、そういうヤツらは山ほど見てきたろ」

「まあ、そう思いたきゃ、そう思え！」

「居直るな。だいたいお前らには何度煮え湯を飲まされたか……飲ませた方は忘れてるだろうがな」

「忘れちゃいない。自分たちで挙げたホシをお前らが立件したいのはよく判る。しかし、小悪党ばっかり捕まえても、どうしようもねえだろう？」

二人は睨み合っていたが、やがて津島さんは手を離した。

「ところで、ホトケの死因は？」

津島さんは息も乱さずに聞いた。

「鋭利《えいり》な刃物で心臓を一突き。失血死。ただ……」

柏木さんは言葉に迷った。

「どうも、トーシローが包丁なりサバイバルナイフなりを、感情にまかせて一突きして殺したのとは違うようだ。さっき現場を見てきたがな。お前さんは二課だったから、コロシの手口には疎《うと》いだろうが」

「心配ご無用。所轄署時代はずっと一係だったからな。ともかく、こっちにも現場を見せてくれ」

そう言われても、柏木さんはなかなかうん、とは言わない。

「差《さ》し支《つか》えない範囲でいいから！　お前が渋っても、結局はサッチョウ経由で指示書が来るんだぞ」

「……それだもんな……汚ねえよな」

柏木さんは口許《くちもと》を歪《ゆが》めて言うと、通りがかった若手の刑事に「こちらのご一行様を現場にお連れして」と皮肉っぽく命じた。

「柏木とは同期でね。二人とも同じように昇進して、所轄と本庁《さくらだもん》を行ったり来たりで。だからまあ、アイツの腹立ちもよく判る。おれがアイツの立場だったら、同じような反応するだろうしね」

移動する車内で、津島さんは弁解するように私たちに言った。

私たちを乗せたワゴン車は、上目黒五丁目の、蛇崩《じゃくずれ》交差点近くのマンションに到着した。野沢《のざわ》通りと五本木《ごほんぎ》通りなどが集まる五叉路《ごさろ》の近くには、下町《したまち》のようにスーパーや銭湯が並んでいるが、通りをちょっと入ると高級住宅街になるところだ。

現場のニューメグロ・レジデンスの周囲には黄色い規制テープが張られて、制服警官が出入りする人をチェックしている。

そのマンションは、建ってから相当年月が経《た》ったとおぼしい、古い建物だ。

「一見、古くてボロいだけの物件に見えるだろ？　だけどこういう部屋は結構広い割に、家賃が安かったりするんだ」

等々力さんが聞いてもいないウンチクを披露した。この人は、自分が知っている事は言わないと気が済まないらしい。

案内役の若い刑事が検問の制服警官に事情を話してくれて、私たちは現場に入った。

古いエレベーターに乗って、五階。このマンションの最上階だ。

廊下の突き当たりが五〇八号室で、ここにも規制線が張られ、制服警官が立っている。

「どう？」

若い刑事が室内に視線を送りつつ訊《き》くと、制服警官は「さきほど鑑識の作業が終わりまして、目黒中央署の刑事も一通り調べ終わって引き上げたところです」と答えた。

「じゃあ、ちょっと見てもいいね？」

津島さんが言い、刑事に戻ったような表情と身のこなしで、部屋の中に入った。

ドアを開けると、狭い玄関だ。右側に靴箱。

靴を脱いで上がると右側にトイレと風呂、洗面所があり、左には四畳半の部屋がある。

ここは倉庫のようになっていて、段ボール箱や衣服が雑然と放り込まれている。

廊下を抜けると、リビングダイニングに出た。キッチンの区画には食事をするテーブルと椅子があり、マグカップと皿が置かれていた。

リビングには、ソファとテレビ。ごく普通の部屋で、特に荒らされた形跡もないし、格闘や抵抗《ていこう》の結果、部屋のものがひっくり返っていることもない。

だが、ソファの血が目に飛び込んできた。ベージュのソファにはべっとりと血が染みこんでいて、人型の白い線が置かれている。この形で死体が倒れていたということか。

「こういう現場は初めてだろ？　自衛隊には無縁だよね」

「血を見るのは慣れてますが」

つい言ってしまった。

「そうなの？」

等々力さんは現場を食い入るように見ていたが、津島さんはソファの状況に興味津々《しんしん》だ。

「ああ、ええと、君」

「はい。目黒中央署の塚越《つかこし》です」

私たちを案内してくれた若い刑事が名乗った。

「塚越くん。この部屋に、脅迫状のタグイ、もしくは何らかのメッセージはありましたか？」

「ええと、探しましたが、手紙、という形ではありませんでした。柴田さんのパソコンは署に持ち帰って中身を分析中です」

「竹山先生の事務所の捜索は？」

「それはまだです。政治家の先生ですから、慎重な対応をしています」

そうですか、と津島さんは頷いた。

「それで……ホトケの検視の結果は入ってるの？」

「はい。鋭利な刃物で心臓を一突きされての失血死、ということです」

「それは聞いてるけど、もっと詳しい状況は？」

「それが……」

塚越は手帳を捲《めく》ってメモを探した。

「その手口が、どうも普通のコロシではないようだ、と」

「漠然《ばくぜん》とし過ぎていて判らんな」

津島さんは腕組みして首を振った。

「すみません。私もこの程度しか聞かされてなくて……」

「柏木は、トーシローが激情に任せて刃物を一突きしたのとは違う、と言ってたが」

「それは聞いているのですが、具体的にどう違うのかは、司法解剖《かいぼう》の結果を待ちたいと思います」

塚越刑事は慎重に言った。

「あの……この手口は全然、普通ではないと思いますが」

私はそう言って、上を指差した。

一同は、天井を見て、「うわっ」と声を上げた。

白い天井には、かなりの量の血痕《けっこん》が飛び散っていた。勢いよく噴き出した動脈血が天井にまで達したのだろう。

「おいおい……『椿三十郎《つばきさんじゅうろう》』のラストか?」

津島さんは、絶句した。

塚越さんだけは、既《すで》に見ているので動揺はない。

「遺体は今どこだ?」

「東京都監察医務院ですが……行くんですか?」

「……ダメか？」

塚越刑事の硬い表情を見て、津島さんが聞き返したが、若い刑事は首を振った。

「申し訳ありません。ここから先はご遠慮願えませんか？　ウチが捜査しますんで。結果はお知らせしますので」

塚越刑事は頑《かたく》なに言ったが、私は我慢できずに津島さんに近寄り、小声で進言した。

「死体を見た方がいいです。解剖の結果が出る前に……私、自分の目で見ておきたい」

津島さんはちょっと驚いた顔で私を見た。

「って事は……君」

「犯人は素人《しろうと》ではないと思います。私、習志野の特殊作戦群にいたんですよ。ご存じではなかったですか？」

「特殊作戦群……」

ちょっと間を置いて、判ったと頷いた津島さんは、塚越刑事に近づいて、ぼそぼそと小声で話し、チラチラと私を見て、やがて納得した表情で頷いた。

「では、今から東京都監察医務院に行こう」

文京《ぶんきょう》区にある東京都監察医務院は、東京都二十三区内で発生したすべての不自然死を、法律に基《もと》づいて死体の検案や解剖を行う、東京都の行政解剖施設であることを、移動の車中で等々力さんから説明された。私は津島さんと等々力さんに、今朝からずっとレクチャーされ続けている状態だ。

「監察医が現場に出向いて死体の検案をする場合もあるが、解剖を要すると現場で判断された遺体は、ここに運び込まれる」

等々力さんは厳《おごそ》かな口調で言った。

「で、君はどうして尋常《じんじょう》な手口ではないと思ったの？」

「天井の血痕からです。心臓を刺しても、頸動脈《けいどうみゃく》を切っても、あそこまで勢いよく血は噴き出しませんから」

「まあたしかに、通常の……という言い方はおかしいですけど、通常の殺人現場では、床一面が血の海というのはよくあっても、壁にまで血飛沫《ちしぶき》が飛んでいるケースは、そうそうないですから。それが天井に、というと……実は私も初めて見ました」

塚越刑事が正直に言った。

「柏木はどう言ってる？」

「今、そちらの方が言ったように、尋常な手口じゃないな、と。過去に目黒中央署管内で、このような殺人は起きていません」

「あんなに血が噴き出るのは、一体どういう殺し方をした場合なんだろう？」

等々力さんが好奇心マンマンの様子で訊くので、私は思わず答えてしまった。

「ただ突くのではなく、心臓を抉《えぐ》ったとしか……一突きしても即死はせず、犯人像を言い残す可能性があるので、確実に仕留《しと》めるために、こう、逆手《さかて》でぐいっと」

身振り手振りでやってしまった。

車内の全員がドン引きした。

昨日まで、それが私の日常というか、あくまで訓練なのだが、「的確な仕留め方」「失敗のない処置」を繰り返し叩き込まれていたため、つい、やってしまった。しかしここでは常識が違っていた。

「あ……すまん。とても勉強になったよ」

取り繕《つくろ》うように津島さんが言った。

「まあ、上白河くんのおかげで、死体を見る観点という意味で、大きな参考になった」

それでも、移動車のなかの空気は私にとって、完全にアウェーになってしまった。


東京都監察医務院で解剖を待つ遺体は、霊安室に安置される。

私たちはその肌寒い霊安室に案内された。

遺体用の冷蔵庫から引き出されたトレイに載っているのは遺体袋だ。

「柴田雅行さんです」

医務院の係の人が書類と遺体につけられたタグなどを照合して確認した。

「ではどうぞ」

津島さんが遺体袋のジッパーを開けて、左右に広げ、私に場所を譲《ゆず》ってくれた。

四十代くらいの男性だ。着衣なしの全裸《ぜんら》状態。私の興味は、遺体の患部の状態だけだ。

「目視《もくし》だけにしてください」

医務院の係の人が釘《くぎ》を刺した。

「明日の司法解剖に差《さ》し障《さわ》りが出ますので」

「判りました」

と言いつつ、刺された部分に顔を近づけようとしたところで、係の人に医療用のマスクを渡された。

マスクを装着して遺体に顔を近づけ、観察した。

「やはり、鋭利なナイフ……おそらく、サバイバルナイフだと思いますが、逆手で上方に向かい、一気に心臓を切り裂くように襲撃してますね。そう見えます」

「君……凄いね」

等々力さんが怯《おび》えたような目で私を見た。

「陸自って、そんなことまで教わるの？」

「あの、陸自だからって事ではありません。私、特殊作戦群にいたので……」

「たしか、とち狂ったミリオタが、そんな風に殺人を犯した事件があったな」

「主なところでは、二〇〇八年の秋葉原《あきはばら》無差別殺傷事件、二〇一五年の淡路島《あわじしま》五人殺害事件、それと一九八九年の中村橋《なかむらばし》派出所警官殺害事件でしょうか」

ずっと黙っていた石川さんが立て板に水で話し始めた。

「いずれも犯人は複数のサバイバルナイフを所持していましたが、秋葉原の事件で殺傷に使われたのはダガーナイフです。今回と同じく、すべて急所を抉るように切り裂いていて、結果は死亡四人、負傷八人」

「確か、精神疾患を疑われた容疑者もいたよな？」

「淡路島の犯人は、向《こう》精神薬を常用していたようですが……」

「ってことはですよ。犯人を逮捕しても、詳細を公表出来ない可能性もある、ってことになるのでは？」

等々力さんが津島さんに話を振った。

「うん。その可能性は大いにあるな。まともな神経では無理だろう。あんな殺し方は」

津島さんはそう言うと、急に舌打ちした。

「いかん。タバコ吸いたくなってきた……」

私は、と言えば津島さんの言葉に、もやもやするものを感じていた。例えばお前にあのような殺し方ができるか、と訊かれれば「できる」と答えざるを得ない。特殊作戦群にいたのだから。訓練には市街地での接近戦も含まれている。だからと言って、まともな神経の人間ではない、と否定される謂《い》われはない。それでも私の記憶には引っかかるものがあった。

目黒中央署に戻り、津島さんは私たちを置いて、つかつかと捜査本部設営中の会議室に入っていった。すぐに柏木さんを見つけ出して「さっきはスマン！」と親しげに声をかけた。

「柏木。ちょっと二人で話そう。大事な話があるんだ」

と、強引に相手の肩に手を回した。嫌だとは言わせない、という態度だ。

「あ、上白河くん。君も来なさい」

等々力さんや石川さんを差し置いて、私だけが呼ばれ、三人で近くの小会議室に入った。

「現場に行ってきた。いろいろスマン」

ドアを閉めるなり、津島さんはいきなり下手《したて》に出た。柏木さんが「なにかある」と身構えるのが判った。明らかにこちらを警戒している。

「なんだよ。二人きりの密談じゃなかったのか？」

柏木さんは私がいるのが邪魔なようだ。

「この子は大丈夫だ。元自衛隊の精鋭で、国家に対する忠誠心《ちゅうせいしん》は折り紙つき、口も堅《かた》い。

職務についてOJTの最中なんだ。習うより慣れろって言うだろ」

　津島さんはそう言うと、窓を開けて、我慢できなくなった風にタバコを取り出して火を点《つ》けた。手には携帯灰皿がある。

「で、単刀直入に言う。別件を差し出すから、その代わりに、やっぱりこの件は公表しないで貰えるか。捜査するな、と言うんじゃないんだ。捜査は大いにやってくれ。犯人を挙げてくれ。ただし、事件や捜査の進捗《しんちょく》状況については一切、公表しないでくれというお願いだ。被疑者は精神的に問題がある可能性があるんだろう？　だったら、どっちみち詳細は公表できないじゃないか」

「余計なお世話だ。それについては精神鑑定の可否を含めてこっちが判断する」

「結果的には同じ事じゃないか」

「津島、お前が言うのは、捜査内容のリリースをするなということではなくて、事件の存在そのものを秘密にしておけということなんだろ？」

「そうじゃない。事件をなかったことには出来ないが、その記者発表を控えてくれということだよ。警察がリリースしなければ、報道機関は事件の存在を知り得ないんだからな」

「秘密ではないが教えない。ただ言わないだけで、隠蔽したわけではない、って言い逃れか？」

　タバコを差し出された柏木さんは、遠慮なく一本抜いて火を点け、美味《うま》そうに吸った。

「一応訊いておくが、津島。交換条件の、お前が差し出す別件ってのはなんだ?」

「よりどりみどりだぞ」

咥《くわ》えタバコをして紫煙《しえん》に眼を細めながら、津島さんはカバンから数枚のクリアファイルを取り出して、それをババ抜きのトランプのように扇形《おうぎがた》に広げた。ババ抜きと違うのは、「書いてある方」を柏木さん側に向けているところだ。

「たとえばこれ。国際的なジャーナリストの向島良太郎《むこうじまりょうたろう》が立場を利用して、同じくジャーナリスト志望の女性に薬物を飲ませて昏睡《こんすい》状態にして強姦《ごうかん》した件はどうだ? 逮捕状まで出たのに、上からの圧力で執行《しっこう》が差し止めになったよな?」

「加害者が官邸のエラい人の親族と昵懇《じっこん》の仲だったから、官邸が警察に手を回したとされるあの件だな。ウチのかなり上の方が動いたのは公然の秘密になっていて一部で報道もされている。あれは内部でも、とんでもない話だと怒ってるヤツが多い」

柏木さんは鋭い目で津島さんを見た。

「いいのか、この件を本当に表に出して?」

津島さんはそれには答えず、次のファイルを示した。

「これは、検察の上層部が堂々と賭《か》けゴルフやってるって件だが、どうだ? それか、現役の閣僚がマカオのカジノで大負けして、中国マフィアに借金した分を官房機密費で清算したとされる件」

柏木さんは、う～んと腕を組んだ。

「もしくは、官邸の某《ぼう》人物が某カリスマ編集者を使って自らの政策本を出そうとしていたが、くだんのカリスマ編集者が立場を利用してゴーストライターに起用した女性に情交を迫るも断られて仕事をキャンセル、おまけに原稿料も不払いで裁判沙汰《ざた》になりそうな件とか？」

「それは民事だから無理だな」

柏木さんは数枚のファイルから一枚を抜くと、テーブルに置いた。

「向島良太郎の件で、手を打とう」

ただし、と柏木さんはストップをかけた。

「事件の存在については伏せられない。事件が起きている以上、周辺の治安、聞き込みなど捜査への支障《ししょう》、万が一類似犯が出た場合などのことを考えると、事件の発生についてはリリースせざるを得ない。まあ待て」

柏木さんは右手を挙げて何か言いかけた津島さんを制した。

「被害者を議員の私設秘書ではなく、『会社員』として公表する。そして、被疑者については、精神疾患《しっかん》の可能性がある人物が浮上しているので、報道には人権に特段の配慮を求めたいと言い添える。これでどうだ？」

「リリースでは会社名や会社の所在地も発表するだろう？　それはどうする？」

「心配するな。ベタ記事にしかならないようにリリースするから。ベタ記事ならマスコミは警察発表だけを書く。独自取材はしない。しかも心神耗弱《こうじやく》が絡《から》む要注意案件で、取材して記事にしても掲載されない、放送出来ない可能性が高いとなれば、連中も忙しいし紙面や放送時間も限られてるから、この件は塩漬け扱いになるだろう。とにかく、なるべく連中の興味を惹《ひ》かないように発表する」

「……いいだろう。よろしく頼む」

なんとか折り合いがついたので、津島さんはふたたび頭を下げた。

「この向島良太郎の件は、捜査一課の連中が喜ぶだろう。士気も上がるってもんだ」

話がついて、晴れやかな表情の二人を見て、私は逆に複雑な気持ちになった。

取り引きに使われたのは、かなり話題になったレイプ事件だ。女性にひどいことをした人間が罰せられるのはスッキリするが、そいつが「女性に理不尽《りふじん》な被害を与えたのに、罰せられず罪を逃れていた」事実についてはまったく納得がいかない。

部屋から先に柏木さんが出ていって、津島さんと二人になった。

「……なんか、言いたいことがあるみたいだけど？」

先に、津島さんが訊いてくれた。こういう事は私の方からは言い出しにくい。

「女性がレイプされた事件を取り引きに使うのは、正直、気分が悪いです。それに、持ち札みたいにその事件を押さえておく遣り方も、納得できません。それじゃ被害者の気持ちはどうなるんだって、どうしても思ってしまうからです。だって犯人が一般人だったらとっくに捕まって、裁判で有罪になってるわけでしょう？　名前もすべてニュースに出て。でも、エラい人の友達だから、津島さんが事件になるのを押さえて、逮捕も裁判も、なかったんですよね？」

いやまあ、と津島さんは二本目のタバコに火を点けた。

「悪いね。こういう時はどうしても吸いたくなるんだ」

ニコチン中毒で、と津島さんはボヤいた。

「真面目な話、君を見ていると昔の自分を思い出す。おれも何度もそうして壁にぶつかって、結局、警察にいられなくなってね。判って欲しい、とは言わない。この件に限らず、いろんな局面で何を言われてもしかたがない。普通の感覚を持っている君や、外部の連中にもね。だが、信じてほしい。我々は、その壁に少しでもヒビを入れるべく、いや、爪痕《つめあと》ひとつでも残そうとして、仕事をしていることを」

そう言って、津島さんは少し照れた。

「それに、ウチは、積極的に政治家や官僚のスキャンダルを調べ上げてほじくり返す部署ではない。ほとんどがタレコミだし、多くは官房副長官のラインからウチに降りてきた件を『ナントカせい』と命じられるんだ。我々は学校の風紀《ふうき》委員や昔の憲兵《けんぺい》とは違うし、公安警察みたいに政治家や活動家を日夜調べ上げているわけじゃあない。命じられたことを粛々《しゅくしゅく》と処理するのが、我々の仕事なんだ」

「そのためには何でもやる、っていうことですか？」

「そういう局面もある。だが面従腹背《めんじゅうふくはい》という場合もあるって事だ。上から押し付けられた理不尽な命令を、少しでもマシな形にして処理する。それは組織の中にいる我々にしか出来ない、そう思ってやっているんだ」

そこまで聞いて、私はもう我慢が出来なくなって部屋を飛び出した。

「おい、君！」

廊下を逃げるように爆走する私の、ただならぬ雰囲気を察知したのか、石川さんが慌てて追いかけてきた。

私は目黒中央署の階段を駆け下りて外に出た。どうしても自分を抑えられなかった。いや、理屈では自分を納得させられなかった。

「上白河くん……ちょっと待てよ」

息をゼイゼイさせながら、石川さんが追いついてきた。

「やっぱり昨日まで自衛隊にいた人はスゲえや……」

さっきまで上司ふたりの後ろに回って控えめにしていた石川さんなのに、何故《なぜ》か私を追ってきた。

「どうするの。チーフを置いて、帰るの？　それとも、また辞めるとか言い出すの？」

背後からそう言われた私は、立ち止まって振り返った。

「ちょっと……自分でも判りません」

本当に衝動的に走り出してしまった。だけど、あんな話を聞いて、津島さんとニコヤカに対応することは出来なかった。私は、口止めの交換条件に、津島さんが、例のレイプ事件を持ちだしたことを石川さんに話した。

「そうか。無理もないな。女性として許せない気持ちになるのは当然だ」

控えめでクールだと思っていた石川さんだが、なぜか熱く語りかけてきた。

「そうです。交換条件として使われるのが許せなくて。被害者の立場になってくださいよ」

「それも判るけど……あの件は、どうにもならなかったんだ。加害者に官邸との太いパイプがあるんで、何としても守れ、と刑事部長が忖度をして」

「それだけでも許せないのに、津島さんは、まるで切り札みたいにその事件を出してきたんですよ。現実に傷ついた人がいるのに、それをただの材料というか、パーツというか、そんなふうに扱うなんて」

どう考えても、私は納得出来ない。

「君がそう思うのは当然だ……だけど、考えてみて欲しいんだ。津島さんは、あの逮捕状差し止めの汚点をなんとか挽回《ばんかい》しようとして、ずっとタイミングを計ってきたんだぜ」

「あ……」

そういう考え方もできるのか、と私は虚《きょ》を衝《つ》かれた。

「それに、今回、やっと正義が行われるんだぞ。事件が再捜査されて、被疑者はきっちり逮捕されて通常の形で送検されて起訴されて裁判になる。民事訴訟《そしょう》による被害の回復という選択肢もあるが、それよりはずっといいと思わないか？　民事裁判でも事実認定はされるけど、刑事じゃないと犯罪行為は罰せられないからね」

それは、石川さんが言うとおり、刑事裁判でしっかり有罪を認められる方が、ずっといい。

「ね、そろそろ判ってきたと思うけど、政治が絡むと物事は簡単にはいかないんだ。いろんな人の思惑《おもわく》を調整しなければならなくて……それを『オトナの事情』と片付けるのは褒《ほ》められたことじゃないけど、津島さんは津島さんなりに、明るみに出したいことも山ほどあるんだ。それをカードとして使った、その扱いもまあ、アレだけど」

スッキリ説明できない石川さんだが、判ってほしい、という熱意は伝わってくる。

「津島さんは、ああ見えて、警視庁でいろいろぶつかって、スジを曲げたくなくて、いろいろあったんだ。柏木さんも、さっきはおれたちを権力の犬みたいに詰《なじ》ったけど、実は、あの人の方こそが上には迎合《げいごう》して尻尾振ってる。それは、けっこうみんな知ってることなんだ」

「そうなんですか？」

「……と、聞いている。おれは警察の人間じゃないから、人づての情報だけどね」

石川さんはそう言ってポケットから出したハンカチで顔を拭った。

「津島さんの遣り方は老獪《ろうかい》と言ってもいい。その遣り方はウチで……官房副長官室で身につけたものだ。と、思うよ。直流でビシバシやってもスパークして火花が散るだけで、結果は出ない。時には、搦《から》め手から攻めることも必要な戦法だ。君も自衛隊にいたんだから、そういう戦術というか戦法は判るだろ？　正面突破だけが戦い方じゃないって」

石川さんの目には、熱意があった。

「君とは仲よくやれそうだと思うし、一緒にやっていきたいんだ。だから、どうか短気は起こさないでほしい。自衛隊のこともいろいろ教えて欲しいし」

石川さんはミリオタなのか？　男性の隊員には、ミリオタが昂《こう》じて入隊してしまったヒトもけっこう多かった。私には全然そのケはないのだが……。

それでも、石川さんの好意と配慮は、よく理解できた。

「……判りました。有り難うございます」

そう言って頭を下げると、石川さんはホッとしたように笑った。

「じゃあ、津島さんに謝ってくるんだ。早い方がいいよ」

一緒に謝りに行こうとまで言ってくれたが、今すぐその気にはなれなかった。

「今は……イヤです。明日、きちんと謝ります」

私はそう言い残して、「早上がり」させて貰った。

一人になって、頭を冷やしたかった。


足の向くままに電車に乗り……気がつくと私は、福生にいた。

高校を中退して十八歳で陸上自衛隊に入るまで暮らした、地元。米兵と揉めたりつるんだりして暮らした街は、どんどん寂《さび》れて……でも、とても好きな街だ。それなのに、入隊してからは一度も戻らなかった。荷物も親に無理を言って習志野に送って貰ったほどだ。

大好きな街だけど、ある日を境に、地元には近寄りたくなくなった。

辛すぎる出来事があったから。

中学の終わり頃からグレて、暴走族に入った。カシラのオンナとして一目《いちもく》も二目《にもく》も置かれ、自分たちでレディースを結成したりもした。

何度も問題を起こして警察のお世話にもなった。それは内輪揉めを仲裁《ちゅうさい》したり、女に暴力を振るうゾクのメンバーに、ヤキを入れたりしていたからだ。

それについては、完全に敵だと思っていた警察がそうでもなくて、私の担当になった刑事さんがとても出来た人だったので、私にとって悪いことではなかったと、今でも思っている。全身ハリネズミみたいに尖《とが》っていた私を変えたのは親でもなく、付き合った男でもなかった。だから、その刑事さんに勧められるまま、自衛隊に入ることになった。

高校を一年で辞めて、バイトをしながらゾクの活動にのめり込んでいた。暴走族といっても、本気でやればいろいろ大変なのだ。他の族と友好関係を維持するために「場」を作ったり、敵対するグループを〆《シメ》に行ったり、グループ内の痴情怨恨《ちじょうえんこん》、金の貸し借りなど、そこにはありとあらゆるトラブルがあった。学校を辞めて、ただフラフラしていたわけではなかった。

だが、そんなに一生懸命だった私を待っていたのは、立ち直れないほどの裏切りだった。その結果、生まれ育ったこの街と絶縁することになった。

二度と戻らない。そう思っていたのに……。

私の足は、自然と、そして無意識に、昔馴染《なじ》んだ飲み屋街に向いていた。そう。あの頃は未成年だからなんだ？　文句あるか、というノリで酒を飲みまくっては飲酒運転でバイクを乗り回していたのだ。自損事故は起こしたが、幸《さいわ》い誰かを怪我《けが》させたことはなかった。

今思ってもゾッとする。運が良かったとしか言いようがない。

それもあって私は今では酒を飲まない。一滴も口にしない。それは、私がこの街を棄《す》てることになった、ある事件が、決定的なきっかけだったのだが……。

福生駅と東福生駅を結ぶ「富士見《ふじみ》通り」は、昔から福生で一番、猥雑《わいざつ》な地帯だった。昔は売春のスポット・旧赤線《あかせん》だった。赤線がなくなったあとも、飲み屋街や性風俗の店が軒《のき》を連《つら》ね、米兵の遊び場でもあって、一時はなかなかにぎやかなところだったという。しかしそれも今は寂れる一方で、シャッターが閉まったままの廃墟《はいきょ》ビルが増え、人通りも少ない。私たちが遊んでいた頃から既にそうだったが、今はもっとひどくなっていた。

だが、そんな寂れた街の寂れた一角にこそ、隠れ家のような店が潜んでいる。

私が入り浸《びた》っていた店も、昔のままの営業を続けていた。

五年ぶりにその店「バレンシア」の紫色の下品なメラミン製ドアを開けると、何ひとつ変わらない空間が広がっていた。

カウンターバーとテーブル席に、広いダンスフロアがある。昔は米兵とホステスが酒を飲んでダンスをしていたのだろう。そのスペースは今もあって、時々ライブでもやるのか、ドラムセットやキーボードが置いてある。

店を照らす薄暗い照明。少し臭い汚れたカーペットに汚れた壁紙、油のシミで読めないメニュー、そして陽気なマスターがいた。

「よ。久しぶり」

パンチョという渾名《あだな》の太ったメキシコ人みたいなマスターが、五年という時の流れを完全に無視して、一週間ぶりに会ったみたいな挨拶《あいさつ》をした。

「そうね。ちょっと間が開いたかな」

私もそう言って、当たり前のようにカウンターに座った。五年前の指定席だ。

「いつものテキーラでいいかな？」

「あ、いえ、今夜はトマトジュースにする」

「どうしたんだ？　ウワバミのレイに一体、何があった？」

太って怪しいどじょう髭《ひげ》を生やしたパンチョは、それでも私の前になみなみと赤い液体を満たしたトールグラスをどん、と置いた。繊細な葉っぱつきのセロリが一本、無造作に突っ込んである。グラスの下では、カウンターに貼られた赤いメラミンの装飾板が割れたり反《そ》り返ったりしている。

「なんか、雰囲気が堅いね」

パンチョが言った。革のベストがマカロニ・ウェスタンに出てくるガンマンみたいだ。すぐに殺されるメキシコ人、という役どころか。

「まあね、今はちょっと堅い仕事してるからね」

「聞いてるよ。自衛隊だって？　そりゃ堅いわ」

情報は回っていた。地元のネットワークはあなどれない。

「で、どうしてた？　全然顔見せなかったあいだ」

「うん……まあね、いろいろと」

パンチョは親身なのか、野次馬《やじうま》的好奇心なのか全然判らない。たぶん、話のネタに聞くだけで、親身でも好奇心があるというわけでもない。客の身の上話なんか、汚れたコースターと同じで、右から左に消えていくものでしかないのだ。

「今どこに住んでる?」

そう訊かれて、あ! と思った。今朝、いきなり習志野の寮を追い出されて、部屋の荷物なども そのままだ。もう習志野に勤務するわけではないから、どこか住むところを探さなければならないのだが……取りあえず、今夜ひと晩の宿を、どうしよう?

「今は……住所不定だね」

「え? 自衛隊、辞めたの? クビか?」

「そうじゃなくて。私はこれでもチョー優秀な隊員だったんだ。ちょっと配置換えというか、転籍で」

私が不幸になっていないのを知ると、パンチョは途端に興味を失って、グラスを磨《みが》き始めた。こういうところが実にハードボイルドだ。

セロリを齧《かじ》った私は空腹を感じた。昼に警視庁の職員食堂で親子丼を食べて、もう夜だ。

「何か作って。卵トマト炒《いた》めとか」

「あいよ」

パンチョは中華鍋を振るい始めた。

この界隈《かいわい》が賑《にぎ》やかになるにはまだ早い。店の客は私だけだ。というより、昔から、この店に客がいっぱいいいるのをあまり見た事がない。

「ほい」

五年前まではよく食べていた、懐かしの卵トマト炒めがドンと置かれた。

味は昔のままだった。ちょっと泣きたい気分で食べていると……ドアが開いて若い男が入ってきた。そいつをチラッと見た私は、驚いて二度見した。

鴨居崇が、立っていたのだ。

「え？」

「え？」

私たちはお互い、驚いて睨み合うように相手を見た。

崇は、今日の昼間に官房副長官室に押しかけてきた、そのまんまの格好をしていた。

「なんで……あんたがここに来るのよ！　ここは私の昔から馴染みの店なの！」

「いや、おれは、ちょうどこの辺に遊びに来て……『メシログ』でテキトーな店を探してたら……」

明らかにウソだ。しかし崇はヘタクソなウソを突き通そうとしている。

「美味いモノが食べたくて……そう、それだ！」

崇はツカツカと寄ってくると、カウンターの箸立てから割り箸を抜いて、私の卵トマト炒めを一口食べた。

「美味い！　『メシログ』は当たるなあ！」

上機嫌《じょうきげん》になった崇は、「濃い目のハイボールちょうだい」とお酒をオーダーした。

「あんた、高校生なのに、私の前で飲むわけ？　バカにしてんの？」

「いいだろ別に。ここは奢《おご》るからさ。あんただって、昔はワルだったんだろ？」

「そうだよ。この辺じゃデビル・レイって呼ばれてて」

カウンターの中からパンチョが答えた。

「……ガキのくせに酒が強くてね。テキーラ早飲み勝負では負けたことなかったな。なあ？」

「余計なこと言わないで！」

「いいじゃん！　おれはさあ、中途半端《ちゅうとはんぱ》なダチしか居なくてさ、あんたみたいな本物がいないんだよ。だから……これからもヨロシク！」

崇はハイボールの入ったトールグラスを私のトマトジュースに合わせた。

「え？　なに？　こんな可愛《かわい》いの飲んでるの？　ウォッカ入り？」

「思うところあって、酒はやめてるんだ」

パンチョが私をからかう。

「ちょっと見ない間にえらくお上品になったねえ。お嬢様か！」

そう言いながら、パンチョは中華鍋から別の料理を皿に移し、崇の前に置いた。

「これ、食べてみて。セロリと豚バラとシメジの炒め物。新メニュー」

ドンと置かれた皿を見て、崇が口を尖らせた。

「おれ、セロリが嫌いなんだ」

「いいから食え。たぶんアンタみたいなのはセロリとかピーマンが苦手だと思ったんだ」

「わざとかよ」

と言いながら、崇はセロリと豚バラ肉を摘《つ》まんで口に入れて、難しい顔で咀嚼《そしやく》していたが、我慢できなくなって顔を綻《ほころ》ばせた。

「……美味い」

「だろ。オトナならもう食わず嫌いは止めな」

そう言われた崇は、パンチョに頷いて、私にもそのひと皿を勧めた。

「アンタもこれ、食ってみ。美味いから」

「食べなくても判る。ここはナニを食べても美味しいこと、知ってるから」

「まあそう言わずに食べてみって！」

崇が強引に皿を押しつけてくるので、私も一口食べてみた。

「美味しい！」

「だろ？」

崇は自分で作ったわけでもないのに自慢した。

私は……そんなコドモみたいな崇を見ていると、不覚にも和《なご》んでしまった。ここに来たときは滅茶苦茶《めちゃくちゃ》、心がささくれ立っていたのに……。

「ところで、レイさんよ。今夜はまた、どういう風の吹き回しでここに来た?」

「マスターの料理が食べたくなって……っていうのはウソ」

パンチョは、私の顔をしげしげと見て、ぼそっと言った。

「まあ、いろいろあるんだろ。じゃなきゃ、一度棄てた街には戻ってこねえよな」

パンチョは無責任でチャラいように見えて、けっこう人を観察している。

「なにそれ。めっちゃハードボイルドじゃね?」

ちょっとしんみりしかけた私を、崇が混ぜっ返した。

「ま、あんたも、オトナになれば判るよ」

「だからおれをガキ扱いするなよ」

「だってあんた、ガキじゃん」

今日初めて会って、その出会いは最悪だったけれど……エラい政治家のジュニアというスペックを外して付き合うと、面倒くさい弟のような感じがしてきた。崇が一切、人見知りせずにぐいぐい接近してくることもある。私はこの街を棄てたあの日以来、バリアを作って、ずっと人付き合いを狭《せば》めてきた。そこに遠慮なく入ってこようとする崇に、腹立たしさを感じつつも、妙に憎めない。

「あんた、私を捜してたの？　どうして？」

「だから、昼間のああいう感じで終わりたくなかったからさ。おれ、出来れば好感度上げたいの」

「どうして？」

「だから悪く思われるより、いいだろ？」

崇はそう言ってグラスを空《あ》けた。私がここにいるのをどうして知ったのか、それが不思議だ。津島さんから私の出身地を聞き出したとか？　政府の仕事をする以上、私のすべてを調べ上げられていても不思議ではないのだろうが……それはそれで不気味だ。

崇の目が焦点《しょうてん》を失いかけてきた。弱いくせにカッコつけて飲んでいるのだろう。

「まあ……お酒はそれで止めときなよ。ルートビアでも飲みな。奢ってあげるから」

「あんな薬臭いの、飲めるかよ。それにおれの方がカネ持ってるし」

話すことも、なんだか姉と弟みたいな感じになってきた。なりゆきでワイワイとやっているうちに、ささくれ立っていた心がますます和んでくる。いやいや、それはマズい、と私は気持ちを引き締めた。いくら人なつこくて可愛くても、コイツとは、すべての点で相容《あいい》れるはずがないのだから。

しかし。

そこで勢いよくドアが開き、私が世界で一番会いたくない男が入ってきた。

「お？　誰かと思ったら……おやおやおや、上白河レイ！」

レザージャケットにブーツ、チェーンをジャラつかせたマッチョ系オールドスタイルのその男が、私を指差してぎゃははと笑った。脚が長くて筋肉質。大きめのグラサン。

怒り、憎しみ、嫌悪《けんお》、悲嘆《ひたん》。男を見た瞬間、ありとあらゆる感情がこみ上げてきた。その中にごくわずかな懐かしさ、そして、消え果てたと思った恋情のかけらが混ざっていることが、私の動揺を加速した。

心の揺れを押し隠し、私は無理に冷静を装いつつ言った。

「そんなカッコでまだバイク乗ってんの？　博物館で剝製《はくせい》になってる方が似合ってるよ」

私は一度チラ見しただけで、その男と目を合わせなかった。

昔の男。この辺の族の元カシラ、ジョー。「穰」という名前の漢字が書けないからジョーと名乗っていると昔聞いた。とは言っても生粋《きっすい》の日本人だ。生まれも育ちも福生の、ジモティ。私より五歳上。ガキでバカだった私の憧《あこが》れで、ヒーローだった男。しかし今は……。

私が五歳トシを取った分、ジョーも同じだけ歳を取った。しかし、いつまでも若い気でいるのだろう。昔のまんまの格好が無理な若作りにしか見えない。少し、いや、かなりイタい……心からそう思えた私は、その瞬間、動揺から立ち直った。まったく、どうしてこんな男に惚《ほ》れたりしたのだろうか。

だが、ジョーは昔の獲物を見つけた、と言わんばかりの、舌なめずりするような表情で私を煽《あお》ってきた。

「どうしたんだよお前？　自衛隊クビになって舞い戻ってきたのか？　どうせ自衛隊でも暴れて、めんどくせえことになったんだろ」

ジョーがカウンターの、私の隣の席に当然のように腰掛けた時、ドアからはぞろぞろと、さらに三人の男が入ってきた。みんなジョーの手下で、私の昔の馴染みだ。

「おれは怒ってないぜ、レイ。また昔みたいに仲良くやろうや」

ジョーの手が馴《な》れ馴《な》れしく私の頬を撫《な》でる。

瞬速でその手をはたき落としてやった。

「なんだよ……お前を慰《なぐさ》めてやろうと思ったのに。なんなら寝てやってもいいんだぜ。五年前みたいにヒィヒィ言わせてやろうか？」

お前、あそこの締まりだけは抜群だったよな、フェラは下手糞《へたくそ》でどうにもならなかったが、とジョーは下品なことを喚《わめ》き散らしている。

私は無視して料理を摘まみ、グラスのトマトジュースを一気に半分に減らした。

「おいおい、そんなジュース飲んでるなよ。パンチョ、こちらにいつものテキーラね」

そう言われたパンチョは私を見て「どうする？」と目で訊いた。

私は小さく首を横に振った。

「あんた、族を引退したんだって？　家の商売継いだんだって？　なんだっけ？　自動車修理工場？　ガソリンスタンド？」

「両方だ。それのどこが悪いんだよ？　この街を出たお前がそんなにエラいのか？　おれを鼻で笑うなんざ、ずいぶんな出世じゃねえか」

私は黙ったまま、片頬《かたほお》でせせら笑ってやった。

ジョーがテーブルの上の私のグラスを摑んだ。残った赤い液体をこっちに向かってぶちまけたが、私はさっと避《よ》けて難を逃れた。

それを見てふふんと笑ったジョーは、タバコを咥えてジッポで火をつけた。

照れ隠しだ。昔からのクセだ。これをクールだと勘違いしていた時もあったのだ。

ここまでの展開を、崇は圧倒された感じで、小さくなって見ていた。たぶん素人にも判る殺気が出ているはずだ。

この男にだけは二度と会いたくなかった。だったらお互いが贔屓《ひいき》にしていた店に来るべきではなかったのだ、とようやく気づいたが、遅い。

「誰、こいつ？」

ジョーは崇を顎《あご》で示した。

「お前の今のオトコか？　カネ持ってそうなボンボンじぇねえか」

ジョーはスツールを降りて崇に近寄り、いきなり彼の股間《こかん》を摑んだ。と、崇は無言のままジョーの腕を取って捻《ひね》り上げながら立ち上がった。その分、腕は上まで捻《ね》じあがる。なるほど、渋谷あたりで喧嘩慣れしている、というのは本当か。だが所《しょ》詮《せん》、族あがりの敵ではない。

ジョーは馬鹿力で腕を振りほどいた。その反動で、崇が床に飛ばされた。

「止めときなよ。あんたにはオッサンに見えても、相手にならないよ」

私はグラスを置いて立ち上がった。

「このオッサン、トシは食ってても馬鹿力だけはあるんだ。だってバカだから」

「ナニ言ってやがる」

ジョーは引《ひ》き攣《つ》った笑いを浮かべ、余裕のある風を装って私に手を伸ばしてきた。

私はその手を摑んだ。

次の瞬間、元カシラは床に倒れていた。だが、さすがに倒されたままにはならない。すかさず私の腕を取り、ぐい、と引いて私を自分の上に引き倒した。

それが合図になって、他の三人もワッと寄ってきた。

私は朝から同じ紺のビジネススーツに白のブラウスを着ていたが、男たちが四人がかりでそれを脱がせようとしていた。後ろからジョーががっしり腕を摑んでいるので、私は抵抗できない。

三人のうち、一番の下っ端と二番目の下っ端が二人がかりで私の足の上に乗って押さえ込んでいる。三人目はジョーの副官というか、腰巾着《こしぎんちゃく》のタローだ。大して喧嘩も強くはないくせに、ジョーの威《い》を借るだけのヘタレだ。そのヘタレが嬉々として私のスーツの前を開け、ブラウスのボタンを引きちぎり、スリップをスカートから引き擦《ず》り出している。

「や、やめろ！　そのヒトに手を出すな！」

崇が止めに入ろうとした。オトコとして当然の義務を果たそうとしているのだ。

しかし彼は、タローに睨まれ、「……黙ってな」とドスの利いた声で脅されると、そのまま固まってしまった。

「相変わらずいいカラダしてるな。五年前より引き締まっていい感じじゃねえか。アッチの締まりも、ますますよくなってるんじゃねえの？」

タローはそう言いつつ、私の脇腹を撫でた。昨日まで続けていた厳しい訓練のおかげで、私の腹肉は力を入れれば割れる。

私の両脚を押さえつけている下っ端ふたりは、スカートが捲れて曝《さら》け出された私の太腿《ふともも》から爪先までを、舐《な》めるように視姦《しかん》している。イヤらしい視線が刺さるようだ。

タローの視線は、私の胸にねっとりと絡みついている。

ブラウスを左右にはだけられ、スリップも首までたくし上げられて、タローの手は私のブラにかかった。

「覚えてるか？　お前をみんなで姦《ヤ》ったとき、お前は嫌だ嫌だって泣きながら、おれにツバを吐きかけたくせに、おれが突っ込んでクイクイコネコネしてたら、お前も気分出して腰を遣ってきたんだよな。ガキだったくせして、カラダだけは一人前でよぅ」

　それに私は答えず、目を逸《そ》らした。

「たっぷり中にぶち撒《ま》けてやったらヒクヒクしてたよな。で、次のヤツが入れたらもう、ハナから調子上がってて」

「……そうしないとお前ら、終わらなかっただろ」

「ふん。イキまくったのは、あれ、芝居だったってか？」

　へへへ、と男四人は下卑《げび》た笑い声を立てた。

「おいパンチョ。店のドア閉めとけ！」

　ジョーが命令した。この辺ではジョーの命令は絶対だ。

　タローがポケットからナイフを出して、ブラに当てた。

　しゅっという音とともに、私のバストが弾《はじ》けるように飛び出した。

「へへっ。乳首が硬く勃《た》ってるぜ。あの時のレイプの興奮を思い出したか？」

　タローは言葉で私をなぶりつつ、左手で片方の乳房を揉みながら、もう一方の乳房にむしゃぶりついた。ちゅうちゅうと音をたてながら吸いつき、れろれろと舌先で硬くなっているい乳首を転がす。

嫌悪すべき感触に鳥肌が立った。

ジョーには、自分の女を他の男に抱かせる「寝盗《ねと》られて興奮する性癖」がある。最後に大勢でやられた時にそのことに気づいたが、遅かった。クスリや、一対一のセックスではなかなか元気にならないのに、他の男に犯させてそれを見ることで異様に興奮して、激しく勃起《ぼっき》する。要するに、変態だ。

一方、私の脚を押さえている二人も、我慢できなくなったようだ。紺のスカートの中に手を突っ込んで、私のショーツをじわじわと引きずり降ろしにかかった。

「へっへっへ。毛が見えてきたぜ！」

相変わらず低脳な男たちだ。五年前まで仲間だったというのが信じられない。

「コイツ、エラそうなこと言ってってもやっぱり女だな。オ×ンコまで曝け出されて、心が折れちまってるぜ！」

「マングリ返しだ」

男二人は、ショーツを抜き取った私の両脚を持ち上げて目一杯左右に広げ、秘部を剝き出しにさせると、一人が局部に舌を這《は》わせてきた。

「へへへ」

と含み笑いしつつ、感《かん》に堪《た》えない様子で舌を這わせてくる。

先端を硬くした舌を私の秘唇《ひしん》に割り込ませたかと思うと、ぺろりと果肉を舐めたり、ラビアを唇《くちびる》で挟んで伸ばしたり、秘芽を鼻先で転がして、ゆっくりと硬くしていく。

もう一人は、私の長い脚に舌を這わしている。

「タローさん、カシラ。悪い。先にいいか？」

私のアソコを舐めている男が切羽《せっぱ》詰まったような声を出した。

「もう我慢出来ねえ」

「いいよ。先にやりな」

ジョーはカシラの貫禄《かんろく》を見せた。

男は手早く自分のジーンズを脱いで勃起したものを私に押し当てようとした……。

今だ、と私は思った。

男に掴まれていた両脚に瞬時に力を込め、最大限の筋力を発動する。

男二人があっさりと宙を舞い、床に落ちた。

「え？」

倒れた二人は、自分に何が起こったのか判らないようだ。

間髪《かんはつ》を容《い》れず上半身を起こした私は、バストに吸いついていたタローの頭を鷲《わし》づかみにして持ち上げ、その顔面に渾身《こんしん》の頭突《ずつ》きを浴びせた。

「ぐえっ」

タローは勢いよく鼻血を噴出させつつ、ひっくり返った。

そのまま頭を後ろに振った。そこにはジョーの顔がある。

ぐしゃ、という音がした。鼻が潰れた筈だ。私の首筋を生暖かい鼻血が流れてゆく。

一瞬にして男二人が血まみれになって、のたうち回っていた。

「自衛隊は自衛隊でも、銃を担《かつ》いで行進してたんじゃないんだよ」

「こぉのぉおおおっクソアマっ!!」

ジョーは血まみれの形相《ぎょうそう》で立ち上がり、組み付いてきた。コイツがナイフを持っていればそのまま刺されただろう。

だが、私は難なくジョーを投げ飛ばした。背中をテーブルの角に打ち付けた元カシラは、呻《うめ》きながら床に転がった。

タローがナイフを手に襲いかかってきたが、私の後ろ蹴りがその胸を捉《とら》えた。ナイフを使う間もなく男のカラダから鈍《にぶ》い音がした。カウンターまでふっ飛んだタローも、そのまま動かなくなった。

「今のケリで肋骨《ろっこつ》が折れたかもよ。医者に行きな」

最初に蹴飛ばされて宙を舞った男二人が、同時に飛びかかってきたが、二人の襟首《えりくび》を掴んで顔面激突させてやると、これまた一瞬でカタがついてしまった。

ジョーがよろよろと立ち上がった。

「て……てめえ、化け物になりやがったか?」

「特殊作戦群って聞いたことある？　ないだろうけど」

私は、息を整えて、服の乱れを直しながら、言った。パンツも穿《は》いていないのにエラそうなことは言えない。

「そうか。自衛隊なら毎日こういう訓練してるんだから、巧《うま》くはなるわな。税金で喧嘩を教わってるてめえと違って、こちとら毎日きっちり働いてるんだ！」

「働いてる？　どうせカツアゲとかクスリを売ってるとかだろ？」

「黙れクソアマ！」

ジョーは激昂《げっこう》して私に向かってきた。

今度はレスリングのような取っ組み合いになった。

ジョーのグラサンが顔から外れてどこかに飛んでいった。

久々に見るジョーの素顔。

「ぷっ！　相変わらずオメメが可愛いじゃん。男性アイドルか？」

私はジョーの、つぶらな瞳を笑ってやった。ジョーは自分でも判っているので昼でも夜でも、風呂に入るときでさえグラサンを外さないのだ。

「だっ黙れ！　黙れって言ってんだろうがよ！」

逆上したジョーが突っ込んできたが、私はするりと体をかわして背後に回り込み、あっさりとヘッドロックをかけた。

締め落とされたジョーは、やがて酸欠になって動かなくなった。失神してぐったりと床にのびた。

タローは肺に肋骨が刺さったのか、口から血を流し、戦意を完全に喪失《そうしつ》している。

だが残った下っ端二人が、またしても私に向かってきた。

一人の鳩尾に蹴りを入れ、もう一人の目に指を突っ込むと同時に、股間を蹴り上げた。

目潰しを食らった男は喚きながら向かってきたが、顔面のど真ん中に拳《こぶし》を一発めり込ませてやると、鼻血を噴き出しながらひっくり返った。

鳩尾を押さえつつ、それでも頭から突っ込んできたヤツからは体をかわした。勢いのままそいつはドラムセットに頭から突っ込み、そのまま動かなくなった。

店の隅でそれを見ていた崇は、目を丸くして「……すげえ」と感嘆の声を上げた。

「あんた、ずいぶん腕を上げたな」

パンチョも褒めてくれた。

「そうだね。昔はただの喧嘩だし、完全な自己流だったしさ」

私は床に転がってるオッサンたちを蹴っては転がし、壊れてしまったテーブルと椅子を片付けた。

「テーブル三つ、椅子が五つ。ごめんね。これ、弁償。足りるかな?」

私は手持ちの万札を全部差し出した。

「貰っとく。で、どうする？」

パンチョはカネを握り締めて、床に転がっている男四人を見た。

「バケツで水をぶっ掛けたら……後が面倒か。店の外に放り出そうか？」

「いやまあ、もう少ししたら自力で起き上がるだろ。そうしたら自分の足で帰って貰うさ」

「タローは救急車呼んだ方がいいかもよ。他のも、病院送りかな？」

判った、と頷いたパンチョは、電話で救急車を要請している。

「で。一暴れしたから腹減ったろ？　一品サービスするぜ」

パンチョは勝手にもう一品作って私の前にドンと置いた。スパムを焼いてケチャップをかけたヤツだ。こんなモノは誰が作っても同じと思うだろうが、パンチョが焼くと、どこの店より美味しいのだ。

トマトジュースもお代わりして悠然と食べていると、ドアが開いて、救急隊員ならぬ、ジョーの手下たちがやって来た。カウンターにいる私を見てギョッとし、床の上の惨状《さんじょう》を見て、さらなる驚愕の表情になった。

しかし、さすがにこの状況をひと目見て事の次第を理解したのか、彼らは四人の男たちを順番に店から運び出していった。

カシラもとっくに意識を取り戻しているはずだが、ここで立ち上がって逃げるのもシャクなのだろう。倒れ込んだまま、ふて寝している。

「あんた、すごいな」

崇の声には敬意があった。

「ってか、人がバタバタ倒れてるすぐ横で、平気で飲み食いできるのか！」

「訓練の賜物《たまもの》かも。本物の戦闘なら敵も味方も死んでるところで、飢えを満たさなきゃならない局面だって、あるはずでしょ？」

「そんな訓練もしてたの？」

崇の目には恐怖が浮かんだ。

「いやまあ、本物の死体のそばで食事はしてないけどね、さすがに」

「だよね……」

崇にスパムを勧めたが、遠慮されてしまった。

派手に身体《からだ》を動かしたので、お腹が減っている。

私はパンチョ特製のヤキメシまで食べて、ようやく満足した。

「それにしてもアイツ。ずっと寝転んでたのも、根性いるよね。見下してた相手……それも昔のオンナにギッタギタにやられたっていうのに」

最後に頼んだビール、ただしノンアルコールを飲み干しながら言ってみた。

大人げないが、これは自分に言い聞かせる、過去への訣別《けつべつ》宣言だ。

「そろそろ行くわ。パンチョ、さっきのお金で足りる？」

「気にすんな。壊れたテーブルはまたどこかから拾ってくるから、いいって事よ」

じゃ、また来るねと言って、私は席を立った。崇は、子犬のようについてきた。

「あの、さっきの男は……昔付き合ってたっていう」

「ああ、ジョーはね、五年前に私を捨てたのよ。タローたちに私を輪姦《まわ》させて、それを口実に。アイツ、私が輪姦されてるのを見ながらオナニーしてた。どうしようもない変態でしょ」

崇が絶句しているのに構わず、私は続けた。こうなったら全部言わずにいられない。

「私の後釜《あとがま》というか、ジョーの次のオンナになったのは、私の一番の親友、っていうか、親友だと思ってた女で……つまり、私はオトコと親友の両方を、一晩で失ったってわけ」

私が事もなげに言った、その口調に崇は驚いている。

「そんな重いこと……ずいぶん軽く言うんだね」

「もう、五年前のことだから」

崇も黙ってしまって、私たちは少し無言で歩いた。

「もう一つ……いいかな？」

訊かずにはいられない、という感じで崇が訊いてきた。

「どうぞ」

「レイさん、いや上白河さんは、あんなに強いのに、どうして裸にされて、ひどいことされるまで反撃しなかったのかって。それが疑問で」

「相手がスキを見せるのを待ってたの。男って、姦《ヤ》る前が一番興奮して馬鹿力を出すのよ。だから、そういう時に反撃しても、下手したら返《かえ》り討《う》ちに遭う可能性がある。だから、ああいう場合は様子を見たほうがいいの。喧嘩にも戦術がある、頭を使えって……」

私が福生のストリートと中学の教室で既に身につけていたこと。習志野ではそれを体系として教わった。生まれて初めて勉強には意味があると知った。

「いかにも百戦錬磨《れんま》の猛者《もさ》みたいだね……」

「だって、私は猛者だもの」

私は微笑《ほほえ》んでみせたが、崇は後ずさりした。怖かったのかもしれない。

「だけど、私のハダカを見たとか、そういうことは他言無用だよ。ユア・アイズ・オンリーだからね。喋ったらどうなるか、判ってるよね？」

「判ってるよ……」

崇は怯えたように頷いた。

時間も遅くなって、この怪しい界隈にも賑わいが増してきた。

さて、今夜はどうしようかな……と私は考えた。

転籍になった以上、習志野には戻れない。今夜のねぐらを確保しなければ。

「大きなホテルがあるじゃないか。一緒に泊まろうか？」

崇が偉そうなことを言いだした。

「なんにもしないから。絶対手も出さないから」

「当たり前でしょう。手を出したらどういうことになるか、アンタはハッキリ見たもんね！」

私はそう言って、ナイトを気取っている崇を見た。

「……判ってる」

手持ちのお金もない私は、崇と一緒に、駅周辺にある大きなホテルに向かった。

第三章　犯行声明

パンチョの店で繰り広げた修羅場《しゅらば》の結果、一着しかないビジネススーツが台無しになった。破れるわ血まみれだわブラウスのボタンは弾《はじ》け飛んでるわで、とても仕事に着ていけない。しかし幸《さいわ》い、暴れた時間が早かったので福生の商店街はまだ開いていて、なんとか着替えを買うことが出来た。そのお金は崇に借りるしかなかったのだが。

そこは夜のおねえさん御用達《ごようたし》の店で、地味なスーツは一着も置いていなかった。

ちょっと……いや、かなり派手かな、とは思ったが、あまり選択の余地もない中、服を揃《そろ》えた。

着替えを抱えて駅前に一軒だけあるホテルに入った。意外にも崇は、私を送り届けて宿泊費を払うと、そのまま帰っていった。ジェントルなのか、それとも私の野獣のようなパワーに恐れをなしたのか……たぶん後者だろう。

お湯に浸《つ》かって全身をマッサージして、ぐっすり寝た。

翌朝、爽快《そうかい》に目覚めて、おにぎりにトースト、ポテトサラダにゆで卵といった無料の朝食を数人分食べて、都心に向かう電車に乗り、何食わぬ顔で出勤した。

車内では、周囲の乗客の視線が気になった。目を逸《そ》らせるか、逆に興味津々《しんしん》な様子でじろじろ見てきたりと、なんだか注目を浴びている感じが落ち着かなかった。

「お早うございます！」

コンビニの二階にたどり着き、努《つと》めて元気な声を出してドアを開けると、既《すで》に出勤していた津島さんや等々力さん、石川さんと目が合った。

「昨日は、大変申し訳ありませんでした！　本当に、済みませんでしたっ！」

私は床につくほどに頭を下げて、謝った。

「いやまあ、女性には抵抗ある判断だったと思う。私の言い方も良くなかったし、人の人生を持ち札みたいに扱ったのも、ナニサマだということだよね。それは私も悪かったと思っています……あ、顔上げて。ここもね、以前は女性スタッフがいたんだけど、経費削減で、ずっとオジサンだけの職場だったから、女性の視点が全く欠如《けつじょ》していてね」

そう言われて頭を上げた私を改めて見た津島さんが、目を見張った。

「あ？　今日の服すごいね。一夜にして劇的に砕《くだ》けたね」

津島さんだけではない。全員が驚いている。

「ねえ、こういう事を言うと、今どきはセクハラになるのかもしれないけど……君さあ、もうちょっと地味に出来ないの？」

「派手ですか？」

官房副長官室には姿見がないから、自分の格好が見えない。

石川さんがスマホで写真を撮って見せてくれた。

「いくらなんでもイエローの蛍光色《けいこう》のジャケットにパンツはないだろう……君はお笑い芸人か？」

そうは言っても、昨夜、福生の店で筋肉質の私に合うサイズ、そして昼間でも許容できる露出度の服というと、これしかなかったのだ……。

電車の中でガン見されたのは、そのせいか。

「ねえ。昔、ここにいた事務員さんの、あの時の制服、まだロッカーにあるんじゃないの？」

「まあ、芸人のステージ衣装より事務員さんの方がマシですかね」

石川さんが入口脇の部屋に入った。そこが女子更衣室なのだろう。

「あったあった。こっちに来て、着替えて！」

更衣室に入ると、石川さんの手にはクリーニングのビニール袋がかかった、事務員さんの制服があった。

言われるままに着替えて、ロッカーのドア裏についている鏡で自分の姿を見ると……まあなんというか、完璧な事務員さんになっていた。白いブラウスにチェックのベスト、そして黒の膝丈《ひざたけ》タイトスカート。胸元にはリボンタイまでついている。

その格好で更衣室から出て行くと、津島さんをはじめ、全員にウケてしまった。

「女性って、着るものでホント、変わるね！　それなら銀行の窓口にいてもおかしくない。馬子《まご》にも衣装か」

口が悪い等々力さんがコメントし、津島さんもさりげなく言った。

「聞くところによると、君は昨夜、福生で物凄《ものすご》いパワーを発揮したんだって？　そういうパワーは仕事に向けてくれよ」

まさに地獄耳だ。この地味で一見、何の変哲もなさそうな「ザ・事務所」の、一体どこに、そんな情報収集力があるのだろう？　恐るべき能力の一端《いったん》を、さりげなく見せつけられてしまった。

「どうして知ってるんですか？」

「君ねえ、我々はダテに『内閣官房副長官室』を名乗ってるんじゃないんだよ」

津島さんはそう言って私をケムに巻いた。

「ひょっとして、ここの情報が外部……鴨居崇とかに流れたってことは？」

私がそう訊いてみても、津島さんは「さぁ？」と首を傾けるだけだ。

「さあ、それはそれとして、みんな揃ったかな？　では、これから官邸に行こう」

「え？　カンテイ？」

「そう。副長官に呼ばれているんだ。今から官邸に行く」

「官邸って、ニュースに出てくる、総理大臣が片手を上げて入ってくる、あの官邸ですか?」

「そうだよ。総理官邸。あそこに副長官の執務室《しつむしつ》があるからね」

「こんな格好で、ですか?」

「その発言は撤回《てっかい》した方がいい。事務員さんの仕事を差別しているのか? って思われる」

等々力さんが半分以上、ジョークのように言った。私としてはせっかくの官邸に、もっと別の格好で行きたかったが、まさか蛍光イエローの上下というわけにもいかない。

一同、緊張の面持《おもも》ちで事務所を出て、総理官邸へ向かった。と言っても、同じ町内という感じで、歩いてもすぐの至近距離にある。

途中でSPや警備の警官にたくさん出会った。何箇所《かしょ》かでチェックを受けたが、その都度《つど》、室長が伝家の宝刀みたいな「通行パス」を一行を代表して見せると、全員が最敬礼をして通してくれた。

「気持ちいいだろ、こういうの」

等々力さんが意地悪な目つきで私に言った。

「警官に敬礼されるのは病みつきになるんだよなあ。それで勘違いする馬鹿も多い。シンマイの国会議員とかね。急にチヤホヤされて……豚も煽《おだ》てりゃ木に登るってやつだ」

そう言った等々力さんに、すかさず石川さんがチェックを入れた。

「それは違います。それは、『能力の低い者でも、おだてられて気をよくすると、能力以上のことをやり遂《と》げてしまうことがある』というたとえです。シンマイの議員さんが、ただ単に舞い上がって偉そうになるだけ、という意味なら、『虎《とら》の威《い》を借る狐《きつね》』ですかね」

「そういう解釈もある」

等々力さんはムッとして黙った。

いくつかのチェックポイントを無事に通過して、官邸の目の前まで来た。

入口のすぐ外で、ふたりの男が立ち話をしていた。

そのうちのひとり、長身のがっしりした男を見て、私は思わず声を上げそうになった。

その男は、忘れもしない、自衛隊時代の三期先輩・田崎《たざき》だった。面倒なトラブルの相手だ。元はと言えばあの男とのトラブルのせいで、私にいきなりの転属命令が出たのだ。

田崎は習志野では厳格な「超原理主義者」で、規範《きはん》からの逸脱《いつだつ》を一切《いっさい》許さない男だったが、今も紺《こん》のスーツをビシッと着て髪は角刈《かくが》りに刈り上げて髭剃《ひげそ》り痕《あと》も青いほどだ。

私は咄嗟《とっさ》に石川さんの陰《かげ》に隠れたが、幸い田崎は気づいていないようだった。

田崎と話している相手は見知らぬ男性だ。中年になりかけ、というにはまだ早いが、石川さんより少し年上に見える男が、強《こわ》ばった表情で、かつての私の先輩と話している。長身で痩《や》せた、黒縁眼鏡《くろぶちめがね》の男だ。しかも、二人の間には、なんだか険悪《けんあく》な空気が流れている。

「あれは……楠木《くすのき》じゃないか?」

と、等々力さんが目を止めた。

「お知り合いですか?」

石川さんが訊《き》いたので、等々力さんは簡単に説明した。

「彼は楠木と言って、フリーライター。元は『週刊超真相《ちょうしんそう》』で契約記者をしてた。今も記事は書いているが、どちらかと言えばテレビのコメンテーターで名を売ってるかな?」

「見たことがあります! 朝のワイドショーに出てますよね?」

石川さんが声を弾《はず》ませた。意外とミーハーなのかもしれない。

「楠木とは以前から知り合いでね。なかなか遣《や》り手で、顔も広くて、いろんなキーマンに食い込んでる」

そこまで言った等々力さんだが、「先を急ぎましょう」と、二人の男たちのことは無視して、エントランスに足を進めた。

私たちは、ニュースで見たことのある、官邸の広いエントランス・ホールに入った。官邸は傾斜地《けいしゃち》に建っているので、三階に入口がある。これは来てみて初めて知った。

ここにはテレビのカメラクルーや記者たちがタムロしていたが、私たちのような無名のスタッフには誰ひとり、目もくれない。

報道陣に捕まってマイクを突き出されることもなく、エレベーターで五階に上がった。この階には総理大臣をはじめとした、お歴々《れきれき》の執務室があるらしい。

先頭に室長が立ってドアをノックすると、当たり前のように、中からドアが開いた。

「副長官がお待ちです」

秘書のような人が、その部屋の奥にあるもう一つのドアまで先導して開けてくれたが、事務服の私を見て、なんだか見咎《みとが》めるような間があった気がした。

副長官執務室には、大きな窓を背にして立派なデスクがあり、初老の男が座っていた。私にもいい仕立てだと判《わか》る、高級そうなスーツを着ている。

「やあ、お早う」

その人物は立ち上がってデスクの前にある応接セットを私たちに示した。座りなさいということだ。

「副長官、お早うございます」

室長が丁寧《ていねい》に頭を下げ、それに倣《なら》って津島さん、等々力さん、そして石川さんも一礼した。私も慌《あわ》ててお辞儀をした。副長官の年齢は、室長より少し若い感じだ。

内閣官房副長官、津島さんの説明によれば事務方のほうの副長官には、独特の威圧感があった。見るからに重要人物らしいオーラを発散している。特に背は高くないし、太ってもいないのに、大きく見える。

「あ、君ですか？　陸自から転属したというのは」

副長官が私に目をとめ、声をかけてきたので、少しドギマギした。

「はい、上白河レイです」

「あなたが御手洗くんの推挙《すいきょ》で……そうですか、よろしく」

副長官は私を見ると、柔和《にゅうわ》な笑みを浮かべて軽く一礼し、名乗った。

「私が、内閣官房副長官の韮沢《にらさわ》です」

鼻が大きいのが、お殿様というか貴族というか、そんな威圧感はあるが、物腰は威張《いば》ってはいない。態度と言葉遣いは、私のような下っ端《したっぱ》に対しても丁寧だ。私の好感度メーターは上がった。なんせ陸自にいた時は、階級章が歩いているようないけ好かない、威張り腐った男たちに何度も出会ったからだ。

「御手洗くん。君のところは新人の女性にこういう格好をさせる通過儀礼でもあるのかな？」

副長官は室長に咎めるような口調で訊いた。

「いいえ。とんでもない。今朝、彼女の着てきた服が……いささか、官邸の雰囲気にはそぐわないと判断したものですから」

「いや、別に悪いというわけじゃないんだ。しかし……。まあ、あんまり言うとあれだな、事務員さんを軽く見ていると誤解されるな」

やっぱりこの格好でこの界隈《かいわい》を歩くのはヘンなのだ！

でも、着てきてしまったんだから仕方がない。

「それで、どうですか、例の件の進捗《しんちょく》状況は」

副長官は本題に入った。

はい、と室長が言うと同時に、部屋にホワイトボードが運び込まれ、室長はカバンから取り出した書類を、マグネットで次々に留め始めた。

「昨日、柴田氏殺害について、にわかに『自殺説』が湧《わ》いて、それが広がり続けています。震源はどうやら……主流派の、それも幹部周辺から出ている情報です。『竹山議員の金銭問題の責任をとっての自殺』として、もっともらしく広まっているようですが」

室長はここで言葉を切って官房副長官を見た。

「どうでしょう？　我々も把握《はあく》していない、官邸内部の動きがあるやに思うのですが、そこをはっきりさせていただかないと」

「それはね、政局に関することでしょう。我々事務方は与《あずか》り知らぬ事です」

副長官は素《そ》っ気《け》なく言ったが、室長は食い下がった。

「いや、単に世論《よろん》工作や誘導、情報操作にとどまるものならともかく、『それ以上』の事態になることを我々は危惧《きぐ》しているのです」

「それ以上の事態というと？」

「ある種の実力行使、もっと言えば、政権にとり不都合な人物・団体の『物理的な排除』が、もしや画策《かくさく》されているのではありませんか？　たとえば戦後しばらくの間、労働運動を、暴力団を利用して潰《つぶ》してきたことは、副長官もご存じでしょう？」

不祥事を起こした政治家の秘書や運転手が何人も、不可解な「自殺」を遂げていること も含めて、と室長は言い、私は、そんなことを口にしていいのかとハラハラした。

だが副長官は表情ひとつ変えずに言い切った。

「仮にそういうことがあったとしても、それは昔の話でしょう？　そのような工作を命じた何者かがいるとしても、それは政府ではない。あくまでも関係する個人の判断で、ということではないですか？　いずれにしても、既に半世紀近く過去の事です」

官房副長官は、室長の問いかけに、何ひとつ具体的に答えていないことに私は気がついた。だが室長も深追いはしなかった。

「そうですか。では、本題に戻ります」

室長は、授業や講演で使われる指示棒、胴体が伸びるペンのようなもので、まず最初の書類を示した。

その書類には、この件に関する噂《うわさ》話が細かく書き込まれている。

室長はホワイトボードに赤いマーカーで「柴田自殺説〜主流派筋」と大きく書いた。

「婉曲《えんきょく》表現を使うと判りにくいので、ハッキリ申し上げるご無礼をお許しください」

室長が先に副長官に謝った。

「そういうのはいいから。先に進んで」

副長官は促《うなが》した。

「では。……まず、金銭スキャンダルが原因の自殺ということにすれば、秘書の柴田氏が死んだのは竹山議員を庇《かば》って、という話になり、反主流派の急先鋒《きゅうせんぽう》たる竹山議員のイメージダウンが図《はか》れます」

「それは主流派にとっては都合のいい筋書きですね」

副長官の言葉に室長は頷《うなず》いた。

「そうです。それにともなって、『自殺に追い込んだ奴を追及しろ』という声も与党内からチラホラ上がってきました。もうじき大きな声になっていくでしょう。反主流派の分裂狙いであると思われます」

室長は「責任追及〜与党主流派」と赤く書いた。

「……でも、あれはどう見ても他殺です」

私は思わず言ってしまった。

「自殺だなんて……それは真っ赤なウソです」

「それは判ってるよ。ここに司法解剖《かいぼう》の結果も来てる」

室長は解剖所見をホワイトボードに貼った。遺体の写真付きだ。その写真には、私が昨日、この目で見たものと同じ状態の遺体が写っている。

「ウチの上白河が昨日、監察医務院で指摘したとおり、心臓を鋭利な刃物で一突きした直後に、一気に上方向に斬り込んでいます。これには相当の力が必要で、柴田秘書が自《みずか》らの手で、このような方法で自殺するのは到底《とうてい》無理でしょう」

解剖所見を、御手洗室長は指示棒ペンでパンパンと叩いた。

副長官は頷きつつ、ホワイトボードを一瞥《いちべつ》したが、その眼差《まなざ》しがなんだか……凄くキレる感じがした。陸自にはろくでもないクソオヤジもたくさんいたが、本当に頭の出来が私などとは完全に違う、凄いエリートにも出会った。彼らには独特のオーラがあったので、「只者《ただもの》では無い」ことが私にも判った。少し話せば、そのオーラは気のせいではないことがハッキリしたのだが、それと同じものを、私は副長官に感じていた。正直言って、このオーラは津島さんにも、室長にも感じなかったものだ。

「しかし、このような方法での自殺は無理、と断定していいんでしょうか。切腹の場合、十文字腹《じゅうもんじばら》と言って、文字通りタテヨコに腹を掻《か》っ捌《さば》く遣り方がありますよ」

知識の一端を披露《ひろう》せずにいられない、という様子の等々力さんが言う。

「いや、それは違うな。そんなことが本当に出来たためしはほとんどない。実際には腹に短刀を立てたか立てないかのタイミングで、介錯人《かいしやくにん》が首を落とした例の方が圧倒的だったそうだ」

室長が否定する。この人は時代劇だけではなく歴史にも詳しいのか。

「次に、柴田氏に来ていた脅迫状《きようはくじよう》ですが、具体的な事実の暴露《ばくろ》や、具体的な要求は一切無くて、ただただ竹山議員や柴田秘書個人を糾弾《きゆうだん》する内容に終始しております」

室長はそう言いつつ、カバンから分厚いファイルフォルダーを取り出してページを繰《く》った。フォルダーの中にファイルされているのが脅迫状のコピーなのだろう。

「ちょっと見せてください」

どうぞ、と室長は手にしていた分厚いファイルを手渡した。

「なるほど」

副長官は文書に凄いスピードで目を走らせている。スクリーンショットを撮る速度で、内容が頭に入っている感じだ。それもまたこの人の「凄くデキる」感を高めている。

「脅迫状の文面は、どれも似たようなものだね。『お前が気にくわない』『お前の悪事を知っている』『バラせばお前たちはオシマイだ』……だいたいそういう意味内容の文言《もんごん》が、表現はバラバラだし判りにくい文章ではあるが、書かれているね」

「これを書いた人物については、教養はあるが故意に稚拙《ちせつ》な文章を書いているのか、それとも知能に問題があるのか、或《あ》るいは精神的に病んでいるのか、専門家の間でも諸説ありまして。ただし、すべての脅迫状は一度プリントアウトされたものが郵送されております。つまりパソコンないしスマートフォンで文書を作成する程度の能力は有しているだろうと。ちなみに、使用されたプリンターは判明しておりますが、すべて違うメーカーの違う機種です。それについてもご説明しましょうか？」

「いや、それは結構」

副長官が手を振り、室長は説明を続けた。

「その一方で、自殺説の反証となる証言もあります。すなわち、柴田秘書は会計処理を間違えていなかったし、竹山議員にも再三、くれぐれも怪しいカネは受け取らないよう、念押ししていたという事実です。これは捜査本部からの情報ですが……」

室長が石川さんに目配せすると、石川さんは自分のカバンから大きめのタブレットを取り出して、副長官に見えるように提示した。

「昨日の夜、目黒中央署の捜査本部が行った、竹山議員に対する事情聴取の模様です。議員の事務所で行いましたので、私も参加して、その様子を録画しました」

石川さんが画面をタッチすると、再生が始まった。

『竹山先生は、ここ数週間、例の週刊誌報道以来……政治資金規正法違反の件ですが、派手にマスコミの話題になっておられますね？』

『まったく迷惑な話だ。政治資金規正法違反っていうが君、何ひとつ証拠なんかないじゃないか。問題の記事にだって具体的なことは何も書いていない。あくまでも疑惑でしかないものを、針小棒大《しんしょうぼうだい》に書き立てる週刊誌お得意の飛ばし記事だ。私や柴田が幾《いく》ら否定しても納得して貰《もら》えなかった。大方、私に反感を持つ筋が圧力で書かせたんだろう』

誰とは言わないが、と画面の中の竹山議員は憤懣《ふんまん》やる方ない表情だ。大柄でボサボサ頭。小さな眼鏡を顔に載せている議員に、およそ冴《さ》えた印象はないが、逆に巧《うま》い嘘《うそ》はつけそうもない感じではある。

『先生は積極的にテレビに出たり、ネットも活用して政権批判を繰り広げていますね？　それを快《こころよ》く思わない人も多いと思いますが』

『まあそうだろうね。しかし、政治家なんてものはね、君、自分の考えを明らかにしてなんぼのものだ。それで嫌われるのが怖い人間は、本来政治家になっちゃいかんのだよ』

『しかし、先生に批判される側としては、先生を黙らせたい、力を削《そ》ぎたいと思っている可能性もありますよね？』

『そういう連中は確かにいる。しかし私を黙らせることはできなかった。その結果として柴田がこういう事になったとしたら……それは本当に、柴田には申し訳ないんだけれども』

『では先生、こういう話についてはいかがでしょう？　竹山事務所の口座に出所不明の金が振り込まれ、すぐに引き出された。引き出したのは柴田秘書本人である、との情報があり、現在裏取り中なのですが……』

『それが、事実無根だと言ってるんです！』

竹山議員は大きな声を出した。

『金銭トラブルについては全く心当たりはない。政権批判をする以上、誰に突《つつ》かれても大丈夫なように、細心の注意を払ってきた自信がある。それでもなおかつ、不明朗なカネの動きがあると主張するのは「タメにする批判」「デマ」であり、私を陥《おとしい》れようとする策謀に他ならない！』

と、議員が断言したところで映像は終わった。

「たしかに竹山議員の言うとおり、カネの動きで妙なものはありません。今のところは、ですが」

津島さんが言った。

「その一方で……昨日遅く、目黒中央署から連絡があったのですが、殺害現場にあった柴田氏のパソコンには、複数の脅迫メールないし警告メールが残っていたということです。そのファイルも転送して貰って、そこのフォルダーにファイルしてありますが、既に届いていた脅迫状と内容に大差はありません」

副長官はページを繰ってその文書を確認して「そのようだね」と応じた。

「つまり、脅迫状は来ているが、殺害に関しての直接的な何か……犯行予告ないし犯行声明のようなものはない、ということかね？」

「一番新しく送られてきたものが、犯行声明といえばいえるかもしれませんが……」

副長官はページを繰って、「これか」と頷いた。

「『これまでのメッセージを黙殺された報復を実行した』、か。しかし黙殺といっても、具体的な何かを要求していたわけではないのでしょう？」

たとえば金銭とか、と副長官は言い添えた。

「はい。具体的な要求は全くありませんでした」

困りましたね、と副長官は腕組みをした。

「それでメッセージを黙殺されたと言われてもね」

「被疑者は、脅迫があったことを報道して貰いたかったんじゃないのでしょうか？」

等々力さんが言った。

「自己顕示欲《けんじよく》の強いタイプの男ではないかと」

「それはあるね」と津島さんは応じた。

「いずれにしろ、一連の脅迫状や脅迫メールを送ってきた者、ないしはその一味が被疑者と判断してよいのではないですか？」

副長官は分厚いファイルをぱん、と音を立てて閉じた。

「柴田氏に直接送りつけられた脅迫メールについては、発信元が判るでしょう？」

室長に副長官が指摘する。

「ならば簡単に身元は割れて、拘束できるんじゃないのですか？」

「あ、その件は私から」

と、石川さんが身を乗り出した。

「メールの差出人のアドレスはメールのヘッダに残っていますが、しかしこの送り主は発信元を隠すテクニックを熟知しています。たとえば『Anonymous Email《アノニマス》』というサービスを使ってこのサイトから匿名《とくめい》メールを送信したり、QuickMail から捨てアドを取得して、その都度違うメールアドレスを使ったり、他人のメールアドレスに成り済ましたり、或いは Tor《トーア》 を経由して発信元のメールアドレスが判らないようにしたりしております」

「ということは、そういう偽装工作が出来る、相当に高い知能の持ち主ということになるのではありませんか？」

「そうですね。もしくは、この方面に詳しい者が背後にいると。これについては警視庁サイバー犯罪対策課に調査を依頼していますが……メールの発信場所は常に転々としていて、その範囲も外国に及んでいるので、メールアドレスからの追跡は不可能と思われます」

そうですか、と副長官は窓外を見て、しばらく考えていた。

「この一連の脅迫状や犯行声明は、マスコミには発表していないんですよね？」

「もちろんです。それで現場とはかなり揉《も》めましたが」

実務的なことについては津島さんが答える。

「さらにこの件については、捜査本部は立ち上げるが、事件の存在を含めて記者発表はしないよう、強く要請しておきました」

「それは大変結構な判断ですが、捜査現場は納得しなかったでしょう？　交換条件に何かを差し出したんですか？」

「はい」

津島さんは明確に答えた。

「例の、強姦《ごうかん》ジャーナリストの件です」

「きっ君！　それは、誰の判断だっ」

今まで落ち着いて話していた副長官が、にわかに動転した。

「チーフとしての私の判断です。あれは政府としても、いずれは正さなければならない案件だったんです。それに、これくらいのインパクトあるネタでなければ、捜査本部の柏木がウンと言いませんよ」

副長官は、重苦しい表情になって黙っている。

「そもそも柴田秘書の死亡については、他殺であるという明白な証拠も挙がっているのに、自殺説が広まりつつあり、それは、反主流派にこの事件を利用されたくないという、官邸の意向を忖度《そんたく》したものですよね?」

津島さんにそう言われた副長官は、否定せずに黙っている。

「我々もその意向を尊重して、この件について公表を控えてくれるよう、警察に対して手を打ったのです」

「それについては……感謝していますよ。この件がマスコミに面白《おもしろ》おかしく書き立てられて、反主流派に政治利用されてはたまりませんからね。まずは政権の安定を第一に考える、それはどこの国であれ、政府の一員としては当然のことです」

おっしゃるとおりですと頷《うなず》く室長と津島さんに、副長官は言った。

「しかしながら……しかしながらです。そこまでの配慮があったのであれば、例の件を交換条件に差し出したのは、如何《いかが》なものかと」

副長官は、例の件を差し出したことに依然《いぜん》、強く拘《こだわ》っている。

「副長官がそこまで民間人の事件に拘るのは、加害者が政府上層部に極めて近しい存在、もっとはっきり言えば、総理の親族と昵懇《じっこん》の人物だからですよね?」

津島さんが迫った。表情は淡々《たんたん》として、言葉遣いも丁寧だが、その声には迫力が籠《こ》もっている。

「ですが、あの件に関しては、このままでは絶対に通りません。この国が、今後も人権を尊重する法治《ほうち》国家でありたければ……という意味においてですが。世論、特に女性の支持を失うというリスクが大きすぎる。あの強姦ジャーナリストに、それだけの価値がありますか？　官邸だって、もはや彼のことは見限っています。従って……はっきり言いましょう。この案件の使い道としては、今が絶好のタイミングだったのです」

そう言った津島さんは、チラッと私を見てほんの僅《わず》かに頭を下げた。

副長官はしばらく黙ったまま考え込んでいた。その頭の中では、事態をどう収拾《しゅうしゅう》するかも含めて、複雑な計算が繰り広げられているのだろう。

「わかりました。あなたの言うとおりかもしれません」

副長官は言った。

「では……この件はまず、ウチが動いてください。そして捜査の進展を上に上げてください。いいですね？」

そう言うと、副長官は立ち上がった。

それが合図となって、秘書がドアを開けて、私たちは外に出た。

緊張の面持ちのまま副長官室から出た途端《とたん》、私たち一同は「ふぅ～」と溜息《ためいき》をついた。

「韮沢副長官は、いずれも切れ者揃いだった歴代副長官の中でも、一番のキレッキレなんだ」

等々力さんが広い額《ひたい》に滲《にじ》んだ汗を拭《ぬぐ》った。そこで私は、廊下に立っている男がこちらを睨《にら》んでいることに気がついた。

それは先刻、官邸の外で見かけた、私の先輩・田崎だった。

「貴様か、上白河」

田崎は、つかつかと歩み寄り、私に声をかけてきた。

津島さんたちが、この男と、そして私を注視する。

「自衛隊を辞めたと聞いたが、なんだその格好は？　そのへんのＯＬに転職したのか？」

そんな服を着て、と吐《は》き棄《す》てるように言った。

「貴様は今、何をしている？　お茶くみか？　コピー取りか？　せっかくの俊英《しゅんえい》が、選び抜かれた精鋭の一人が、なんでまた、誰でも出来るような仕事をしているんだ？」

それは違う、と言いかけたが、田崎は私の反論を一切許さない勢いで、攻撃的に畳《たた》み掛けてくる。

「貴様のせいで一体、何人の志望者が涙を呑《の》んだと思ってるんだ？　そんな者たちの犠牲《ぎせい》の上で選抜されたのだということを、貴様は自覚しているのか？」

「いえ、私は、ですから」

「問答無用だ」

田崎は眼光鋭《するど》く私を見据《みす》えた。なんだかこのまま斬殺《ざんさつ》されそうな殺気すら感じる。

「君ね、誰だか知らないけれど、そういう言い方は良くないよ」

津島さんが割って入ろうとした。

「彼女は……上白河くんは自衛隊をクビになったんじゃなくて、命令で転籍したんだからね」

「同じ事です。自衛官の中でも特別なチームの人間にとって、他所《よそ》に移ることは終わりを意味するのです」

そう言って田崎先輩は私に指を突きつけた。

「だから女は駄目なんだ。上白河、貴様は特殊作戦群の面汚《つらよご》しだ！」

その時、話し声が廊下に響いた。こちらに向かって歩いてきたのは、おそらく政権上層部の人たちだろう。その面々が何事かとこちらを一斉《いっせい》に注視した。

私はもう、生きた心地《ここち》がしない。

その時、ドアが開いて、官房副長官ご本人が出て来た。

「何事かね？　大きな声を出して……警備が飛んで来るぞ」

副長官は田崎をチラッと見た。

「君ね、田崎くん。女性だから、事務員の制服を着ているからという理由で、そういう言い方をするのは宜《よろ》しくない」

副長官は、私を庇ってくれた。

「それに君は……場所と時間を間違えているのではないか。私との面会はないはずだ。彼に会うなら、向こうだろう？」

そう言って廊下の向こうを指差した。

「……副長官は、上白河をご存じでありますか？」

田崎が背筋を伸ばして、副長官に訊いた。

「ああ、私の直属の部下ということになるね」

田崎の顔色が変わった。五秒前までは私に対する攻撃と見下し、侮蔑《ぶべつ》と嫌悪《けんお》に歪《ゆが》んでいた表情が、今は青ざめて完全に強ばっている。

面倒なことになった、と私は思った。

田崎の性格は知っている。上にはひたすら媚《こ》びへつらって認められたがる欲求の強さと嫉妬《しっと》深さ、何よりも女性に対する差別意識の強さ。しかも田崎は官邸に出入りしている。今後の私にとって災厄《さいやく》の種になるとしか思えない。

そんな私の動揺を察知したのか、津島さんが「行きましょう」と声をかけてくれ、副長官に全員で最敬礼すると、田崎には目もくれず、廊下を足早に歩いた。

「事務方の官房副長官は、旧内務省系省庁の事務次官経験者が歴任するんだが」

雰囲気を変えようというのか、等々力さんがわざとらしく話題を振った。

「韮沢さんは警察庁出身だけに、こっちの内情を百も承知なんで、我々も下手なウソはつけない。全省庁の役人を束ねる、事務方の事実上のトップにいる人だということは、もう話したよね？」

石川さんも先刻の緊張が解けないのか、顔色が悪いまま補足した。

「そう。黒子《くろこ》に徹して政権を支えるのを使命と考えている人だ。政権を守るためには、どんな悪知恵だって絞《しぼ》り出してくる」

津島さんが窘《たしな》めた。

「韮沢副長官を、そんなにバケモノみたいに言うなよ。副長官は紳士だ。こっちの事情や気持ちを判ってくれる。それに引きかえ……まあ、誰とは言わないが、一部の官邸官僚はひどいぞ。いつも威張り散らしてこっちを下僕《げぼく》扱いだ。自分が政府を回してるみたいな気でいるもんだから、特に総理や官房長官のいないトコでは、それはもう……」

まあまあ、とこの話をしたら止まらなくなりそうな津島さんを室長が止めた。

「たとえ虎の威を借る狐であれ、首席秘書官は我々の上司に当たる人なんだから、敬意を忘れないように、ね」

なんということだ。威張り散らすクソ野郎の役職がこれで私にも判ってしまった。

「……ところで、上白河くん。さっきの、戦前の国粋《こくすい》主義者っていうか、一人一殺《いちにんいっさつ》の暗殺者みたいなヤツ、誰なの？」

等々力さんが私にこっそり訊いてきた。たぶんみんな、口には出さないが興味津々なのだろう。

「あれは……習志野での先輩です。いろいろあって……というか、私が女なのに選抜されたことが気に入らないみたいで、私、目をつけられていて……」

「ふーん」

等々力さんは私をじろじろと無遠慮に眺《なが》めた。

「君も、いろいろあるんだねえ」

「ありますよ。いろいろだらけです」

そんなことを言いながら歩いているうちに、コンビニが一階にあるビルに帰り着いた。

事務所に入ると、室長は突然、私に問題を出した。

「君、副長官が『この件はまず、ウチが動いてください』と言った意味、判る？」

「ええと、それは、我々が動いてしっかり仕事をしなさい、という意味ですよね？」

「いや。副長官は我々に、警察より早く犯人の正体を突き止めるよう命じられたのだ」

「警察より早く、ですか？」

私は驚愕《きょうがく》した。

「そう。一課の柏木くんは、犯人を挙げたら、それ見たか、とばかりに警察発表して手柄を誇りたくなるでしょう。しかし、そうされては困るんですよ」

「既に届いている脅迫状と脅迫メールをもう一度、調べ直しますか」

津島さんが提案した。

「バックに誰か知恵者が付いているのは間違いないでしょう。しかし犯行自体はかなり暴力的だ。同一人物の単独犯というのはちょっと考えにくい」

「暴力性を内に秘めた天才ハッカーで、思想的に非常に偏《かたよ》っている、という犯人像は？天才となんとかは紙一重《かみひとえ》って言うでしょ」

等々力さんが言い、室長が、

「まあねえ、韮沢さんは警察よりも先に、と言ったけど、韮沢さんも元警察官僚です。悪いヤツを野放しにしておくのはヨシとしないはずだよ。なんらかの解決を考えてはおられるのだろう。それより問題は、内閣官房の中の複雑な権力争いです」

政権内部で、誰が何を望んでいるのかが判らない、と室長は言った。

「ことにあの根も葉もない自殺説……あんな噂が出回っていることが気に入らない」

津島さんもそう言って、腕組みをした。

「しかも警察より先にって、それは土台《どだい》無理な話だ。向こうには百人規模の捜査員がいて、地取《じど》り鑑取《かんど》りナシ割りとフル回転だ。証拠物件は全部押さえてるし、とても太刀打《たちう》ちができない」

「被疑者のプロファイリングでもしますか」

石川さんの提案を等々力さんがあっさりと却下《きやっか》する。

「それも科捜研《かそうけん》がやってるんじゃないの？　メールの発信元だって、ガンガン調べて、とっくに割り出してるかもしれないし」

「じゃあ等々力さん。我々は何をすれば……」

石川さんに室長が応《こた》えた。

「まあ、我々に一日《いちじつ》の長《ちょう》があるとすれば、政権内部の情報を取れるということでしょうね。基本的なことですが、一番得をする者は誰だ、ということです。何か起きて、それで利益を得る者を探すんです。実行犯とは限らず、教唆《きょうさ》かもしれませんが」

なるほど、と私は深く頷いてしまった。

「おお、君は素直ですね！」

室長は、おじいさんのような穏《おだ》やかな笑顔を見せた。

「で、君は、誰が一番得をすると思います？」

「それは……竹山議員を良く思っていない人たちですか？」

「柴田秘書個人を良く思っていないヒトかもしれないが」

「とりあえず動きましょう」

津島さんが言った。

「目黒中央署の捜査本部に行く班と、議員周辺に聞き込みをする班に分かれて行動する。ついては誰がどっちにつくか、割り振りしなきゃな」

私としては、議員への聞き込みは荷が重い。敬語の使い方などに自信がないのだ。できれば警察班がいいな、と思っていると、ドアがノックされた。

「誰だ？　今のところ誰も来る予定はないが」

等々力さんがドアを開けると、そこには先ほど官邸の前にいた男が、硬い表情で立っていた。

「等々力さん。さっき僕を無視しましたよね」

「おう、楠木か。売れっ子ライターが何の用だ？　別に無視したわけじゃない。誰かと話し込んでいたから邪魔しちゃいけないと思ってね」

「ちょっと、入っていいですか？」

楠木と名乗る男性は当然のような顔をして事務所に入ってこようとした。

「今は困るんだ。だいたいアポ無しじゃないか」

両手を広げて止めようとする等々力さんに、津島さんが声をかける。

「どちらさん？　君の知り合い？」

振り返った等々力さんは少々バツが悪そうに、「ほら、この前も話した……」と言いかけると、その男性自身が自己紹介した。

「私、ライターの楠木、楠木正純《まさずみ》と言います。いつも等々力さんにはお世話になっていて」

「そこじゃナンだから、入って貰いなさい」

いきなり娘の恋人がやって来て面食らうお父さん、みたいな感じで津島さんはその男性を招き入れ、私に「上白河くん、悪いけど、お茶かコーヒーでも」と遠慮気味に言った。

「君が女だから言うんじゃないよ」

「あ、判ってます」

言われるまでもなく、ここでは私が一番年下で新参者だから当然だ。

給湯室に行ってコーヒーの用意をしつつ、私は耳を欹《そばだ》てた。

事務所の応接スペースには、ソファに室長と津島さん、そして訪問者の楠木という人が座り、等々力さんは近くの事務椅子《いす》を引っ張ってきて座っている。

「楠木正純さん……初めまして。朝のテレビ番組は拝見していますよ」

津島さんが名刺交換しながら言った。

「私もお目にかかるのは初めてですが津島さんについては、等々力さんを通じて、お噂はかねがね」

「テレニチの『ワイド・モーニング』ですよね」

と石川さんが言う。

私は陸自時代、ほとんどテレビを観なかった、というか観ることが出来なかったので、楠木という人のことは全く知らない。

テレビ有名人という人種を初めて見るので、四人分のコーヒーをトレイに載せて運んで行った私は、思わず楠木さんという人を観察してしまった。紺のジャケットに白いシャツ、ノーネクタイにチノパンというごく普通の格好なのに、さすがマスコミ人種というべきか、どこか垢抜《あかぬ》けた感じがする。
「私、これまで等々力さんとは、ネタの交換というか、そういうことをしておりまして」

「それは穏やかじゃないね。うちで扱う情報はデリケートだからね。等々力くんは、彼に弱みでも握《にぎ》られてるのか？」

そう言う津島さんに等々力さんは「イヤイヤ」と慌てて手を振った。

「差《さ》し障《さわ》りのない情報と交換に、ウチが使えそうなネタを教えてもらっているだけですよ」

「テレビで顔が知れていると、私のような若輩者《じゃくはいもの》でも、政治家の方は結構会ってくれるんです」

そう言って、楠木は謙虚《けんきょ》な姿勢を見せた。

「そうですか。ウチは見ての通りの小所帯だから、能力にも限りがあるんで、外部の力を借りられるのはまことに有り難いんです。あくまでも五分《ごぶ》の関係であれば、ということですがね」

室長はフレンドリーな口調ながらクギを刺すことを忘れない。

「で、等々力くんはどんな情報を渡したの？」

「もちろん大丈夫な範囲で、ですよ。高梨《たかなし》議員の不倫《ふりん》疑惑とか、そんな程度の」

「ま、あれはね」

と、津島さんも軽く応じた。

「高梨センセイはタレント議員だし、たぶん次はないだろうし」

「そうですね。高梨さんのネタは、売り込んでもあまり大きくは番組で取り上げられなくて、そのままフェイドアウトしてしまいました」

「等々力くんは逆に、彼からどんな情報を貰ったの？」

「党幹事長の学歴詐称《さしょう》疑惑です」

等々力さんは室長に答えた。

「幹事長の一文字《いちもんじ》さんは政界最長老でしょう？　空襲で学籍簿とか燃えちゃってるから、ウソついても判らないし、逆に自己申告した学歴が正しい、という証明も難しいですよね」

「そうは言いますがどんなネタが、いつ、どんな形で役に立つか判りませんからね」

等々力さんは抗弁するように口を尖《とが》らせた。

「いつもは喫茶店とかカフェで会って、ネタを書いた書類を黙って交換するだけなんです。喋《しゃべ》ると、誰が聞いてるか判りませんから」

等々力さんの説明に、上司ふたりは「まあ、そんなもんだろうね」と含みがある感じで、応じた。

「で、今日は、初めてここにお邪魔したんですが、それには相応のワケがありまして」

そう言いながら楠木さんは、応接テーブルに書類を広げた。

「これは亡くなった柴田さんの解剖所見ですが」

「これ、誰から手に入れたんです？」

等々力さんが詰問《きつもん》する口調で訊いた。

「それはちょっと」

「それを言って貰わないと困るな」

「駄目です。こっちも守秘義務がありますから」

楠木も応戦した。

「まあいいだろう。こういうことは蛇《じゃ》の道は蛇《へび》ってやつだ」

津島さんが取りなした。

「で？　何が言いたいんですか？」

「竹山議員の秘書が死亡した、という情報については、警察発表が一切ありませんね」

楠木さんは責《せ》めるような口調で訊いた。

「発表を抑えてるんですか？」

「そうです」

「何故《なぜ》？」

津島さんは答えない。

「では、こちらから言いましょう。事実を伏せたのは、官邸筋からの要請があったからですね？」

「事実を伏せた、という言い方は正確ではありません。いずれ、被疑者が逮捕された時点で発表されるでしょうから」

津島さんは、たった今思いついたらしい事を付け加えた。少なくとも昨日、目黒中央署で、柏木さんとの間でそんな話は出ていなかった。

「そうですか。亡くなった柴田さんが竹山議員の秘書である事実が伏せられているのは、政権内の、主流派と反主流派の政争に絡《から》むからですか？」

津島さんは答えずに室長の顔を見た。

「その可能性が無いとは言えないでしょうな」

室長は渋々ながら、認めた。

「それと、柴田さんが自殺したのは金銭トラブルの責任をとって、ということですか？」

「ちょっと待ってください。柴田さんは自殺ではありません。自殺という噂が故意に広められつつあるという話は耳にしていますが、他殺です」

津島さんは、そこは、はっきりと否定した。

「しかし、この解剖所見では明らかな自殺ですよ」

ん？　と室長、津島さん、そして等々力さんが「解剖所見」と称する書類に見入った。

自分のデスクにいた石川さんも応接コーナーに飛んできた。

「なんだこれは？」

津島さんは、楠木が差し出した書類をじっくりと見た。

「頸動脈《けいどうみやく》圧迫による縊死《いし》、と書いてある。ご丁寧に首の索条痕《さくじようこん》の写真まで……」

「改めて訊きますが、これ、誰から手に入れたんです？」

等々力さんが迫った。

「ですからそれは言えません」

「……まあ、この内容なら、だいたい想像はつく」

そう言った津島さんが、石川さんに「あれを」と、ホワイトボードに貼り付けた解剖所見を指差し、石川さんは頷いて、書類を外して持ってきた。

「これが、正式なルートで東京都監察医務院から入手した解剖所見です。持参されたものとは、ずいぶん違いますな」

津島さんは二通の解剖所見をテーブルの上に並べた。

楠木さんはそれを見比べて、首を傾《かし》げている。

「我々は、実際に遺体を確認しています。こっちの方が正しい」

津島さんはウチにあった解剖所見を指差した。

「楠木さん。あなたが持ってきたものは、改竄《かいざん》されている。しかも……よく見ると、結構荒っぽい」

津島さんは、楠木さんが持ってきた解剖所見の、ある部分を指差した。

「ここ、上から別紙を当ててコピーしたのが判る。明らかな改竄の証拠です」

「そのようですね」

解剖所見を穴が開くほど見つめたあと、楠木さんも渋々同意した。

「しかし、一体誰が、どうしてこんな捏造《ねつぞう》を……」

「柴田さんが誰かに殺されたのではなく、自殺、という事にしたい連中がいることが、逆にハッキリしたわけです」

津島さんが言い、室長も頷いた。

「『自殺したという噂』だけでは弱いと踏んだ誰かが、解剖所見を改竄したか、捏造したんでしょう」

津島さんは偽物の方をじっくりと見た。

「これは、本物を改竄したと言うより、まったく別の解剖所見を元にしたものですね。書き換えた個人情報そのほかを上から貼り、写真も差し替えたうえで、カラーコピーしたものでしょう」

さすが元捜査二課、と等々力さんが呟《つぶや》いた。

「問題は、誰が作ったか、いや、誰が作らせたか、です」

　室長はそう言って楠木を見つめた。

「誰です？」

　横から津島さんが楠木に訊いた。

「それは、言えません」

　楠木は首を横に振った。

「では、質問を変えましょう」

「ちょっと君。警察の取り調べになってるよ」

　津島さんは室長に注意された。

「あ、これは失礼。このコピーは誰から手に入れたんですか？　その人物も、コピーを貰ったただけかもしれないでしょう？」

「ですから、こちらには守秘義務があります。情報源の秘匿《ひとく》はジャーナリズムの基本ですよ」

「ねえ、楠木くん。その辺はさあ、ちょっとナァナァにしないか？　今回だけは」

　等々力さんが強く迫り、楠木はしばらく黙って考え込んだ。

「僕から聞いたことは絶対に秘密にしてください。それが条件です。そして、情報源を逮捕したり罰したりしないことを約束してください」

「いやいや、ウチには逮捕権も何もないんだよ。警察じゃないんだから」

等々力さんの代わりに津島さんが言った。

「飯塚《いいづか》さんの事務所です」

楠木は答えた。

「飯塚……敏明《としあき》センセイですか？　与党総務会長の一の子分にしてパシ……いや、フットワークの軽い」

言葉を選んだ津島さんに、楠木はハッキリと言い返した。

「そうです。総務会長の西出《にしで》サンの腰巾着《こしぎんちゃく》で、使いっ走り。当選一回のぺーぺー。当人が全然冴えない男だから、まあ仕方がない。彼についてはこう表現する方が的確でしょう」

「なかなか手厳しいですな」

室長は苦笑しつつも否定はしない。

「その飯塚センセイの事務所というのは、議員会館の？」

「ええ。あのセンセイはかなり口が軽いので、いろんな事を教えてくれるんですよ。半分くらいは不正確な情報なんで、取扱注意なんですけどね」

なるほど、と室長は頷いた。

「で、飯塚センセイは、柴田秘書が自殺したと言いふらしてるって事ですか？」

「というか、警察未公表な事件だから、みんな興味津々で飯塚センセイの話を聞いてるってところです。この世界、誰もがウラを読みますからね。ストレートに噂を信じるセンセイは誰もいないんじゃないですか？」

「じゃあ、楠木さんも、この偽情報のそもそもの出所は知らないわけですね？」

津島さんが念を押した。

「出所は、知りません。こういう事を考えそうな人なら……」

楠木は宙を見て首を傾げた。

「複数いますが……」

「楠木さん、あなたは等々力くんと知り合いなんだから、こちらもぶっちゃけた話をするけども……例えば誰を思い浮かべた？　君に言わせるのは、なんだか言質《げんち》を取ろうとするみたいでイヤだから、私が先に言うよ」

違ったら否定してくれ、と津島さんは少し悪戯《いたずら》っぽい笑みを浮かべた。

「まず、策士の党幹事長、一文字さん。あの人は歴戦の猛者《もさ》だからどんな事でもやる。順当に考えれば今回のことも反主流派の竹山を潰すため……と言えないことはないが、一文字さんは、あの通り一筋縄ではいかないお人だ。政権もそろそろ耐用年数が来ていると踏んで、『次』のことを考えているだろう。表向き主流派の工作とみせて、実は政権の幕引きを図ったのかもしれない」

「なるほどね」

楠木は頷いた。

「次の可能性としては、総務会長の西出さん。あの人は一文字さんと違って直情径行派だから、ストレートに竹山さんの力を削ごうとした」

楠木さんは、これにも頷いた。

「本命、対抗ときて、大穴としては反主流派のボス、大森農水大臣。自分の右腕である竹山さんの秘書の死の悲劇性を盛り上げて、逆に同情を買おうとしている。自殺の原因とされる政治資金スキャンダルについては断固否定して『偽情報で追い込まれたあげく、竹山議員の評判を守るため、自ら死を選んだ』という忠臣《ちゅうしん》伝説を作る」

「それはちょっと時代錯誤《さくご》がキツ過ぎますね。ただ、竹山さんについて言われている金銭スキャンダルは全くのウソ、デタラメ、竹山さんを貶《おとし》めるためだけのガセ情報という見方も強いです。それが何より証拠には、竹山さんの件で、警察はまったく動いていないでしょう?」

楠木は、今度は自分から津島さんを見据えた。

「津島さんは警視庁捜査二課出身だから、こういう件のエキスパートでしょう? 二課とのパイプも太いはずです。どう、思われますか?」

「そうですね、警察としてはまったく動いていません。噂がある以上、裏取りはした筈《はず》ですが、動かないところを見ると、ガセ・風評のタグイという判断をしたようです」

「そうですか。となると、やはりこれは、政権与党、それも主流派の『タメにする』工作ではないですかね？」

「まあ、我々としては、あらゆる可能性を考えて動くべきなんですが……」

津島さんは明確な答えを避け、そこで思い出したように楠木に訊いた。

「あなた、竹山先生には会いましたか？」

「いえ、それはまだ。昨日の今日で、まだいろいろ大変だと思うので、僕のような者には会って貰えないだろうと……そちらこそどうなんですか？」

「ウチはホラ、警察ではないので、そちらと同じですよ。今取り込み中だろうから、警察みたいに強引に話を聞くわけにも、ね」

とはいえ、と津島さんは続けた。

「この件はしばらく伏せておいて貰えませんか。いえ、伏せてください。他殺説も自殺説も、どっちもです。じゃないと警察発表を止めた意味がなくなってしまいます」

「そんなに政局は微妙なんですか？」

楠木は微妙に論点をずらして訊いてきた。

「それについては言及を控えますが……その代わり、被疑者が浮上した時点で、楠木さん、あなたには真っ先にお知らせしますよ。そういうことでいかがでしょう？」

あらゆることがギブアンドテイク、貸し借りで成り立っている世界なのだなあ、と改めて私は思った。人ひとりの死でさえ、こうして取り引きの材料にされてしまうのだ。そんな中でも津島さんが、なんとか筋を通そうと最善を尽くしていることは、私にも既に判っていた。未熟な正義感を振りかざすのは、もうやめよう、と私は思った。

「わかりました。その時は、ぜひともよろしくお願いしますよ」

楠木さんがそう言って、それがキッカケになって、津島さんと室長は立ち上がった。

「さて我々もそろそろ出かけなきゃな」

楠木さんが帰り、津島さんが担当を割り振った。

「じゃあ、我々も動こう。私と等々力くんは目黒中央署に行って、捜査本部の情報を吸い上げる。石川くんと上白河くんは議員に聞き込みだ。楠木が持ってきたあの怪情報を当てて、反応を見るんだ」


数分後、私と石川さんは、永田町を歩きながら思案していた。

「津島さんは簡単に言ったけれど、私、自信がありません。また何かやらかしそうだし、言ってはいけないことを喋ってしまいそうです。ずっと黙っていてもいいですか？」

そもそも議員のところに行って、どう話を切り出すのか。内閣官房副長官室から来ました、と言うのか。部署の名前自体、あまり知られていないようなのに。

「内閣官房副長官室の仕事について、声を大にして言ってもいけないんでしょう？」

「とりあえず作戦会議だ。それか、スタバにでも入って周囲の話を黙って聞くか？」

石川さんはそう言って苦笑した。

「オジサンの小説家はそうやって女子高生の話し言葉を学ぶらしいけど、この辺なら、議員の秘書とか、議員本人だって来るんじゃないかな。柴山秘書自殺説の噂がどこまで広まっているか、小耳に挟《はさ》むことも出来るかもしれない」

私たちはスターバックスではなく、キャピトルホテル東急《とうきゅう》の三階にあるラウンジ「ORIGAMI」に入ることにした。そろそろランチタイムで、隣にあるダイニング「ORIGAMI」の方がいいんじゃないかと思ったが、メニューを見て止めた。ハンバーガーやスパゲティ、ピラフ程度の軽食に三千円も出せない。国会議員や秘書って、そんなにお金があるのか？　あるんだろうなあ……。

「ここはOLさんがランチに来るような場所じゃないです。私のこの格好では不自然です」

私は相変わらずの事務服姿だ。悪くすると職場不倫に見えてしまうかもしれない。

「でも、こっちのラウンジなら……千円のメニューがあります！　ここにしましょう」

しかし千円で食べられるものは、ミックスナッツだった。

「ここはいろんな政党の議員さんがたくさん来るらしいよ」

石川さんに言われるままに席につき、水を飲みミックスナッツをポリポリ食べながら、周囲の話に耳を澄《す》ます。

「……まだ報道されないいが」

「官邸が止めてるんだろうな」

「やっぱり幹事長は策士だな」

そんな会話があちこちから聞こえてくることを期待したのだが……全然だめだ。考えてみれば当然だ。こんな、誰が聞いているのか判らない場所で、ヤバい話が出来る筈はない。

「……君はさあ、自衛隊から転属命令が出てウチに来たわけでしょう？」

石川さんが突然、私の事を話題にした。

「住むところはどうなってるの？」

「それなんです。習志野の宿舎は引き払わなくちゃいけないんですけど、急な話だったので」

「荷物を取りに行ったりしなきゃマズいんだよね？」

「そうですね……まあ、私物といってもほとんど何もありません。着替えと、ちょっとした本とノートくらいです」

「さしあたって、今夜はどうするの？」

石川さんは私の事を心配してくれている。

「初日から現場に放り込まれると思ってなかったので……お休みって貰えるんでしょうか？」

「そうだねえ……いきなりコロシだから、これが落ち着くまでは無理かもね」

心配してくれている、と思ったら突き放されてしまった。

「でもそれじゃ私、いつまでも宿無しじゃないですか！　というか、今夜はどこで寝ればいいんでしょう？　ウチの部署に寮はないですよね」

「事務所のソファで寝るという手があるけど……」

「どうしてそういうことになるんですか」

さすがにムッとした。福利厚生が無いにも程があるだろう。

「なんなら緊急避難で、ボクの部屋に来る？　足立《あだち》区だけど、ここから電車一本だよ」

論外すぎて返事をする気にもなれない。私が黙っていると石川さんは慌てて言った。

「あ、そういう意味じゃないから。君に変なことしたら入院するハメになるの知ってるし」

「なんにもしないから部屋に行っていい？　って女性を口説《くど》いて炎上したケースが、最近ありませんでした？」

「あんなセクハラ野郎と一緒にしないで貰えるかな」

石川さんはムッとして、通りがかったウェイターにコーヒーを注文した。

「ここ、コーヒー一杯一千二百円しますよ！」

「いいんだよ。やけコーヒーだから」

なんだか私がひどいことを言ったみたいで居心地が悪い。理不尽《りふじん》ではないだろうか？

コーヒーはすぐに来た。一口飲んだ石川さんは、一気に機嫌《きげん》が直って顔を綻《ほころ》ばせた。

「ボク、コーヒーマニアでね。美味《おい》しいコーヒーには目がないんだ。やっぱり、こういうところのコーヒーは高いだけある。美味しい」

確かに、香りだけでも美味しそうだ。

石川さんは一人でコーヒーを満喫していたが……ふと、私の背後を凝視《ぎょうし》した。

「どうかしましたか？」

「うん……さっき会った、ライターの楠木。彼がいる」

石川さんが見ている方に顔を向けると、ちょうどこちらを見た楠木さんと目が合った。

楠木さんは、さっと視線をそらした。見なかったことにしてくれ、という意味だろう。

「彼はいいんだ。彼と一緒にいる人物が……」

石川さんは眼を細めて見極めようとしたが、楠木と同席している人物は、こちらには背を向けていて誰だかわからない。

「いや、さっき、チラッと顔が見えたんだ……官邸で時々、見かける顔で……総理のそばで一緒に歩いたりしている……総理補佐官か秘書官」

「秘書官と補佐官って、どう違うんですか？」

「総理秘書官は、要するに秘書。完全な黒子。機密でも何でも取り扱う。それに対して総理補佐官は、内閣の重要政策について、内閣総理大臣を文字通り補佐する役割だ」

私にはその違いが判らない。

「どっちが偉いんですか？」

「法律では補佐官が上だけど、実態は秘書官または補佐官になる人物と、総理との個人的関係で決まるよね。どちらが官邸内で権力を持っているか、それは場合による」

はあ、としか返事が出来ない。

「ははあ」

ずっと観察を続けていた石川さんが真剣な表情になった。

「どうやら、楠木の相手は……新島《にいじま》さんだな。総理秘書官の」

「新島さん？」

「ああ。五人いる総理秘書官の中の、新島さんは首席秘書官だ。秘書官と補佐官、全員の中でも一番の古株で、総理の当選以来の秘書を務めている」

その時、私のスマホが振動した。電話がかかってくることはほとんどない。重要なネットニュースが配信されたら振動するように設定してはあるが、歩いていたり電車に乗っていたりすると気がつかないことも多い。でも、今回は気づいた。

「ちょっと失礼します」

断って取り出したスマホの画面を見て、血《ち》の気《け》が引いた。

「大変です！　石川さん」

スマホを見せると、石川さんの顔色も変わった。

「おいおい、これは……」

ネットニュースの画面に速報が出ていた。

見出しは「犯行声明『議員秘書殺した』」。

続いて犯人のものだという文章が表示される。

『竹山美智郎衆議院議員の私設秘書、柴田雅行を殺害した。場所は、目黒区にある柴田の自室。ナイフで心臓を一突きにして殺した。これは反日竹山議員の秘書・柴田に対する天《てん》誅《ちゅう》である』

「これ、犯人は極右《きょくう》ってことですか？」

「いや、これだけじゃあ判らないよ。極右を装うのは簡単だし……それにしてもマズいな。せっかく伏せて貰ったのに、何もかもが無駄に……いやいや、それだけじゃ済まない」

続きを読むと、『現場に残したメッセージを含め「事件そのもの」が隠蔽《いんぺい》されたため、犯行声明に至ったものである。卑怯《ひきょう》な警察とマスコミは自らを恥じよ！』とまで書かれている。

被害者が一般人ではなく議員秘書であるという事実そのものを伏せてきたのだ。面倒なことになるのは必定《ひつじょう》だ。

「参ったな。捜査本部の柏木が、ホレ見たことかと津島さんを攻撃してくるだろうし、世論やマスコミも、事件の隠蔽を問題にするだろうし……」

実際、ＳＮＳでは、「何の話？」「殺されてたっけ、そんなやつ」「マジ隠蔽？」と、早くも炎上しかけている。

「事務所に戻って、津島さんと相談しなきゃ」

私たちは立ち上がった。

離れた席にいる楠木は、依然としてこちらに背を向けたままの、総理秘書官かもしれない人物と話し込んでいる……。

慌ただしく会計を済ませてラウンジを出ようとしたところで……この局面ではおよそ出くわしたくない相手が私の前に立ち塞《ふさ》がった。

「やあ！　今日は事務員のコスプレ？」

お気楽そうに声をかけてきたのは、鴨居崇だった。

「またあんたなの？」

私の口調はつい、つっけんどんになってしまう。

「なんでこんなところにいるのよ?」

「なんでって、ここはオヤジの行きつけだから、オヤジにツケを回せるんだよ。ここならどんだけ盛大に食っても大丈夫。ねえ、事務員さんは何を食べたの?」

「……ミックスナッツ」

情けないが、本当の事を言った。

「そんなんじゃランチにならないだろ! 奢《おご》るよ。隣のダイニングの、ヒレ肉のグリルが美味《うま》いんだ。どうですか、アナタも一緒に?」

崇は石川さんも誘った。

「いえ、ボクはいいです。良かったら君はご馳走《ちそう》になったら?」

「いいえ、そんな訳にはいきません。大変なことになってるのに」

先を急ごうとしたが、崇は「待てよ」と通せんぼした。

「大変なことって、なにがあったんだよ?」

「言えません。というか、自分で調べたら?」

「そんなに邪魔にするなって!」

崇はなおも立ち塞がって行く手を遮《さえぎ》ろうとするので、私は身構えた。

「やる気なの? この事務員さんは……けっこう強いよ!」

それには崇もビビッて、腰が引けた。なんせ昨夜、私が四人を病院送りにした修羅場《しゅらば》を目撃したばかりだ。

「崇くん。お父さんが贔屓《ひいき》にしてるホテルで騒ぎを起こすのはダメだよ」

石川さんがそう言うと、崇は手をあげて降参の意思表示をした。

「……コンビニでパンでも買って帰ろう」

石川さんがそう言って、私たちは帰り着いた一階のコンビニでパンとおにぎりを調達し、事務所への階段を上った。

事務所の中では、すでに津島さんが電話で深刻な表情で話し込んでいた。その傍《かたわ》らには等々力さんもいて、腕組みしている。

「……いや、それは、柏木さん、アナタの言うとおりだ。こっちの指示で事件の公表を止めたのはおっしゃるとおり。ただ、その理由については……うん、判ってくれるのはありがたい。でね、こうなった以上、事件の概要と捜査本部の存在については……判った。一時間後に記者会見するんだね」

すまんね、と言って津島さんは電話を切った。

「いや〜、参ったね」

津島さんがハンカチで額を拭い、等々力さんが言った。

「つまり、犯人は事件がマスコミで騒がれることを望んでいたって事ですよね。確信犯……じゃなくって、いわゆる『劇場型の犯罪』ってやつ？」

等々力さんは石川さんをチラ見した。また言葉づかいの間違いを訂正されると思ったのだろう。

「いや、ただの目立ちたがり屋ではなく案外、本来の意味の確信犯かもしれません。つまり犯人には、この事件を通してアピールしたいことがあるんでしょう。自分の行為を世間に知らしめたいだけではない、というか」

石川さんが言った。

「君。そんなね、当たり前なことを言うなよ」

珍しく、津島さんがキレ気味に返した。

「確信犯だとして、問題は、犯人が何をアピールしたいのか、だ。犯行声明からも脅迫状からも、犯人の主張ってモノは全然読み取れないじゃないか。具体的な要求をまったく書いていないんだから！」

津島さんは苛立《いらだ》った様子で事務所の中を歩き回った。

……と、その時。

遠くの方からパトカーや救急車のサイレンが聞こえてきたな、と思ったら、その響きはにわかに近づいてきて、ほどなく何台もがすぐ近くを通過していった。

「なんだ？　近所でなんか起きたのか？」

私たちは窓から外を見た。

すぐ近くに人だかりが出来て、パトカーと救急車が停まり、制服警官が慌ただしく規制線を張っているのが見えた。

「石川くん、ちょっと見てきて……」

津島さんが言いかけたときには、私と石川さんは既に事務所を飛び出していた。

事件が起きた場所は、緊急車両と人の流れですぐに判った。

私たちが戻ってきた方向だ。

……という事は？

なんだかイヤな胸騒ぎがして、小走りになったのは私も石川さんも同じだった。

「すみません。ちょっとすみません！」

私たちは野次馬《やじうま》を掻《か》き分けて先に進んだ。

救急車の傍らに、路上に横たわった男性が見えた。救急隊員が酸素マスクを装着してAEDを使おうとしているが、路面にはみるみる鮮血が広がっていく。

先に血を止めて緊急輸血しないと……と私でも思うのだが、それはプロの救急隊員なら先刻承知のことだろう。

しかし……懸命《けんめい》の蘇生《そせい》措置が効果を上げている様子はない。

救急隊員が首を横に振り、脈をとりペンライトで瞳孔《どうこう》を見ている。

「これは……もしかしてダメかも」

血に染まった白いシャツとチノパン。きちんとした紺色のジャケット……。

私は思わず石川さんと目を見合わせた。

「あれは……」

「うん……」

服装と背恰好《せかっこう》、酸素マスクから垣間《かいま》見《み》えた顔……。

どれを見ても、その男性はフリーライターの楠木さんとしか考えられなかった。

「さっき事務所に押しかけてきて、ホテルのラウンジにもいた、あの人……？」

私たちは呆然《ぼうぜん》としていた。

ひどく現実感がない。

どういうことなんだろう……。

楠木さんを載せたストレッチャーが車内に運び込まれ、救急車はサイレンを鳴らして走り去った。

それに伴って野次馬も散り始めたが……そこで私は、少し離れたところにじっと立って、こちらを見ている人影に気づいた。

……あの男。

「誰？」

石川さんも気づいていた。

「え？　あの人？　あれは……官邸にいた？」

「そうです。私の自衛隊時代の先輩です」

「副長官室を出たところにいて、その前は官邸の入口近くで……楠木と話していた男じゃないか！」

気がつくとその男・田崎の姿は消えていた。

この事を今、現場にいる警察官に伝えるべきか？　いや、今、それを言っても、捜査の攪乱《かくらん》になるかもしれない。私が田崎に抱いている私怨《しえん》のせいで、怪しく思えているだけかもしれないのだ。

それに楠木は田崎だけではなく、総理首席秘書官とも話し込んでいた。警察に告げるなら、それも含めて説明しなくてはならない……。

「何かと微妙な状況だから、津島さんに相談して確認した方がいい。行動は慎重に、だ」

石川さんの言うとおりだろう。

私たちは、そのまま事務所に戻った。

残った面々は、私たちが戻るのを待っていた。

「今入った第一報だ。ガイシャは、楠木正純三十二歳。住所は東京都練馬《ねりま》区旭丘《あさひがおか》……」

じゃあ、やっぱり……。

私たちはへたり込むようにソファに腰を落とした。

「さっきここに来てニセの解剖所見の話を持ち込んだ、あの楠木氏なんだね？」

室長が確認するように言い、私たちは頷いた。

「しかも室長……楠木さんが殺される直前に、僕らは彼が人と会っている所を見たんです」

ホテルのラウンジで楠木さんが、総理秘書官らしい人物と話しているのを目撃したことを、石川さんは話した。

「そして殺されたのが、ホテルのすぐ外で」

がたん、と音がした。

等々力さんが腰を抜かすように、床に座り込んでいた。

「絶対におかしい」

皮肉屋の等々力さんが、今は顔面蒼白《そうはく》だ。

「だって……アイツは……そんな……そう簡単に死ぬ奴じゃなかったのに……」

床から立ち上がろうとしながら、等々力さんが訊いた。

「アイツが、総理秘書官に会っていたってのは本当か？」

「ええ。写真には撮れませんでしたが、首席秘書官の新島さんに間違いないと思います」

「口封じ？　いやいや、まさか。そんなことはあり得ない」

等々力さんはそう言って力なく首を振った。

「路上での犯行なら、付近の防犯カメラの映像を解析すれば」

「あの」

意を決して私は言った。

「現場を、少し離れたところから見つめている男が居て……それは、官邸前でも楠木さんと話し込んでいた、私の先輩の田崎です」

その名前を出した瞬間、全員が「う～ん」と首を傾げた。

「あの男が楠木を刺した、と言いたいのかな、君は？」

「そういうわけでは……」

「田崎って人は、君にひどいことを言っていたよね。個人的な感情が入っていないか？」

やはり、そう思われてしまうのだろう。自分でもそんな気がするのだから。

「いや、その田崎という人物についても調べる必要はあるんじゃないか？」

「その前に、防犯カメラの映像を確認すればすぐハッキリするだろう……」

みんな、めいめい自分の考えを口にした。

携帯電話が鳴った。全員が自分のスマホかと確認したが、鳴ったのは室長のモノだった。

「御手洗です……はい。はい」

室長の眉間《みけん》に皺《しわ》が寄った。

「……そうですか。どうも有り難う」

室長は短く会話をしただけで、通話を切った。

「機捜《きそう》から警視庁に入った第二報によると、ガイシャはフリーライターの楠木正純で間違いないそうだ。死因は心停止と出血多量で、現場でほぼ即死。鋭利な刃物で心臓を一突きされた上で、さらにグッと捻《ひね》られている。凶器は現場からは未発見。犯人と思われる男が現場から逃走するのを複数の通行人が目撃している」

「手口は柴田さんと同じですね」

津島さんが呻《うめ》くように言った。

「同一犯か……」

「楠木は、柴田さんの件を調べていたし、竹山先生の金銭問題も調べていた……」

等々力さんも反芻《はんすう》するように言った。

「そしてその楠木が、総理秘書官の新島にも会っていたというのか？」

等々力さんは、自分の思考をそのまま言葉にしている。

「思い切って新島秘書官に面会して、君たちの目撃情報を当てるか。いや、楠木と会ったこと自体を否定されてしまいそうだ」

楠木の自宅に入って調べるわけにはいかないだろうか、と等々力さんはなおも自問自答した。

「楠木の自宅は……駅で言えば江古田《えこだ》か。ガサ入れに便乗《びんじょう》するか、それとも後から見せて貰うか。所轄《しょかつ》の連中がガサ入れした後だと、ロクなモノも残っていないし、連中が戦利品を全部見せてくれるとは限らない、か」

「イヤそうとも限らない。警察が被疑者の弁護側に証拠開示しないことは始終だが、ウチと警察は敵じゃないからな」

津島さんは否定したが、柏木さんとの確執《かくしつ》を目《ま》の当たりにした私には、警察がすんなり協力してくれるとは思えなかった。

「しかし、このタイミングで動くと、警察の邪魔になるし、マスコミに捕捉《ほそく》されてウチの部署が目立ってしまう……いつものジレンマだな」

津島さんが今後の動きを決めかねていると、石川さんが「あ！」と叫んだ。

「共通点が判りました。被害者全員に同じ条件があるんですよ！」

石川さんはホワイトボードに駆け寄ると、竹山・柴田と書き、「ワイド・モーニング出演」と書き、楠木の名前の下にも「ワイド・モーニング出演」と書いた。

「犯人はもしや、テレニチのワイドショー『ワイド・モーニング』に頻繁《ひんぱん》に出演して、反政府的なコメントしている著名人を標的にしてるのでは？」

いやそれは、いくらなんでも……と津島さんと室長が否定するような声を上げた。

「ガイシャ二人の共通点は日本人で男だ、と言ってるのと同じような気がするがね」

「しかし……」

石川さんは自説を補強しようと躍起《やっき》になった。

「ここしばらく、竹山議員とその名代《みょうだい》である柴田秘書は何度も『ワイド・モーニング』に出演し、双方とも与党関係者なのに強烈な政権批判を展開して、強い印象を残していま す。その立場はSNSへの書き込みを見ても明らかで、政権支持層からは『野党に行け』『裏切者』と批判されています」

「楠木さんも、その番組にはよく出ていたんですよね？」

私も横から参加した。

「そうです。楠木さんはほぼレギュラー・コメンテーターみたいな位置づけで、国内政局から芸能人の不倫まで、司会者に振られれば何でも答えてましたね」

その番組を毎日見ているという石川さんは、さすがに詳しい。

「……まあ、その可能性は捨てないにしても……じゃあ、次に狙われるのは司会者か？」

津島さんは首を捻った。

「いえ、あの司会者はただのタレントなので、台本通りに喋ってるだけです」

石川さんは即座に答えた。

「二度あることは三度ある？　取りあえず、あの番組によく出演していて狙われそうな人物は誰だ？」

津島さんはパソコンで番組のサイトを表示させた。

「番組に警告した方が良くないですか？」

そう言った石川さんに、等々力さんは、そこまでの必要があるか？　と言った。

「当事者である番組関係者の方が敏感《びんかん》な筈だから、既に感づいて対応策を取っているだろう」

「しかし……テレビ局なら脅迫状や脅迫メールはよく来るかもしれませんが、実際に凶行があったとなると、やはり警告を」

「番組の関係者に会おう」

津島さんが立ち上がった。

第四章　圧力、そして甘い罠

「『ワイド・モーニング』の関係者に警告するのなら目下《もつか》、一番危害を加えられる可能性が高いのは、この人でしょうね。柊《ひいらぎ》ミカコさん」

　放送局に向かおうとしていたところで石川さんが指摘した。

「出演者の中で反政府と看做《みな》されてバッシングされているのは、殺された柴田さんだけじゃありません。レギュラー・コメンテーターとして出演中のエッセイスト、柊ミカコさんも政府批判の急先鋒《きゆうせんぽう》です。しかも柊さんはある国会議員……それも野党の議員との交際が発覚したばかりで、柊さんのツイートやブログは目下、炎上しています」

　ふむ、と津島さんは足を止めた。

「柊さんは番組の中で政府を鋭《するど》く批判する発言が目立つだけに、それを攻撃する声も多く、彼女と反対の意見を持つ人たちが番組から降板させようとの署名運動を始めています」

「#柊ミカコのテレビ出演に抗議します」というハッシュタグまでつくられて、それが大拡散している、と石川さんは言った。

「その柊さんですが……官邸が極秘で作成した『要注意人物リスト』にも入ってますね」

等々力さんもパソコンの画面を見ながら言った。

「なんですかそれ！」

私はもう、判《わか》らない事があったら即座に訊《き》くことに決めていた。知らない事が多すぎて、判ったフリをしてやり過ごすと後から痛い目に遭《あ》いそうだ。

「官邸が広告代理店の協力を受けて作っているリストね。もちろん、公式にはそんなリストの存在は認められていない。しかしリストが存在することは誰もが知っている」

リストアップされた人物は、たとえば政府の諮問《しもん》委員などには絶対に選ばれない、と等々力さんは言った。

「それどころか、何かの根回しがあるのか、ネットで始終叩《たた》かれたりする。ジャーナリストの場合は記者会見で絶対に指名されないとかね。ひどい場合は、警察の公安や公安調査庁の監視対象にまでなったりするらしい。あくまで『らしい』としか言えないんだが」

そのリストに、柊ミカコさんという女性が入っているのか。

「うちも以前、官邸の広報から要請されたことがある。柊さんの言動をどうにかできないかと。それも再三……しかしだからと言ってどうにも出来ないので、うんざりして放っておいたんだ」

副長官室もそれほどヒマじゃない、そんな工作は与党のネットサポーターと官邸御用達《ごようたし》の広告代理店がつるんでやってればいいんだ、と等々力さんは吐き捨てた。

「ええと、それはすなわち、官邸サイドから、柊さんの言動に制限をかけろという指示があったって事ですか？」

まさか、という表情で石川さんが言った。

「だからそう言ってるだろ！　呑《の》み込みの悪いヤツだな！」

等々力さんがキレているのは思い出し怒りか。

「だいたいウチにどうしろと言うんだ？　戦前と違って、お上《かみ》に楯突《たてつ》くと捕まるような法律はないんだぜ。治安維持法かよ」

「だけど、現に番組降板運動が起きてるんですよね？」

「騒いでるのは一部のネトウヨだが、おれがやらせてるわけじゃない。そもそもこういう工作は面倒なんだ。だって、誰がどう見たって『圧力』なんだから。おれたちが圧力かけたとか言われたらアウトだし、だいたい、人気の出演者をどうやってテレビから消すっていうんだ？」

法的根拠もないのに、と等々力さん。

「考えられる手としては、相手が納得する額のカネを積んで黙ってもらうか、暴力に訴えるか……もちろん、どっちもアウトだ」

「だから放置してたわけですか」

「こっちも忙しいし、こういうのは面倒くさいだけの仕事だしな」

吐き捨てるように言った等々力さんを、石川さんは賛嘆《さんたん》の視線で見た。

「有り難うございます！　ナイス判断ですよ！　柊ミカコさんは、かなりキッい表現でズバズバ言い切るのが小気味いいって、ファンも多いんですよ。僕も実はファンで……。だから、柊さんが不透明なカタチで黙らされるなんて我慢できません！」

朝のワイドショーの熱心な視聴者だという石川さんは、さすがに詳しい。だが等々力さんは、別にホメられるようなことじゃない、と言った。

「だってさ、どう考えたって、今まで元気にお上の批判をしていた人気コメンテーターが、ある日を境にピタッと黙っちまったら不自然すぎるだろ？　急病で番組降板、という手も考えなかったわけじゃないが、そんなことをしても絶対何かあると疑われる。だから、一番いいのは、放置することなんだよ。放置して炎上が繰り返されればそれでいいし、結果、人気が落ちて降板すれば、それはそれで自然な成り行きだしな」

「ええっ！　降板させる手まで考えたんですか⁉　まさか、等々力さんはネットで炎上を煽《あお》ったりしてないでしょうね？」

「しておりません！」

等々力さんは大声で否定した。

「いや、ちょっとはやったかな……だけど、思ったような反応がなかったし、こっちも忙しいからそのままにしちゃって、現在に至る」

「ちょっとはやったんですか⁉」

「どんなものかな、と思ってね。まあ、ネット炎上は番組の宣伝にもなるから、テレビ局としては必ずしも悪い話じゃない。何よりも本人の知名度が上がる」

「やめてくださいよ。炎上がエスカレートして番組スポンサーに組織的な抗議、なんてことになったら、マジ圧力ですよ」

「盛り上がっているところ悪いが、そろそろ仕事をしよう」

津島さんが言った。

「なんといっても番組レギュラーの一人が殺されたんだ。他のメンバーも怖がってるだろうし、番組的にも身構えているかもしれない」

「そうですね。では行きましょう」

と、石川さんはジャケットとカバンを持って行く気マンマンの態勢だ。

「じゃあ、石川さんと上白河くんで行ってきてくれ。まずは番組に重大な脅迫《きょうはく》が来ているかどうか、その確認だ。こっちも警視庁と連携する」

「あの、私……この格好でテレビ局に行くんですか？」

「そうだよ？　なにか問題あるか？　それとも今朝着てきた、女漫才師みたいな格好の方がいいのか?」

官邸デビューにテレビ局デビュー。どちらも安いなりにビジネススーツで決めたかった、と私は残念に思った。OLさんの仕事にも制服にも恨《うら》みはないが、津島さんは人並みにミーハーな私の気持ちを全然理解してくれない。

「なにをグズグズしている? さあ、行った行った行った!」

津島さんはそう言って私たちを送り出した。


テレニチ……テレビニッポンは日本橋浜町《にほんばしはまちょう》にある。他のテレビ局が赤坂《あかさか》や六本木《ろっぽんぎ》、新橋《しんばし》と、いわば都心にあるのに、この局だけは東京の東側、昔からの老舗《しにせ》の劇場・明治座《めいじざ》の近くに放送センターを構えている。私たちは、電車を使って移動した。

「柊さんの本業はエッセイストで、シングルマザー。女性の気持ちを代弁する痛快エッセイが売れて、週刊誌にいろいろ連載を持ってる。テレビでテキトーなことを言ってるだけの人じゃあなくて、信念をもって自分の意見を言ってる」

石川さんはかなり入れ込んだ発言をした。

「ワイドショーの場合、その時々にハマることをその場限りで言っておけばいいと割り切ってるコメンテーターと、自分の意見をしっかり持って発言する人に分かれるけど、前者についてはお笑いタレントとかがそういう役回りを振られる。あまり考えずに発言する、世の中の大多数代表だ。時々失言して炎上する。そこに突っ込む少数派が柊さんみたいな人で、炎上の頻度《ひんど》としては圧倒的に後者が多い。……まあ、どっちも局にとっては重宝《ちょうほう》な存在か」

明治座の近く、浜町公園にほど近いところに、テレビニッポンのビルがあった。他のキー局の巨大なビルは写真で見たことはあるが、ここは普通のビルみたいな外見だ。

しかし、出入りのチェックはさすがに厳重だった。前もって面会の約束がない場合、訪問したい部署に受付から問い合わせる必要があり、けっこう手間がかかる。

「『ワイド・モーニング』のスタッフが面会するそうです」

手続きをしていた石川さんに、どうぞ、とICチップ付きの「外来者カード」が渡されて、私たちはゲートを通って四階の「制作センター」に向かった。

「ワイド・モーニング」と書かれた部屋のドアを開けると、スタッフが大勢集まり、会議をしている最中のようだった。ここがいわゆるスタッフルームなのか。

大勢の中には、テレビをほとんど観ない私でも知っているタレントやアナウンサーがいて、全員が一様《いちよう》に深刻な表情をしていた。

「すみません。石川と申しますが」

「どちらの石川さん？」

石川さんが所属を名乗ると、スタッフの中からざわめきが上がった。

「内閣官房……」

部署名を出しただけで、「圧力?」と誰かが言った。

「いえいえ、トンデモない!　その逆です!」

石川さんは慌《あわ》てて言った。

「この番組のレギュラー的存在だった楠木さんと、そして時々出演していた柴田さんがお亡くなりになりましたよね。それで……この番組に、その、脅迫のような、そういうカタチのモノが、何かあったのではないかと思いまして」

「政府はそこまで心配してくれるんですか?」

上座《かみざ》で渋い顔をして座っていた男が立ち上がった。

「チーフプロデューサーの沢田《さわだ》です。実は……」

沢田が話し始めた腰を折るように、一人の女性が手をあげて立ち上がった。ショートカットでボーイッシュ、活動的な感じで目力《めぢから》のある三十代の女性だ。ジーンズにTシャツというラフなスタイルも快活な印象を強める。

「はい。あたし、脅迫されてます」

「あ、柊さん!」

石川さんの顔が輝いた。

「番組でいつも拝見してます!」

石川さんはファンであることを隠そうともしない。

「え、ミカコさん、脅迫されてるの？」

沢田プロデューサーが驚いて彼女を見た。

「いつから？　どうして黙ってたの？」

「だって脅迫なんていつものことだし、だからってナニがあるとかないし、まあこういうのも、テレビに出てる者の有名税みたいなモノかと思って」

「いやしかし、それでももしものことがあったら、番組としては困るよ。既《すで》に二人も……」

沢田プロデューサーはそう言って石川さんに訊いた。

「犯人は、そちらにも何か言ってきてるんですか？」

「いえ。しかし、二人の犠牲者《ぎせいしゃ》の共通点がこの番組だと見る人はまだいないですよね？」

そう言う石川さんに、沢田プロデューサーは首を振った。

「そんなことはない。私たちは気づいていますよ。楠木さんが殺されたという一報を受けて、我々は大きなショックを受けました。これで二人目……もしや、三人目もこの番組の関係者か！　って」

沢田プロデューサーはそう言って柊さんを見た。

「あなたにまで何かあったら……番組は終わりです」

「ごめんね、沢田さん。柴田さんに続いて、まさか楠木さんまであああいう事になるとは、まったく思ってなかったので……あたしが脅迫されてることは、明日出る週刊誌のコラムに書いちゃったけど……発売に合わせてTwitter《ツイッター》とかにも書き込もうかと」

「書いちゃったんですか！　それは止めて欲しかったんですが」

石川さんがそう言うと、柊さんは即座に反論した。

「そんなの、どこに何を書こうがあたしの勝手でしょ！」

それに、と柊さんは石川さんを睨《にら》みつけて、言った。

「犯人は柴田さん殺害の犯行声明で、事件があったことそのものが伏せられているって言ってましたよね。政府が隠蔽《いんぺい》したってこと？　伏せた理由は？　政権にとって不利だから？」

「そう言われるとは思いましたが……」

石川さんは困り果てた表情になった。

私は、といえば完全に無視されている。事務員さんの格好をしているからか、私が若いからか、それとも女だからなのか。

話を振られても、テレビ局のこととか、マスコミと官邸との関係とか、どっちみち難しいことは判らないのだが……。

「伏せた理由についてはいろいろデリケートな問題を含んでおりまして……犯人の思惑《おもわく》通りに事を運ばせたくない、という……そうですよ、そうです！」

石川さんは自分で言ったことに納得して、何かを発見したように頷《うなず》いた。

「犯人は人を殺しているんですよ？　そんな犯罪者の思惑というか、考えのままに世の中が動くのは恐いと思いませんか？　暴力がすべてを支配する社会になってしまうんですよ！　それは断固として阻止《そし》しなければなりません！」

「あ〜、判ります、そういう意味なら」

石川さんの熱弁に、沢田プロデューサーが渋々同意した。

「しかし現状は、柴田さんと楠木さんの殺害が明らかになり、犯行声明が出されてしまった。しかも柊さんへの脅迫まであるという。実際に恐怖と暴力で世の中が動いているんです。……政府としてはどうするんです？」

「政府として」という言葉が投げられて、私はハッとした。私は「政府」の一員なのか……。政府って、なんだ？

「もちろん、第三の犠牲者が出ないように、警察と協力して、万全を尽くします！」

そうなると、我々の立場って、警察とどう違うんだろう？

勇ましく言いきった石川さんだが、そこでトーンダウンした。

「さしあたって……皆さん全員にボディガードを付けられたら一番いいのですが、それは予算的に厳しいので……皆さんが各自、用心して貰《もら》って……」

「こういう場合、狙われるのは画面に出ている出演者か、でなければ番組を動かしているプロデューサーとかディレクターですよね。おれたちADとかを狙っても意味ないし」

部屋の隅で眠そうにしている無精髭《ぶしょうひげ》の若い男が自嘲《じちょう》気味に言い、プロデューサーの沢田さんが改めて柊さんを問いただした。

「今現在、柊さんには脅迫が来ているとのことですが、柊さん、その脅迫って、脅迫状ですか脅迫メールですか脅迫電話ですか？」

「まあ、脅迫状は山ほど来るんだけど……最近一番頻度が高いのがこの、Twitter のダイレクトメッセージかな」

柊さんは自分のスマホを操作したあと、沢田プロデューサーに渡した。

「判りやすいように、大きな画面に繋《つな》ぎます。いいですよね？」

断りを入れてから、沢田プロデューサーはスマホを、スタッフルームにある五十インチはある大画面モニターに接続した。

『オマエをコロス』

いきなり文章が現れた。

「これが最初で、今から二ヵ月前です。それからは同じような文面のダイレクトメッセージが毎日のように。だんだんと『コロス』だけではなくて、『絶対にコロス』とか『いきなりコロス』みたいなバリエーションが増えてきたんだけど、何について怒っているのか、殺す動機が全く書かれていないのよね」

画面がスクロールし、柊さんが言ったとおりのメッセージが表示される。

柊さんはほらほらこれ、と画面を指して、笑った。

「こんなんじゃ、悪戯《いたずら》かただの嫌がらせかって思うしかないでしょう？　送り主の頭も悪そうだし。だから沢田さんにも言わなかったの」

「うーん、これは」

大画面に映し出される「脅迫メッセージ」を見ながら、幹部らしいスタッフが呻《うめ》いた。

「たしかにねえ、頭のおかしいヤツの悪戯にしか思えない……けど、そういう奴が犯行に走らないという保証もない。前にもこういう、イヤガラセとしか思えなかった脅迫が実行されたこと、ありましたよね？」

「あったっけ？」

沢田プロデューサーは首を捻った。

「Hagex《ハゲックス》事件ってあったじゃないですか。たしか、ネットで暴言を吐きまくって嫌われていた男が自業自得《じごうじとく》でアカウントを凍結されたのを逆恨《さかうら》みして、著名《ちょめい》ブロガーを刺殺したっていう……」

スタッフの一人が数年前の事件を思い出し、それを聞いた全員の顔が曇《くも》った。

「とにかくです。柊さんに脅迫が来ていると判った以上、なんとかします」

石川さんが言った。

「なんとかしますって、なにをするの？」

柊さんが詰め寄った。

「あたしが政府の秘密機関に監禁されちゃうとか？」

「いえいえ、そんな三流陰謀《いんぼう》映画みたいなことはないです。それに僕は柊さんのファンなんですよ！」

「それは嬉《うれ》しいけど……あんまり行動自粛《じしゆく》とかしたくないのよね。あたし、ホラ、お酒好きだし、友達も多いし」

そう言って柊さんは立ち上がり、スタッフルームを出て行こうとした。

「どちらへ？」

「トイレ！」

石川さんが私に目配せした。「同行しろ」ってことだろう。

「私、ですか？」

「そうだ。君じゃないと」

やっと存在価値が認められた。すぐに私も立ち上がり、柊さんを追って部屋を出た。

「え？　トイレまで付いてきてくれるの？」

「はい。脅迫への対応がもう始まっているということで」

「そう？　まあ一人より二人の方が心強いわね」

柊さんも、事務員さんでもいないよりマシだと思っているのだろう。

「なんか高校時代に戻ったみたい。あの頃って、何をするのでも誰かと一緒だったなあ。なんだったんだろうね？　ああいうの」

そう訊かれても、私は高校時代にツレションなんかしたことがないし、単独行動が多かったので、よく判らない。

トイレの外の廊下で見張ることにして、柊さんだけが女子トイレの中に入った。

ほどなく中からガタガタという不穏《ふおん》な音とともに、個室のドアがバンと閉まる音、続いて柊さんの悲鳴が上がった。

「ちょっとアンタなにすんのよっ！」

しまった。私が先に入って、まず安全を確認すべきだったのだ。

即座に私も女子トイレの中に駆け込んだ。

閉じられた個室ドアの向こうから、柊さんと男の言い争う声が聞こえた。

「誰なのよ、アナタ？」

「うるせえ！」

私は激しくドアをノックした。

「柊さん！　大丈夫ですか？　危害は加えられてませんか？」

「助けて！　すっごく……キモチ悪いの、この人」

ドアを開けようとしたが内側からロックされていて開かない。

「開けなさい！　こんなことしたらあなた、監禁とか脅迫とか……とにかく罪に問われますよ！」

警官ではないので罪状がスラスラと出てこない。

「脅迫……アナタ、脅迫メッセージを送ってたのはアナタなの？」

中で柊さんが犯人に訊いている。

「知るか、そんなもの！」

男の荒れた声が返ってきた。柊さんがさらに質問する。冷静さを取り戻したようだ。

「アナタ、どうするつもり？　こんな狭いところで」

「知るか！」

「知るかってアナタ。アナタが今、自分でやってる事よ？」

「知るか知るか知るか知るか！」

犯人が喚《わめ》いた。

「ドアを開けなさい！」

私もガンガン拳《こぶし》で連打した。

こうなったら蹴破るしかないだろう。

私は数歩後ずさり、ロック部分を目がけて思い切り前蹴りを食らわせた。頑丈《がんじょう》なドアはワンキックではビクともしない。

何度も蹴った。いずれロック部分が壊れるかその周辺が割れるだろう。

女子トイレから怒鳴り声、そして私が容赦《ようしゃ》なくドアにケリを入れまくる音が響くので、外の廊下には人が集まってきたようだ。

「上白河くん！　どうしたんだ！」

石川さんの声もした。

「柊さんがトイレに監禁されています！」

「警備を呼ぶから！」

それまで待っていられない。

「ちょっとやめなさいよアンタ、何すんのよ！」

個室の中から柊さんが怒る声がした。

やはりドアを蹴破るしかない。

渾身《こんしん》の力を前蹴りに込め、繰り返しガンガンと蹴るうちに、予想通り、ロック部分が壊れ始めた。ロックを固定しているネジが緩《ゆる》み、ガタつき始めたのだ。

あと一撃でいける！

「ドアから離れてください！」

私はそう叫んで、最後の一撃を見舞った。

金具と金具がぶつかる金属音、木材の割れる音とともに飛び出してきたのは……ケバい化粧に長い髪、そして派手なドレス姿の……ゴツい体格の人物だった。

そいつが女子トイレから脱兎《だっと》のように飛び出したので、すぐに私も後を追った。外の野次馬《やじうま》を掻《か》き分けて廊下を逃げて行く後ろ姿が見える。

長い廊下を女装した男が逃げ、事務員の格好をした私が追いかける。

犯人は、田舎《いなか》の女子中学生みたいなお下げ髪をたなびかせて走る。着ている服はゴテゴテとフリルやレースのついたメイド服。完全に意味不明だ。だが足元は逃げる必要を考えてか、テニスシューズを履《は》いている。

待てと言っても待たないだろうから、私は無言で追いかけた。

メイドさんを事務員さんが追跡する。しかも、メイドさんは女装のオッサンだ。

女装したオッサンに私はあっけなく追いついた。そもそも鍛《きた》え方が違う。

私の足音に、女装の犯人は振り返った。

すかさず飛びかかり髪の毛を摑《つか》んだ瞬間、全部の髪の毛がすっぽ抜けた。カツラだったのか！

カツラが脱げてもオッサンはまだ必死で逃げようとする。もう死に物狂いだから、意外なほど足が速い。

ええい、小癪《こしゃく》な！

私は、思い切りジャンプしながら両膝《ひざ》を曲げては伸ばし、逃げる男の背中に跳び蹴りを食らわせた。

「ぐふっ」

その瞬間、女装男は前にふっ飛んで顔から廊下に激突、そのまま数メートル滑っていった。

起き上がろうとする男を逃さず飛びかかり、馬乗りになる。

犯人は、どこからどう見ても男だった。丸刈り頭にブサイクな顔。福笑いみたいなどぎつい化粧をしているが、髭剃《ひげそ》り痕《あと》が青々として気持ちが悪い。

気がついたら「変態！　この覗《のぞ》き野郎！」と叫びつつ、私は犯人の顔をボコボコに殴っていた。

廊下をドタドタとさらに大勢が走ってくる気配があったが、私の鉄拳はとまらない。

「痛い痛い、やめて……もう止めて……」

ボコボコにされた男が泣き出し、駆けつけた警備員が犯人から私をやっと引き剝《は》がした。

男は廊下に土下座した。

「悪うございました」

顔を上げると、そいつは泣いていた。化粧が流れ落ちて、もの凄《すご》い顔になっている。

視界の隅に違和感を覚えた。私の周りをウロウロする男が居る。見るとテレビ局のスタッフらしき人がビデオカメラを回していた。

「……許してください。勘弁してください。何でも話します。全部話します」

「とんだお白洲《しらす》だな」

駆けつけた沢田プロデューサーが言った。

「お奉行なら『よかろう、申してみよ』と言うところだが……いやそれどころじゃない、柊さんは無事か？」

「大丈夫です。大事をとって今、医務室に行きました」

スタッフの誰かが沢田さんに告げた。

「こいつが……このチンケな男が犯人なのか……」

女装の犯人は、沢田プロデューサーにも土下座した。

「お許しくださいませ……私には勤めも妻子もあります……」

「じゃあどうしてこんなことしたのよ！」

泣き落としでどうにかなると思っているのか、こいつは。

「柊さんに何をしようとしたの？　アンタの目的はナニ？」

「まあまあ上白河くん、抑《おさ》えて……そこの君、君が議員秘書の柴田雅行さん、そしてフリーライターの楠木正純さんを殺害したのか？」

石川さんが訊いた。二人の犠牲者の名前が出た瞬間、廊下には悲鳴が上がって野次馬は一斉《いっせい》に後ろに下がった。

「やってません！　私はやってません！　私は、ただ柊さんに注意したい一心で」

女装の犯人は必死になって言った。

「人殺しなんて、絶対にやってません！」

「注意って、何を？　柊さんに何を要求したんですか⁉」

思わず男の胸ぐらを摑んでしまった私はまたしても警備員に制止され、男は涙ながらに言い訳を続けた。

「ですから……柊さんが、たかが女の分際《ぶんざい》でエラそうに総理大臣や他の大臣を馬鹿無能呼ばわりするのは、一体ナニサマのつもりかと。女のくせにテレビに出るほどの人間なら、もっと人の道を弁《わきま》えろと」

「え？　なにそれ」

そう言ったのは石川さんだった。

「もしかしてアンタは、政府の批判は御法度《ごはっと》とか思ってるわけ？」

石川さんのその質問に「ワイド・モーニング」のスタッフはザワついた。

「え？　御法度じゃないの？」

「政府の人が、政府批判を推奨してる？」

ヒソヒソする声があちこちから聞こえてきたが、石川さんは言い切った。

「誰が何を批判しようともそれは自由です。憲法で言論の自由は保障されています。誰かの言論をストップさせるのに実力行使なんて絶対にダメでしょう！」

「は、はい……申し訳ありません」

犯人は再度、土下座した。

「許してください。どうか勤め先や家族には知らせないでください！　お願いします！」

「そうはいかんですよねえ」

警備員と石川さんは顔を見合わせた。

「威力業務妨害、監禁、暴行未遂《みすい》、脅迫……これ、結構ヤバいよ」

石川さんが罪状を数えあげると、犯人はいっそう芝居がかった泣き声を張り上げた。

「しかし……どうしてそんなヘンな仮装を」

思わず私も訊いてしまった。

「女子トイレに潜むには、女に化けた方がいいと思って」

「それ、全然化けられてないから。余計に目立つから」

やがて、制服警官がやって来て、住所氏名年齢職業などをすべて問《と》い質《ただ》した。

「花田三津太郎《はなだみつたろう》、五十二歳。住所は東京都杉並《すぎなみ》区西荻《にしおぎ》北五丁目……株式会社便通《べんつう》の社史編《へん》纂《さん》室勤務……」

完全に心が折れたのか犯人は、スラスラとすべて答えている。

「これやっぱり……伏せて貰うわけにはいかんのですよね？」

「無理ですね。あなたに出来ることは、なるべく素直にして、隠し事とか一切《いっさい》ナシにして被害者にも謝罪して心証を良くして、起訴猶予《ゆうよ》とかそっちの方に持っていくように……」

「はいっ！　判りましたっ！」

花田と名乗った犯人は、素直に制服警官に連行されていった。

＊

「上白河さん、っていうかレイちゃん。今日は、助けてくれてホントにありがとう」

柊さんが、私のグラスにワインを注《つ》いでくれた。

警察での事情聴取が済むと、夜になっていた。

私と石川さんは、柊さんの自宅に是非《ぜひ》にと招かれて、夕食をおよばれすることになったのだ。

さすがに事務員さんの格好では……ということになって、室長の立て替え払いで、地味だけど上品なベージュのワンピースを買って、それに着替えてお邪魔した。石川さんは昼と同じ、紺《こん》のスーツだ。

「お招き、と言っても、たいしたものはないけど。三日前から煮込んだ牛ホホ肉の赤ワイン煮とか、さっきチャッチャと作ったサラダとか、買ってきたバゲットとか」

中野《なかの》にあるマンションは小振りで豪華という感じではないが、インテリアのセンスが素敵な2LDKだった。

広めのリビングダイニングには楕円《だえん》形の大きなテーブルがあって、食事時以外はここで柊さんが原稿を書いたりするらしい。今は夕食モードで、小学生の男の子がちょこんと座っている。お皿はなぜか五人分並んでいる。

「ママは煮込みとかよく作るよ。手間がかからないし何日も食べられるし。飽きるけどね」

と息子さん。

「子供は正直よね！」

と、柊さんは笑って、ホロホロに崩れそうな肉を味見した。

「あ、今日は上出来よ！　さあ、めしあがれ！」

「上白河くん。酒は控えろよ」

石川さんが小声で私に言った。

「判ってますから」

私も小声で答えて、肉をフォークで刺すと……そのままホロホロと崩れてしまった。完壁に煮込まれている。フォークですくって口に入れると……すぐに溶けてしまった。

美味《おい》しさに目を瞠《みは》った私を見た柊さんは、「三日煮込んだ甲斐《かい》があったわ」とニッコリ笑った。

近くの店で買ってきたというバゲットにホイップバターを塗ると、もうこれだけで満足と思えるほどだし、普通に見えるレタスとベーコンのサラダも、マヨネーズをベースにしたらしいドレッシングが凄く美味しい。インスタントだというコンソメスープにクルトンが入っているのも、ちょっとしたひと手間がオシャレに感じる。私は料理を全然作らないので、こういう事が簡単に出来る人は尊敬するしかない。

「これ、昨日作ったテリーヌなんだけど」

と、お皿に盛られたボンレスハムみたいな切り身が出て来た。

「正式には、調理に使った土鍋のまま出さないとテリーヌって言えなくて、こうしてお皿に並べるとただのパテなんだけどね」

柊さんに言われても、私にはなんのことだか判らない。

でも、一枚お皿にとって口に入れると、ハムとは違う芳醇《ほうじゅん》な味が口の中に広がった。

「これも、とっても美味しいです」

「よかった～」

柊さんがニッコリした時、リビングで点《つ》けっぱなしになっていたテレビが、今日の出来事を報じ始めた。

『今日の午後一時頃、日本橋浜町のテレビニッポンで、エッセイストでコメンテーターの柊ミカコさんが暴漢に襲われました。犯人はすぐに取り押さえられ、柊さんに怪我《けが》などはないとのことです。犯人は東京都杉並区の会社員・花田三津太郎五十二歳で、警察の取り調べに対し、柊さんの言動に抗議しようと手紙を送ったが反応がなかったため、柊さんが出演しているテレビ局に出入り業者を装って侵入した、と供述しているとのことです』

画面には、私が犯人に馬乗りになっている後ろ姿、そして犯人が警官に捕まって連行されるところが映し出された。

「あ〜あ、本名も何もかも全部バレちゃったねえ。会社はクビで奥さんとは離婚かなあ？　アイツ、職場にも家族にも言わないで、絶対秘密にしておいてって泣いて頼んだんだって？」

柊さんが訊き、石川さんが答えた。

「はい。こういう場合、名前を出さない場合もありますけど、それはなかったわけで」

犯人が未成年、もしくは精神的に問題がありそうな場合は名前を出さない、らしい。

「実名報道にするかどうかは、テレビ局や新聞社の判断ですよね」

そうよね、と柊さんはワインを口に含んだ。

「けど……今日は驚いたわ。正直言って、最初は石川さんにくっついてきた事務員さんだとばかり思ってた」

「中身はそんなもんです」

私はサラダをつつきながら言った。

「だけど、トイレのドアを蹴破ってあたしを助け出して、犯人を全力で追いかけてボコボコにしたんだもの！　アッパレな武闘派よ、上白河さんは！」

いえ、そんなと私は恐縮するしかない。

「ねえ。ママはテレビに映ってるこいつにキョウハクされたの？」

息子ちゃんは、警官に連行される花田を指差した。

柊さんはワインを一口飲んだ。

「うん……脅迫状は来てたよ。それは警察にも今日言った。だから大丈夫だよ」

柊さんは息子ちゃんに微笑《ほほえ》みかけて、サラダをお皿によそってあげた。

「あの、スタッフルームでは、脅迫状は山ほど来るっておっしゃってましたよね？」

私が確認すると、柊さんは、「そう。山ほど」と認めた。

「そういうのは時候の挨拶《あいさつ》みたいに来るんですよ。テレビで話題になるたびに来る感じで」

「ほかにもあれば、見せて戴《いただ》けますか？」

私の頼みに、柊さんはいいですよと気軽に応じてくれて、スマホの画面を、遡《さかのぼ》って探してくれた。

「『お前が気にくわない』『お前の悪事を知っている』『バラせばお前たちはオシマイだ』って……これ、どこかで見たような」

これは……殺害された柴田秘書に送られていた脅迫状と同じ文面だ。

石川さんもそれに気づいたことが表情で判ったが、柊さんにはそこで思い出し怒りのスイッチが入ってしまったようだ。

「ホント、頭悪そうな罵倒《ばとう》だよね。腹が立つったらありゃしない！」

「脅迫と言うよりは……嫌がらせか」

石川さんが考え込むように言う。

「でしょう？　だからあたしは今日まで、こういうメッセージをスタッフにも見せなかったの」

「これは……花田が送ってきた『お前をコロス』みたいなものとは明らかに違いますね。花田が送ったものなら捕まえたんだから一安心出来るところですが……これは、花田とはまた別の人物の手になるもののように思えます」

石川さんは、いろんな可能性を考えている。

「私にも、別人が……もっと凶悪なヤツが送ってきたものだと思えます」

これまでの事件の事が頭を過《よ》ぎった。

「あの花田に……あんなことができるとは思えません」

心臓を一突き、そこを抉《えぐ》って一気に上方に切り裂く殺し方……。

その時、ドアチャイムが鳴った。

誰かが来るのを予期していたように、柊さんは「はいはい」と玄関に立ってゆき、ドアスコープを確認して、開けた。もちろん私たちも柊さんについて、玄関先に立った。

ドアの向こうには長身の男性が立っていた。

「あ、立石憲一《たていしけんいち》です。民治党《みんじ》の」

「存じています。あの、柊さんとお付き合いされているという噂《うわさ》が……」

「噂ではありません。事実です。逃げも隠れもしませんよ」

そう言って立石議員は爽《さわ》やかに笑った。

「あの、我々は現在、柊さんのボディガードみたいなことを……」

石川さんが説明する。

「存じております。彼女から聞きました。何とお礼を申し上げてよいやら」

「そうなの。レイちゃん、いえ上白河さんは命の恩人よ。さあさあ、あなたも入って。ちょうど始めたところだから」

ああ、だからお皿が五人分あったのか、とようやく合点《がてん》した。

二人は、フランス映画の熟年カップルのように玄関先でハグしてキスをした。こっちが照れるほど仲がいい。遅れてやってきた息子ちゃんも二人にグッと抱きしめられて、もう三人は一家のようだ。

「さあ、入って入って」

立石議員は柊さんと並んで座り、ワインを注がれたグラスを取った。

「では、改めて、今日は本当に有り難う！」

三人に唱和されて、私は面映《おもは》ゆかった。

「さあさあ、食べて食べて。品数は少ないけどお代わりはあるから！」

私たちは改めて絶品の牛ホホ肉の赤ワイン煮に舌鼓《したつづみ》を打った。

「今ね、ママに悪いことしようとした犯人が捕まったニュースをやってたよ」

息子ちゃんが屈託《くったく》なく言った。

「あ、もうその話は……」

私が止めようとしたら、立石議員が「そういえば」と言いだした。

「このマンションの前に不審な男が居ましたよ」

「えっ！」

私と石川さんは驚いた。

「私がね、タクシーを降りてこのマンションに入ろうとしたところで、物陰から出て来た若い男が居たんです。その挙動がいかにも不審者で、凄い目つきで睨まれましてね。野党の政治家をしてると、そういう連中には結構出くわすんです。たいがいはウロウロしてるだけで、危害を加えてきたりってことはないんだけど、どうやら、そうも言ってられない状況になってきたので」

「ちょっと！　あたしより気をつけて貰わないといけないのはあなたなのよ？」

柊さんは動揺を隠せない。

「大丈夫だよ。そこは気をつけてるから。脅迫状程度なら毎日のように来るしね。事務所に寿司百人分とかピザ二百人分とかが届きそうになったこともある。まあそれは、注文を受けた店が不審がって確認の電話をくれたので、被害は出なかったけれど」

立石議員は、そう言ってワインを飲むと「美味しいね」と微笑んだ。

「脅迫状って……どんなものが来るんですか？」

やっぱり私は気になる。

「それはもういろいろだよ。昔風の、新聞の文字を切り貼りして『殺す』とかいうのから、見事な達筆で政治批判をするものまで。そういうものは私にではなく、総理宛てに送るべきじゃないかと思うんだけれど」

「メールで来たものはありますか？」

ありますよ、と立石議員はスマホを取り出して、該当するメールをすぐに見せてくれた。

「例えば、さっき来たばかりのこれですね。『お前が気にくわない』『お前の悪事を知っている』『バラせばお前たちはオシマイだ』って……気にくわないのは仕方がないけど、私は悪事を働いた覚えはないし、バラされる秘密もない。強《し》いて言えば彼女とのお付き合いくらいだけど、それも既に公表してるし」

　この文面も、柊さんに来たものとほとんど同じだ。しかしタイムスタンプを確認した私は不安になった。脅迫メールは文字どおりの「さっき」、まだ三十分も経《た》っていない時刻に発信されていた。

「まあしかし、きみを襲った人物は逮捕されたから、もう安心だね」

　立石議員は柊さんに言ったが、この、柴田秘書に来ていた脅迫と同じ文面のメールは、発信時刻からして、今日捕まった花田が書いたものではあり得ない。

　そのことに柊さんも気づいた様子で、表情が曇った。

「あたしには……マンションの外にいた若い衆というのが気になるの。花田じゃない別のヤツが、あなたを狙っているんじゃない？」

　だが、深刻になりかけた空気が息子ちゃんの歓声で一気に破られた。

「うっわ！　すっげーこれ！」

　彼は自分のスマホを見ている。

「お姉ちゃんが悪者をボコボコにしてる！」

え？　なになに？　と、私は息子ちゃんの手にあるスマホを覗き込んだ。

「テレビに映そう」

柊さんが息子ちゃんのスマホにケーブルを差し込んでテレビのリモコンを操作すると、スマホの画面が大型テレビに表示された。

「最初から見せて」

ママの指示に従って息子ちゃんが操作すると、リビングの大型テレビの画面にネットの動画が現れた。

『野獣デカ？　狂気の事務員さんテレビ局で大暴れ！』と真っ赤な文字が出て、例の女子トイレのドアが映った。

女子トイレの前に集まるスタッフたち。その中には石川さんもいて、ドアに向かって怒鳴っている。

『上白河くん！　どうしたんだ！』

ドアの中から私の声がして、石川さんが『警備を呼ぶから！』と怒鳴ったところで、トイレの中からガンガンバリバリドンドンメリッというもの凄い音が響き始めた。やがて、ガキッ！　という大音響とともに、女子トイレの中からメイド服姿の女装男が飛び出してきた。

そのまま野次馬を突き飛ばして廊下を逃げる女装男を、ＯＬの制服を着た私が超高速で追ってゆく。

その私の後ろ姿を揺れながら追うカメラ。

一本の長い廊下を逃げる花田と追いかける私。

背後からの足音に女装の犯人が振り返り、私が手を伸ばして花田のお下げ髪を毟《むし》り取ったあと背中に跳び蹴りを食らわせる、その一部始終をカメラは克明《こくめい》に捉《とら》えていた。

『ぐふっ』

前にふっ飛び、よろよろと立ち上がろうとした花田に私が馬乗りになって、『変態！この覗き野郎！』と雄叫《おたけ》びを上げながらタコ殴りにしている。

『痛い痛い、やめて……もう止めて……』

犯人が悲鳴をあげ、警備員や局のスタッフが私を犯人から、やっと引き剝がした。

犯人は廊下に土下座して『悪うございました』と謝り続けている。しかし私は後ろから羽交《はが》い締《じ》めにされつつ、自由になる足を使って、なおも犯人の花田を蹴ろうとしている。

犯人は化粧をグジャグジャにして泣いていた。

『柊さんは無事か？』

画面の外から沢田プロデューサーが声をかけたところで映像は途切れた。

「……これは、凄いね」

石川さんが唸《うな》るように言った。

「巧《うま》く撮ってる。女子プロレスみたいだ」

「こんな大騒ぎになってたんだね」

柊さんも驚いている。

「私、ＡＤさんたちに、すぐに医務室に連れて行かれたので……」

呆然《ぼうぜん》として石川さんも言った。

「ここだけ切り取られると、上白河くんが一方的に暴力を振るってるようにしか見えない。弱っちい中年男を、パワー満点の格闘女子が、女子プロレスもビックリなワザを使ってボコボコにしてるとしか」

「しかし、この男がミカコをトイレに閉じ込めたんだから……それを上白河さんが助け出したんですよ。何の問題にもならないでしょう？　問題にする方がおかしいです」

立石議員はそう言ってくれたが……。

石川さんは難しい表情になっている。

「みんながそう思ってくれればいいんですが……」

そう思ってはもらえない、ということだろう。この動画を見る人たちは、その前段階、女装男が柊さんを襲って、トイレの個室に立《た》て籠《こ》もった状況は見ていないのだ。

「この映像は……あの場にいた関係者が撮ったんですよね」

「はい。あの時、ビデオカメラを持った人がウロウロしてましたから」

「たぶん……ニュースには差《さ》し障《さわ》りない部分を使ったけど、オンエア出来なかった部分、上白河さんが犯人をボコボコにする、一番美味しいところが、どういうわけかネットに流れちゃったってことかな？」

このままオクラにするのはもったいないからっていう、その気持ちは判るよねえ、と柊さんが推察した。

「しかしこれ……大丈夫ですかね？　炎上してくれって言わんばかりの映像ですよ」

石川さんは心配している。

「まあ、そんなこと考えても仕方ないって。そんなことより、食べましょう！」

それからは柊さんのオノロケ話そのほかを聞かされる感じで、とても楽しい夜になった。私たちの仕事、そして私の前歴については、あまり詳しく話せないので勘弁して貰ったけれど……。

＊

その夜は、行くところがないなら是非泊まっていってと言われたので、柊さんのお宅に泊めて貰った。まだ不審者がうろついている可能性もあるので、立石議員は石川さんが責任を持って送っていくことになった。

息子ちゃんもいるし、飲むなと言われても礼儀上多少は飲まざるを得ず……けれど、酔ってトラブルを起こすこともなく、私はソファに寝かせて貰った。

次の朝。

キッチンで朝ご飯の支度《したく》をしている音で目が覚めた。というか、飛び起きた。

「すみません！　泊めていただいたうえに寝坊してしまって！」

「いいのよ。だって、レイちゃんに朝ご飯作って貰おうなんて思ってないし」

昨夜着たワンピースを再び身につけて、朝ご飯もおよばれしてしまった。トーストにスクランブルドエッグ、ハムにベーコンにスライスした焼きトマト、オレンジジュースに牛乳にコーヒー。

なんだかホテルの朝食みたいだ。

「いつもは手を抜いてトーストとゆで玉子なんだけど、今朝はちょっと頑張《がんば》ってみました」

と、柊さんは微笑んだ。

「今、何時でしょう？」

「八時ね、今日は『ワイド・モーニング』の出番がないからゆっくりしてるけど」

息子ちゃんは大人しくジャムトーストを頬張っている。

仕事柄か、今朝もキッチンのテレビがついている。「ワイド・モーニング」より早い時間帯に放送している「アーリーモーニング」という番組だよ、と息子ちゃんが教えてくれたが……半分笑った司会者が『さて、昨日からネットを賑《にぎ》わせている話題の映像です』と紹介した。

『これ、コメンテーターの柊ミカコさんを監禁した暴漢を確保する映像なんですが……大活躍しているこの人は警官ではなくて……なんというか、正体がよく判らない女性なんです』

そのあと、例の映像が流れた。私が花田をボコボコにしているところはズームして拡大され、花田が土下座して謝っている頭に私が蹴りを入れるところも流れた。

『なんともムチャクチャですよね。犯人は無抵抗で謝ってるんですよ。なのに殴る蹴るの暴行を加えるのは如何《いかが》なものかと、眉《まゆ》を顰《ひそ》めざるを得ませんよねえ』

司会者がそう言うと、横にいる落語家らしい和服を着た男が『この女の方が暴漢ですね』と言い放った。

『アタシの師匠なら、「この女を捕まえろ」って言うでしょうね。だいたい、警官でもないし局のスタッフでもないって、なんなんですか？　この女は』

『政府の関係者で、最近起きた事件について、この後の番組「ワイド・モーニング」に関連があるのではないか、と聞きに来た事務職員らしいのですが』

『ああ、犯行声明より、殴る蹴る動画のほうが話題になっている番組ですね！』

『一応、ウチの局のこの後すぐ始まる番組なので。あんまり悪く言わないでください』

司会者が抑えにかかった。

『しかしこの女性、ホントに事務職員？　凶暴な事務員さんだね！』

柊さんによれば「こいつ、あたしのことが大っ嫌いで目のカタキにしているのよ」という落語家は大げさに驚いてみせた。柊さんを守った私にまで当たりがキツいのは、そのせいか。

『それでですね、当番組では、この謎《なぞ》の女性について詳しいという人物を捜し当てて、お話を聞いております』

画面が取材したビデオに切り替わった。そこに登場したのは誰あろう、この前私がボコボコにした福生の大バカ野郎、元暴走族のカシラのジョーだった。頭には包帯、顔中に絆《ばん》創膏《そうこう》をこれ見よがしに貼っている。

『ああ、この女ね。よく知ってますよ。この怪我も全部アイツにやられたんだから。もう、半死《はんし》半生《はんしょう》ですよ。退院したばっかです』

ジョーはサングラスを外すと目が可愛《かわい》い。そして今はチャラい服も着ず、髪を梳《と》かしてネクタイなんか締めているものだから、小さな自動車修理工場を経営する真人間に見えてしまう。

『先日、ちょっと揉《も》めましてね。いや、昔ちょっと付き合っていたんで、アイツは今もおれに未練があるらしくて……アイツはキレると何をするか判らないんですよ。いやホント。酒、入ってたんですか？　え？　シラフ？　そりゃ一線を越えましたね』

私は慌てて言い訳をした。

「あの……これだと、私がカタギの人に一方的に暴力を振るったみたいな感じですけど、全然、違うんです。この男は暴走族の元カシラで……私も以前はまあ、ちょっと悪ぶってた時があって、その時の付き合いで」

「いいのよ。あたしはあなたを信じてるから。言い訳なんか無用よ！」

柊さんはそう言って、何事もなかったかのように食事を続けている。

画面には別の人物が登場した。それは、私がこの世で一番か二番に消してやりたい女だった。

『あの女？　あのヒトはねえ、何も悪くない男の人を殴る蹴るするだけじゃないの。平気で人の男を盗《と》るような女なんだよ。アタシのカレに横恋慕《よこれんぼ》してさ』

顔にはモザイクがかかって声も変えられているが、こんな事を言うヤツは一人しか居ない。私からジョーを寝盗った女だ。

「あの、これ、真逆ですから！　ホントはこの女が私の……」

必死に抗弁しようとした私の手を、柊さんは両手で包んでくれた。

「判ってるし……それにアレでしょう？　このヒトがあなたから盗っていった男っていう

のは、さっき映ってたヤツでしょう？」

「そうです。私、怒っていいんですね？」

……すみません。男の趣味が悪くて、と思わず謝りそうになった。

「当たり前じゃない！　当然、怒るべきよ！　でも……こいつら、ハッキリ言って、クソ系よね。そういうヤツらとマトモにやり合っても、あなたが損するだけかもね。だって、向こうには失うものなんかなさそうだし」

「そうですよね……」

柊さんの言うことも判る。やっぱり私は、我慢しなきゃいけないのか？

「でもあなた、やっぱり黙ってちゃ駄目よ。なんとかウマイ方法でやり返さないとね！」

「どうやってですか？」

「それをじっくり考えよう。復讐《ふくしゅう》の方法をあれこれ考えるって、楽しくない？　あたしは好きよ。こう見えてあたし、筋が通らないことをされたら必ず、やり返してきたから。時間が経って、相手が忘れてるようなタイミングでもね。あたしは、忘れなさいなんて言わない。怒りを溜《た》めたまま生きるなんて絶対に良くないから」

なんだか、生まれて初めて言葉が通じる、話が判る人に出会えたような気がした。

「あのね、これはあなたがあたしを助けてくれたから言うんじゃなくて、なんだかあなたを、パワフルな妹みたいに感じるからなの」

柊さんは私をじっと見つめながら言った。

「たぶん、さっきの動画もネットで好き勝手書かれると思うけどあなた、気にすることないからね！　そうは言っても絶対気にすると思うけど……忘れないで。誰が何を言っても、あたしだけは、あなたの味方だからね！」

「どうして……そんなに優しいんですか……」

「だってあたし、叩かれる気持ちはよく判るもの。女だから生意気だからって、たったそれだけの理由でヒドいことを言ってくる人が、もう信じられないくらい、大勢いるんだよ？　なんだかあたし、あなたのことが他人とは思えない」

他人とは思えない……それは私も同じ気持ちだった。

＊

「お。今日はまたパーティに行くみたいな格好だね！」

お嬢さまワンピで出勤すると、津島さんの第一声がこれだった。

「津島さん、それセクハラですよ」

すかさず指摘する石川さんに、「じゃあ部下の服装に一切コメントするなってことなのか？」と津島さんはムッとしている。

「それにしても、もうちょっとさあ、普通のカッコ、出来ねえものかねえ」

まるで統一性がない、と津島さんは嘆《なげ》いた。

「それにネットやマスコミで、君は格好の餌食《えじき》になってるじゃないか」

大炎上だ、と言いながら津島さんはデスクをピアノを弾《ひ》くように指で叩いている。

「実は参ってるんだ。ウチの、この部署は、半分秘密というか、あんまり公表されたくないって事は既に説明したよね？　だから……緊急避難とはいえ、こういうことになって、困っている。マスコミ各社の上の方とは話が付いているけど……ネットに流れるとはね」

「申し訳ありません……」

私は謝るしかない。

「いや、きみが悪いんじゃない。しかし、ウチはすっかり政府の秘密諜報《ちょうほう》組織とか、官邸お庭番とか、果ては政府直属の暗殺機関とまで書かれてるし……まあ、実態からどんどんかけ離れていくから、それはそれでいいんだけどね」

「結局、いいんですね？」

私と一緒にいた石川さんが、すかさずそう言ってくれた。

「まあ、ねえ。しかし、今後は行動を……その、もうちょっと慎重にね」

「はい！　気をつけます！」

私は深々と頭を下げ、九十度のお辞儀をした。

その時、ドアがノックされて、宅配便で〜す、という声が聞こえた。

「こちらに等々力さんという方はおられますか？」

「はいはい、おりますよ。上白河くん、受け取っておいて」

等々力さん宛てだというのは、小さな箱だった。

そういえば今朝はまだ、等々力さんの姿を見ていない。

「等々力さんは？」

「そういや、まだ来てないねえ」

津島さんが事務所を見回した。

「いろいろ用件があって出てるんだろうけど」

判子《はんこ》をついて受け取った私に津島さんが訊いた。

「誰からだい？」

私は貼ってある伝票を見て、驚いた。

「楠木さんからです……」

事務所にいた津島さん、石川さん、そして室長室からは御手洗室長が飛び出してきた。

「死んだ楠木から、等々力に？」

「開けちゃおう！」

津島さんが私に命じた。

「開けて！」

「でも、等々力さんがいないのに……夫婦でも相手の荷物を開けるとトラブルになるって」

「いいんだ。責任は私が取る」

津島さんがそう言い、室長も頷いた。

「急を要するモノかもしれないからね」

判りました、と私は包装紙をベリベリと破って小箱を取り出した。

何が入っているのか、一同が固唾《かたず》を呑《の》んだ。私もドキドキしながら箱を封じているガムテープに、カッターナイフで切れ目を入れた。

フタを開けると、そこにはぷちぷちクッションに包まれた、棒状のモノが入っていた。

「あ……メモリーだね。ＵＳＢメモリー」

「物騒なものじゃなくて良かった」

津島さんはホッとして、言った。

「では早速、中を見てみましょう」

石川さんがそう言って、自分が使っているパソコンにメモリーを挿《さ》した。

その瞬間、異様な警報音がパソコンから響き渡り、石川さんは「うわ！」と叫んでパソコンからＬＡＮ《ラン》ケーブルを引っこ抜いた。

「ウイルスです！　なんだかウイルスがウジャウジャ入ってます！　ワクチンソフトが作動しました！　念のため、みなさんのパソコンも、ウイルス除去をお願いします」

石川さんがそう叫んだので、みんな、わらわらと一斉に自分のパソコンをチェックした。

「一応僕が、ここのセキュリティ管理者ですので。みなさんのパソコンとサーバーには、信頼出来るウイルス駆除ソフトを入れてありますが……」

あちこちのパソコンから異様な警報が鳴り響いている。

「警報が鳴るのは駆除を開始したサインです。ご安心ください」

そう言って、石川さんは隣のパソコンで、この官房副長官室のサーバーをチェックした。

「よかった……もしもファイルを開いていたらウイルスが一気に増殖《ぞうしょく》して、LANを通してネットにまで広がるところだった……」

石川さんのパソコンも駆除ソフトが作動して、山ほど入っているウイルスを潰《つぶ》している最中とのことだった。

「等々力は何をやってるんだ？　こんな、ゴミ溜めみたいなパソコンを使ってるのか！」

津島さんが珍しく怒ったが、石川さんが冷静に否定した。

「いえ、たぶん、等々力さんがいけないんじゃなくて、楠木さんのパソコンがウイルスに感染していたのだと……いや、ワザと感染させていて、万が一、情報が流出しても、ウイルスがバリアになって、容易《ようい》に再生できないようにしていたのではないかと」

石川さんはそう分析した。

「上白河くんは、こっちの方面は詳しくないの？」

「自衛隊ではコンピューター関係は別の専門家がいるので……私はその、もっぱらフィジカルの方の」

「暴力担当か。だろうね」

失敬なことを津島さんは言い、慌てて訂正した。

「あ、失敬！　そう言うつもりではなかったんだ。文武両道、すべてに秀《ひい》でている超人なんて、ジェームズ・ボンドくらいのものだろう」

「いや、ボンドも最新エレクトロニクスには疎《うと》いですよ」

それはQという人の担当で……などと石川さんが言っている間に、ウイルス駆除は終了したようだ。

「下手をすると、ウイルス駆除でファイル自体を破壊してしまうことがあるのですが……幸《さいわ》い、レスキューに成功したようです」

石川さんが、メモリーに入っていたファイルを開けると、音声再生ソフトが立ち上がって、スピーカーからなにやら音が出始めた。人の声のようだ。

「中身は音声データですね。ポケット越しに録《と》ったような音ですが」

たしかに、マイクに布が当たってゴソゴソいう音の向こうから、男同士の話し声が聞こえる。だが雑音が大きすぎて明瞭に聴き取れない。

「音を大きくしてくれないか？」

室長の頼みで、石川さんが音量を最大限にして再生すると……。

『……この二人を、排除して欲しい。それは君の思想にも一致するだろう？』

「誰の声だ？」

津島さんが思わず言ったが、室長が「しっ！」と止めた。

『排除というのは……殺せという意味でありますか？』

『私に言わせるなよ。察してくれ』

『柴田は判りましたが、竹山はどうされるんです？　反日はむしろ竹山でしょう？』

『現職議員を……では、問題があらぬ方向に波及するかもしれない』

『しかし……もう一人は……小者過ぎるのではありませんか？』

『判るヤツには判るだろう。一罰百戒《いちばつひやつかい》、つまり見せしめだ』

ゴソゴソいう音がして、ますます雑音が大きくなるとともに録音は途切れた。

「これ、誰が録音したんでしょうね？」

石川さんが首を捻った。

「殺された楠木さんとは考えにくいし……そもそも誰が盗み録りしたのか」

「楠木氏には、この録音の意味が判っていなかった可能性もあるな。二人目がまさか自分だとは思っていなかったのでは？」

津島さんが腕組みをした。

「こうは考えられんかね？　この謎の人物が言っている『二人目』は当初、楠木氏ではない誰かを指していた。だが、楠木氏に盗聴されたことが判ったので、急遽《きゅうきょ》ターゲットが変更された、と」

室長は昆布茶《こぶちゃ》を飲みながら推理した。

「その可能性は否定できませんね」

津島さんは頷いた。

「この音声の存在を、捜査本部は知ってますか？」

「いや……たぶん知らないでしょう」

津島さんは電話を取りあげたが、少し考えて、置いた。

「声紋《せいもん》分析はウチでやりますか？　捜査本部に任せますか？」

「そういう作業は分散させずに捜査本部にまとめた方がいいでしょう」

室長が判断した。

「判りました。しかし……楠木氏が殺される前にこれを送ったのなら、どうして彼がここに来たときに、この事実を話さなかったんでしょう?」

津島さんは溢《あふ》れ出る疑問をそのまま口にする。

「僅《わず》かな時間差。ここに来た後でこの盗聴に成功した、もしくは録音データが手に入った、もしくは内容の意味を知り得た、のかもしれませんし、殺されるまで、まさか自分に刃《やいば》が向けられるとは考えてもいなかったのかもしれません」

「緊急に連絡したり、身辺保護を求めたりしなかったのも、やはり自分が標的になるとは夢にも思っていなかったから?　それとも、この話自体に信憑性《しんぴょうせい》をあまり感じていなかったから?」

「両方の可能性がありますね」

室長は豊富な経験から、柔軟《じゅうなん》な思考をする。

「等々力さん自身は、ここに来た時に知ってたんでしょうか?　この録音の存在を」

石川さんも疑問を口にした。

「いや、知ってたら彼の態度は変わっていたはずだし、私たちに言うはずだ。だから彼もその時は知らなかった」

そうですよね、と石川さんは自分のパソコンに視線を移し、「あの」と声を発した。

「音声とは別のファイルがありました。テキストファイルで、『このメモリーが等々力さんの手許《てもと》にあると言うことは、おれの身に何かがあったということです。これを役立ててください、必ず！』とあります」

「ってことは、楠木さんが自分の身に危険があると察知していた？　それで親交のある等々力くんに録音データを送った？」

「メールに添付しなかったのはどうしてでしょう？」

「メールの安全性に信頼がなかったとか？　そのへんは君の方が詳しいだろ？」

津島さんは腕組みしたまま言った。

「私はこの件を捜査本部の柏木に知らせ、このメモリーを渡しに行く。石川くんと上白河くんは、等々力くんを捜してくれ。目黒中央署の用が済めば、私も捜索に加わる」

了解しました、と私たちは等々力さん捜索のために、散った。


石川さんは等々力さんの過去の接触者リストを元に都内や近郊を捜し回ることにしたが、私が向かったのは、等々力さんの自宅だった。

スカイツリーの麓《ふもと》の街と言ってもいい、曳舟《ひきふね》。私が生まれ育った福生とは都心を挟んで東と西だけに、全く馴染《なじ》みがないのだが、以前は小さな家が密集してゴチャゴチャした典型的な下町だったらしい。

それが今は、高架になった私鉄に沿って高層マンションがにょきにょきと立ち並び、スカイツリーに見下ろされる街になっている。昔を知らない私のような者にとっては、ここが下町だったと言われても全然、ぴんと来ない。

しかし少し歩くと景色が変わった。レトロな街並みが姿を現し、平成、いや昭和、それも昭和初期かと思うような店が軒《のき》を並べている。

この古い町、京島《きょうじま》が、等々力さんの住んでいるところだ。

等々力さんは一流の外語大学を出て外務省に入り短期間の外国公館への赴任《ふにん》を経て、ずっと本省で勤務していたと聞いている。だとすれば、それなりにいい暮らしをしているだろうと思っていた。この辺に最近出来た高層マンションに住んでいるとか……。

しかし、自宅として登録されている住所は、昔からの住宅街だ。築数十年という感じの凄く古い家もあったりする。

もしかして、等々力さんは生まれも京島、育ちも京島で、ずっとこの家から離れたことがないんじゃないか？　と思えてきた。

……ということは、もしかして、年老いた母親と昔ながらの家に住んでいて、もちろん未《いま》だ独身、意固地《いこじ》な中年のマザコンぶりがどんどん拗《こじ》れていたりして……。

私の勝手な妄想は膨《ふく》らみ、とどまるところを知らない。

しかしそう思ってしまうほどに、この界隈《かいわい》を歩く人には老人が多いのだ。若い人たちは高層マンションに住んで昔からの住民と交わらないのかもしれない。この界隈では時が止まっている……。

「お嬢さん、街歩きかね？　どうだ、この家なんか、可愛いでしょう！」

突然、通りすがりの老人に話しかけられた。

「は、あのう」

「この家はね、昔は芸者さんが住んでたんですよ。どこか色っぽいと思わんかね？」

老人が指差した家は、小さな一軒家だった。生け垣に囲まれて全体にこぢんまりとして、ちょっとした中庭があって縁側もある。

ハンチングを被《かぶ》って、昔はシャレたシティボーイだった感じの老人は、老人にしては背が高い。猫背になっているが一八〇センチはありそうだ。さぞやモテたことだろう。皺《しわ》が深い顔だが、鼻も高いしハンサムだった名残《なごり》もある。

「最近はこういう家が人気でね。古いから家賃も安くて、若い人が住んだりするけど、建て付けが悪かったりして隙間風《すきまかぜ》がひどくて、コンセントも少なかったりしてね。漏電《ろうでん》の心配もあるね。この辺は、どこかで火が出たら大変なことになるからね」

老人は訊《たず》ねてもいないことを滔々《とうとう》と話しかけてくる。

「あの、この辺にお詳しいんですか？」

「そうね、この近所は向島《むこうじま》で、大昔は日活《にっかつ》の撮影所があったの、知ってる？　大震災で焼けて無くなっちゃったけど」

「もしかして、その昔の映画スターでいらしたとか？」

「ご冗談を。まさかそれほどのトシじゃない」

老人は歯のない口を開けて笑った。

「百年も前の話ですよ。私の父が向島撮影所に出入りしてたんで、昔の話を聞いたことがあるンで。いやね、やけにアナタが昔の家を興味深く眺《なが》めてらっしゃるから、そういう方面にご興味があるのかと思ってね」

もしかして、いい人に出会ったのかもしれない。

私は遠慮なく、訊ねてみた。

「あの、このへんに、等々力さんという方がお住まいだと思うんですが……ご存じでしょうか？」

「等々力……何さん？」

「ええと」

私は貰ったプリントアウトを広げた。

「等々力健作さんです」

「なに？　ケンボウが、なんかやったか？　あんた刑事か？」

老人はにわかに身構えた。

そうか。等々力さんは、「なにかやりそう」な人だと思われているのか。

「イエイエ、私は等々力さんの同僚です。今日、出勤しないので、心配になって訪ねてきたんですが」

「ああ、そういうことか」

老人は安心したような顔になった。

「ケンボウはこの辺でも秀才の誉《ほま》れ高い子供でね、小中高と常に成績がトップで、海外に雄飛《ゆうひ》するんだと外国語大学から外務省に入った。あんたも外務省の人？」

「ええまあ」

私は軽く身分詐称《さしょう》した。

「ケンボウも大変なんだよ。お母さんと二人暮らしでね。いや、お母さんの鈴代《すずよ》さんは元気だよ。カクシャクとしてる。だから逆に婚期を逃がしたんだねえ……」

なんということだ。私の妄想の通りの情報が開示されつつある。

「じゃあ、等々力さんは、生まれ育った家で今も」

「そう。浮いた噂ひとつ聞かないね。しかも最近はどんどん気難しくなってきて、朝会っても挨拶もしなくなったね」

「等々力さんにはご兄弟は？」

「ええと、いたっけかなあ？　いや、鈴代さんのトコにはケンボウだけだったよなあ」

老人は含みのある言い方をした。

「あの、今、鈴代さんはご在宅でしょうか？」

「あ、今はあれだ。デイサービスに行ってていないよ」

それじゃどうもね、と言ってその老人は行ってしまった。

仕方なく、私は再びこの界隈を歩き回った。

古い街並みが終わりかけた、その一角。

なんと、ガラス張りの明るくモダンなカフェに、等々力さんがいるではないか！

思わず駆け寄ろうとして危うく思いとどまった。同じテーブルに座っている人がいる。

等々力さんより、かなり若い女性だ。

誰？　等々力さんのカノジョ？　内縁の妻？　親戚の誰か？　いやいや、殺された楠木さんの関係者だったりして……？

等々力さんは、店内から外を見る側に座っていて、向き合っている相手の顔は見えない。

私は、等々力さんに気づかれないよう注意を払いつつ、ガラス張りの店の周囲を移動した。なんとか相手の顔が判る位置を探す。

ぎりぎり横顔が見えるところを見つけて、スマホで撮影した。電子ズームを使うと画面が荒れてしまうが、小さな画像ではよく判らないだろう。

私は、撮った写真を石川さんと津島さんに送り、津島さんに電話を入れた。

「上白河です。等々力さんが、若い女性と話し込んでいるので撮影しました。写っているのが誰なのか、調べて戴けませんか？」

津島さんは『判った』とだけ返事をした。

『こっちは、例の録音の声が誰なのか調査中だ。科捜研がやってるんだが……ああ、それとね』

津島さんは一息入れた。

『楠木さんが襲われた件だが、現場近くの防犯カメラの映像解析が終わった。運良く犯行の瞬間を捉えていたカメラがあった。暴漢が楠木さんと少し話している映像、そして胸をグサリとやって逃走する姿が撮れている』

「犯人の特定は？」

『いやそれが……』

津島さんは残念そうな声を出した。

『故意だと思うが背を屈《かが》めて走っていたり、顔もサングラスとマスクと帽子で覆《おお》われていて、すぐには判らないんだ……ただ、どことなく、官邸で会った君の元同僚って男に感じが似ている』

「田崎のことですか。あの男なら、楠木さんが刺殺された直後、現場から少し離れたところにも居て、私と石川さんを見ていました」

『その印象と、官邸で君に絡《から》んできた時のインパクトが強いから、防犯カメラの男が田崎に見えてしまったのかもしれん。田崎については他の映像もあるんで、科捜研で同一人物かどうか確認中だ。だが……捜査本部は田崎を被疑者リストから外したよ』

「え？　それはどうしてですか！」

私は驚いた。たしかに、田崎が犯人なら、津島さんの電話の喋《しゃべ》り方はノンビリしすぎている。

『アリバイがあるからだ。犯行時刻に、田崎は総理首席秘書官の新島と会議中だった。それは、秘書官の行動記録からも証明されている。同席した他の関係者の証言もある』

たしかに……私と石川さんは、田崎と新島首席秘書官らしい人物がホテルのラウンジで話し込んでいるのを目撃していた。あの席は「会議」だったのか……。

「新島さんがウソをついているという可能性は？」

『それはないね。同席している他の関係者もいたわけだし』

そうですか……と私は割り切れない感じが残った。私たちが見た時には、他の同席者がいたようには思えなかったのだが……。

それより君、と津島さんは声を変えた。

『君の件、ちょっと厄介《やっかい》なことになってきたぞ。ネットは見てるか？』

「いえ……外に居るので」

『誰かが焚《た》き付けてるのかもしれないが、君のあの派手な立ち回り、かなり炎上してるぞ。事務所にもマスコミが集まってきている』

「え〜っ。そう言われても……」

たしかに、通話をしている津島さんの背後ではドアをガンガン叩く音や、「お話を聞かせてください！」「上白河さんはここにいるんでしょう?」という声がうるさく聞こえている。

『こういう状況だから君は事務所に戻らない方がいいようだぞ。テレビ局とは話がついているが、マスコミ全部は押さえられん。等々力くんと話が出来たら、電話連絡をくれればいいから』

ハイと言って電話を切った、その直後。今度は津島さんから折り返し電話が来た。

『あ、君ね、さっき送ってくれた等々力くんと話している女性の写真の件だけど……どうやら、首相官邸の、ウチとは違う筋のスタッフじゃないかという話がね』

「それは、どういうことですか?」

店を見ると、等々力さんはまださっきの女性と話し込んでいる。

『副長官とは違う筋の……秘書官とか補佐官のスタッフの可能性がある。似ている女性スタッフが複数いてね。もっと詳しい、顔の全体が判る写真があれば特定出来るんだが』

「それは難しいです。正面から撮るには、店の中まで入らないと」

そんなことをしたら気づかれてしまう。そうか、と津島さんは残念そうな声を出した。

『考えたくないことなんだが……等々力くんは、もしかすると、ウチの方針に反して、モロに官邸の走狗《そうく》となっているかもしれん』

「ソウクって、なんですか？」

『その……文字通り、権力の手先、スパイ、権力の犬ってことだ。ウチだってそんな風に見られていることは重々承知だが、ウチにはウチの確固とした方針がある。無条件で官邸の言いなりになってるわけじゃない』

津島さんはハッキリと言い切った。

「でも……相手の女性が等々力さんではなく、楠木さんの関係者という線はないんですか？」

『そっちの方の資料というかデータがまだ無くてね。楠木さんの交友関係に関しては、今、捜査本部に照会中で』

しかしね、と津島さんは声を潜めた。

『考えたくはないことだが、どんな可能性でも簡単に捨ててはいかん。等々力くんにも、彼なりの事情があるのかもしれんし』

津島さんは、あたかも等々力さんが「寝返った」「裏切った」かのような口ぶりだ。

『君の気持ちは判るよ。一緒に仕事をしている同僚を信じられないのかと。もちろん私だって、等々力くんのことは信じたいさ。しかし……ウチは極めて特殊で微妙な業務に携《たずさ》わっている。それだけ重大な情報を扱っているんだ。漏洩《ろうえい》した場合の影響が非常に大きい。だからこそ、疑念を持たれないように、ホウ・レン・ソウが必要なんだ』

「報告・連絡・相談、でしたっけ?」

『そう。もっとも、今は、『かくれんぼう』の方が大事だという人もいるが。確認・連絡・報告ね』

どうでもいい話になってきた、と改めて店の方に視線を向けると……なんということだ、等々力さんの姿が消えているではないか!

一瞬、目を離した隙に、等々力さんは店を出てしまったのだ。

「目標をロスト、いえ、等々力さんが消えました! また連絡します」

通話を切って、慌てて周辺を捜した。

どうしよう……とキョロキョロしながら歩いたが、等々力さんの姿はない。

失敗した! と私は自分を責《せ》めつつ、慌ててプリントアウトの住所を頼りに等々力さんの自宅に行ってみた。こういう古い家の場合、外にも生活音が漏れるのではないだろうか。耳を澄《す》ませてみたけれど、等々力さんの自宅からは音は一切聞こえてこない。

意を決して、玄関のガラス戸に手をかけた。ガラリと開けて、等々力さんがいたら「無断欠勤ですよ!」と強気に出ようと思ったのだが……。

しかし玄関には鍵がかかっていた。当たり前だ。下町でも、のどかな田舎ではないのだ。玄関チャイムもない。ガラス戸を何度か叩いてみたが、反応は、ない。

しばらく近くで等々力さんが現れるのを待ってみたが……現れない。

そのうちにお腹が減ってきた。時計を見ると、既にお昼を大幅に過ぎている。

とうとう目眩《めまい》までしてきたので、腹が減っては戦《いくさ》はできぬ、と私は腹をくくった。

東武《とうぶ》曳舟駅方面に戻り、駅前の店で喜多方《きたかた》ラーメンを食べた。

食後またすぐに京島方面に戻ったが、等々力さんは現れなかった。もしかして、私がうろついているのを見られて、警戒されてしまったのかもしれない。

それにしても、等々力さんと話していた若い女性は一体何者なんだろう？　本当に等々力さんはスパイなのか？

歩いても歩いても等々力さんは見つからない。次はどうしようか、と思いながら、私は神社の隣に公園を見つけ、ベンチに座って考え込んだ。

と……私の携帯番号宛てにショートメッセージが送られてきた。

『動画を見たよ！　凄いね！　キミにとても興味があります。出来れば食事でもどう？』

発信元は「てらだ岳志《たけし》」とある。

誰だ？　こいつは？　どうして私の電話番号を知っているんだろう？

続いてメッセージが送られてきた。

『な〜んて、突然言われても困るよね(^o^)！　でも、上白河レイさん！　キミが興味を持つ情報をぼくが提供できるって言ったらどうする？』

悪戯だと思ったが、こいつは私の名前と携帯番号を知っている。この押しの強さからして、もしかすると有名人かもしれない。

「てらだ岳志」で検索してみると、つるりとした顔の、無駄にイケメンとしか思えない男の画像が出てきた。変身ヒーローものの主演でブレイクした若手俳優で、最近はトーク番組にも出て積極的な発言をしている、らしい。

イケメン俳優と謳《うた》っているだけに、たしかに見た目は抜群だ。身長は公称一九〇センチで、見るからに筋肉質、しかし顔は優しそうで彫りが深い。

検索でヒットした芸能ニュースそのほかを読んでみると、女性ファンが急増中で凄い人気、らしい。

私はテレビを全然観ないので、彼の事を何も知らなかった。

たぶん、人気俳優の名を騙《かた》った悪戯だ、これは。

そう思って放置しようとしたら、またショートメッセージが入った。

『悪戯だと思ってるでしょう？　本人だという証拠を送ります。免許証の写真だよ』

メッセージとともに、画像が送られてきた。免許証の写真は画像検索で出てきた「てらだ岳志」と同一人物のものだ。

しかし……だからと言って、本人が送ったものだという証拠にはならない。

『信じて欲しいなあ……そうだ！　これから「おヒルだよ！」の本番なんだけど、番組の最後にキミに向かってサインを送るよ。それを見れば信じてくれるかな？　サインは、画面に向かってピストルをばぁん！　と撃ってそれからウィンク。そんなバカな事をするタレント、他にはいないでしょ』

私のスマホではテレビが観られないし、その番組はもう間もなく生放送が始まる。

『いまから本番だけど、キミが追っている件について情報提供ができるよ。ボクはこう見えて、官邸の人たちと親しいんだ』

そうまで言われたら、スルーは出来ない。

この近所でテレビを観られる場所はないか？　電器屋さんとか。

この界隈で探し回るよりも、浅草《あさくさ》か錦糸町《きんしちょう》の量販店のテレビ売り場に行った方が早い。

ここに津島さんや石川さんがいたら「おいおい、等々力くんの件はどうするんだ」と言われそうだが全然見つからないし、手掛かりもない。だったら……。

東武曳舟の駅に行くと、半蔵門《はんぞうもん》線に乗り入れる電車が来たので、それに乗って錦糸町に出て、駅ビルにある家電量販店のテレビ売り場に急行した。

ちょうど、昼時のワイドショー「おヒルだよ！」が映っていて、そろそろエンディングだった。どうにか間に合った。

出演者がズラッと並んでお別れの言葉を述べている、その中に、ひときわ背の高いイケメンがいる。

てらだ岳志だった。

岳志は、自分がアップになった瞬間、カメラに向かってピストルを撃つ真似《まね》、続いてウインクをしてみせた。

すかさず隣にいる漫才師みたいな男が岳志の頭を叩いて笑いになり、番組は終わった。

……本当だった。

芸能人に、誘われた。

ホントかよ、という気分。

『テレビ見ました。しかし、なぜ私に会いたいと？』

メッセージに返事を返してみた。

続いて、柊ミカコさんから教えてもらった携帯番号にもメッセージを送信する。

『突然すみません。てらだ岳志って、どんな人ですか？　なぜかメッセージが送られてきて』と訊いてみた。すると、即座に返事が返ってきた。

『アイツはネトウヨだから気をつけて。立派そうなこと言うけどスケベだし』

なるほど。そういうことか。ただの下心なら心配する必要はない。大抵《たいてい》のことから自分の身は守れる……そんな私の自信がまさか仇《あだ》になるとは、その時の私には知るよしもなかった。

柊さんから続けてメッセージが来た。

『トーク番組で何度も共演した。あたしとはことごとく意見が合わなくて、論破できなくなると拗《す》ねたりする馬鹿だよ』

どうも、彼は柊さんの天敵のようだ。

しかし……馬鹿でネトウヨのスケベが私に会って、どうするんだろう？

そう思いながら錦糸町の駅前を歩いていると、てらだ岳志から返事が来た。

『番組見てくれたんだね、ありがとう！　じゃあ、今夜なんかどうかな？　狸穴のオイスターバーとか、どう？』

『たぬきあな？　イヤですそんな田舎』

タヌキが出てくるようなところって奥多摩《おくたま》？　高尾山《たかおさん》？　そんな遠くまで行く時間は、無い。

『たぬきあなじゃなくてマミアナだよ。六本木の近くで麻布十番《あざぶじゅうばん》の隣。銀座《ぎんざ》とかのほうがいいの？』

慌ててマップで確認すると、東京都心を知らない私の完全な勘違いだった！　タヌキの穴なんて地名が、まさかこんな大都会にあるとは。

とんだ赤っ恥に心が折れた私は『狸穴《まみあな》でいいです』と返事をしてしまった。

『了解。じゃあ今日の十八時、麻布十番のアオイスタジオの、斜め向かいにあるカフェで待ってて』

向こうのペースに乗せられてしまったが、約束した以上は仕方がない。行くしかないだろう。フカシかもしれないが、『キミが追っている件について情報提供ができるよ。ボクはこう見えて、官邸の人たちと親しいんだ』という言葉も気になる。

でも、今はまだ十五時だ。約束まで三時間ある。

私は曳舟に戻り、再度、等々力さんを捜した。自宅にもまた行ってみたが、やはりいない。居留守を使っているのかもしれないが。

所在ないままに東京東部の曳舟から、狸穴最寄り駅の麻布十番までのアクセスを調べた。複雑な乗り換えが必要なのかと思ったら、たった一回の乗り換えで行けることが判った。

十七時過ぎまで粘ってみたが、等々力さんが再び現れることはなく、私は曳舟から引き上げることを津島さんに報告した。

「そうか。事務所にはまだマスコミがいるから……特に何もなければ、今日は直帰でいい」

そう言われても、私にはまだ帰るところがない。ビジネスホテルにでも泊まろう。

「判りました」

津島さんにこれからの予定を告げることなく通話を切り、私は麻布十番に向かった。

＊

都心、それも赤坂や六本木の街は、私には全く縁がなかった。悪ガキ時代「街に出る」と言えば、立川《たちかわ》か、せいぜい新宿《しんじゅく》。あとは渋谷に何回か。表参道《おもてさんどう》すら縁がない。

スマホのマップ機能を頼りに麻布十番駅から歩いて、コンクリートの要塞《ようさい》のようなアオイスタジオに、やっと辿《たど》り着いた。

その斜め向かいのカフェといえば、一軒しかない。

そこに入って、コーヒーを飲んでいると、約束から二十分過ぎて、てらだ岳志が現れた。

「ごめんごめん。待ったでしょう？　打ち合わせが押しちゃってね」

彼の方から声をかけてきた。わざとらしくサングラスを掛けているが、さすがにそれがキマっているのは、芸能人だからか。

「なぜ私だって判ったんですか？」

「決まってるじゃない。君のあれ、何度も見たもの」

あれとは、例の「ボコボコ動画」か。

「お恥ずかしいです」

「いや、君、凄いよ！　スーパー格闘女子だね！」

じゃあ行こうか、と彼は私に手を差し出した。まるでシンデレラをエスコートする王子様のようだ。

「あの、コーヒー代……」

「ああそれはもう済ませてあるから」

店の外に出ると、タクシーが待っていた。それに乗り込んで、「狸穴のオイスターバー」とやらに直行した。

お店は地下にあった。

かなり広いフロアは、黒が基調の内装だ。全体が薄暗い中で、テーブルだけに、真上から照明が当たっている。個室ではないのに個室みたいな感じで、まさに有名人お忍びの店、隠れ家という感じだった。タキシードを着たボーイさんが滑るように動いている。

「牡蠣《かき》はRがつく月が美味しいって言われるけど、今は世界中の牡蠣が届くし、冷凍技術も発達してるから、あまり関係ないんだ。Rの月に獲《と》ったものなら美味しいかもね」

さっそく蘊蓄《うんちく》を披露《ひろう》した岳志は「ドライなシャンパーニュね」と注文した。

「あの、私、お酒はNGなんです」

「え？　ほんと？　牡蠣にシャンパンはつきものなのに……本当に飲めないの？」

「飲めないというか、飲まないいんです。いろいろあって」

そうなの、と残念そうに言った彼は、ソムリエを呼んで「さっきの、ノンアルにしてくれる？」とオーダーし直すついでに、なにやら小声でいろいろ指示を出している。

ほどなく運ばれてきたものは、普通のスパークリングワインにしか見えない。

「これはね、スペインの、セニョーリオ・タウティラ。本物のワインから、最新技術でアルコールを抜いたモノらしい。喉ごし爽やかな味をお楽しみあれ」

そう言いながらグラスに注いでくれた。本物ソックリに泡が立った。私だって親戚の結婚式でスパークリングワインくらい飲んだことはある。

「じゃあ、初めまして。これからのボクたちに、乾杯！」

グラスを合わせて、一口飲むと、たしかに喉ごしがとても爽やかだ。

この店では、日本、ヨーロッパ、南米、ニュージーランドと、世界中の牡蠣が食べられるのだと岳志は言った。私はと言えば、牡蠣は産地不明のフライしか食べたことがない。

「外国人でお刺身がダメな人は多いのに、牡蠣だけはどうして生で食べるんですか？」

つい訊いてしまった。

彼は、「え、そんなこと考えた事もなかったなあ」と首を捻った。

「たぶん、美味しいからだと思うけど」

大きなお皿に「世界七大オイスター」とやらが盛られて出て来た。

「あんまりウンチクを語ると、グルメタレントかよ！　って言われてしまうけど……ボクのお薦《すす》めは、ニュージーランドのブラフ・オイスターだね！　この、カップ型の小ぶりなヤツだけど……味が締まっていて、実に美味しいんだ」

言われるままに、生の牡蠣にレモンを搾《しぼ》り、するっと飲み込んでみた。こんな食べ方は生まれて初めてだった。

「えっ、何これ！」

悔しいが本当に美味しい。ノンアルコールの冷えたスパークリングワインともよく合う。思わず夢中になって食べた。牡蠣をツルツル、ノンアルワインをゴクゴクと、気がつくと生牡蠣の殻《から》でバケツが一杯になって、ワインのボトルも空《から》になっていた。

「ねえ、飲めないなんてウソでしょ？　ほとんど君一人でボトルを空《あ》けちゃって」

「だって、ノンアルでしょ」

そうは言っても、ノンアルとはいえ少しは成分が入っているのか、お酒を飲んだ気分になってきた。

生牡蠣ばかりでは、ということで牡蠣のオーブン焼きやフライ、グラタンなども出て来て、それもとても美味しかったが、やはり生牡蠣の超絶美味には勝てない。

私は食べるのに夢中で、彼とこれまでなにを話したのか、全然思い出せなかった。というより、ほとんど喋ることもなく、ひたすら食べるのに没頭していたのかもしれない。

「生牡蠣は、当たるときがある。その時はなかなか苦しいらしいよ」

「でも、当たるかどうかは気をつけても判らないんでしょう？」

私はそう言いながら、さらに食べ、そして飲んだ。牡蠣の塩分を白ワインがきれいに流してくれる。

「あ〜ごちそうさま！　たくさん食べてしまいました！　カッコいい男のヒトと美味しいものを食べるのって、最高ですね！」

そろそろ帰りますっと、席を立とうとして足がもつれた。あれ？　ノンアルなのに？

「おいおい。食べたから帰るって、それ、デートじゃないでしょ。高校の運動部の晩メシじゃないんだから」

それもそうかと私は座り直した。そもそも、今晩私はどこに泊まろう？

「聞くところによると、君は自衛隊から転属して、まだ住まいも決まっていないそうじゃないの。だったら今晩……グランドハイアットかリッツ・カールトンに部屋を取るけど？」

「六本木なら……アパホテルがありますけど」

「ダメだよ、そんなの。ボク、これでも芸能人だよ？　しかも現役で、自分で言うのもアレだけど、けっこう売れてるんだよ？」

そんな「アパ不倫」みたいな真似はしないから、と岳志は胸を張った。

それに、と彼は私の手を取って握《にぎ》り締めた。

「君が興味を持つ情報を提供できるって言ったでしょ？　知りたくない？」

そうだった。そのことをすっかり忘れていた。

「君が助けた柊ミカコさん。彼女についてのヤバい事実を、ボクはいろいろ知ってるんだ。君は柊さんと、とっても仲良くなったんだろう？」

「凄い早耳ですね」

私はそれしか言えなかった。実際、地獄耳だ。そこで、ピンと来た。

「もしかして、あなたの言いたいことはあれですか？　私と仲がいい柊さんの『ヤバい事実』、それを黙っていてほしければ、今晩付き合えって、そういうこと？」

「う～ん。そうとも言うかな」

彼は苦笑した。

「でもね、これは君を思ってのことでもあるんだ。柊さんとはあまり仲良くしないほうがいい。だいたい、柊さんって学歴もないし、キャバ嬢から『自称』文化人になったくせに、あれこれ社会のことを論じすぎなんだよ。そりゃ政府の批判をすればカッコいいだろうけど、説得力の無い批判をされてもなあ」

「それが『柊さんのヤバい事実』ですか？」

なんだか目の焦点《しようてん》が合わなくなってきた感じがする。

「いや。そうじゃなくて、ホントにヤバいのは、カノジョの男関係だよ。いいか？　あの女は立石って議員だけじゃなく、他にもアタマがいい男がバックに居るに決まってるんだ。ボクには判る。そいつらにあれこれ入れ知恵されてテレビで喋ってる。きっとそうだ」

「ふ〜ん」

なんだか、どうでもよくなってきた。それより、眠い。物凄く眠くて仕方がない。

なんか、飲んだのはノンアルではなくて、本物のスパークリングワインだったんじゃないかと思えてきたのだが……もう遅い。

私は完全に酔っ払ってしまった。

彼に立たせて貰って、やっと店を出て、車に乗り込んだ。

ウトウトしているうちに、大きなホテルに着いた。そして……私は、非常にありがちな展開だが、お持ち帰りというか、アッサリと部屋に連れ込まれてしまった。どうやらここは安いビジネスホテルではなくて、高級ホテルらしい。

ベッドに寝かされた私は、もう、どうでもよくなっていた。

お酒が入ると、私は本当に、駄目になる。

弱い、というのではない。倫理観《りんりかん》のようなモノのタガが外れてしまうのだ。

着ていたのがワンピースだったから、するっと脱がされてしまった。

「いいね、君！　いいカラダしてんじゃん。めっちゃエロいし、けっこう胸デカいじゃん」

彼は私のスリップを難なく剝ぎ取り、ブラの上から胸を揉《も》んできた。

酔うと、すべてのストッパーが外れる私。

彼の手が脇腹や太腿《ふともも》を滑るうちに、スイッチが入ってしまった。

顔を寄せてきたイケメンの彼の後頭部をぎゅっと鷲《わし》づかみにして、ぐい、と引き寄せた。

イケメンの彼は、不意を突かれた驚きに、目を瞠った。

私は彼の口に舌を差し入れて、吸いついた。

「む。むう……」

私の舌は彼の舌を捉えて激しく絡みつき、その間にも物凄い勢いで彼の唇《くちびる》と舌を吸った。

私の舌戯《ぜつぎ》が巧《たく》みだったのか、彼の眼はとろんとしてきた。

彼にバストをムニュッと押しつけた私は手を伸ばし、デニム越しに彼の股間《こかん》を触った。

ディープキスをしている唇と舌は火のように熱い。

自分の乳首が勃《た》っているのが判った。そして、彼の股間もムクムクと膨らんできた。

主導権を取り返そうというのか、彼もブラを外して私の胸に顔を埋《うず》め、乳房に舌を這《は》わせながら、手は私のヒップに移り……左右から揉みしぼるように撫《な》であげてきた。

その手が私のショーツの中に侵入してくる。

「……キミのここ、もうぐっしょり濡《ぬ》れてるぞ」

「あ、そう?」

素っ気《そっけ》なく返したが、彼の指が私のクリットに触れると、思わずアン、と声が出てしまい腰がくねった。

彼はショーツをずり下げると、私の秘部に舌を這わせてきた。

「はうっ!」

私はびくっと腰を硬くして、声をあげてしまった。

かなり遊んでいそうだ。こんなイケメンなんだから女はいくらでも寄ってくるんだろう。

秘唇を舐《な》められ吸われているうちに、女芯はどんどん熱くなっていく。愛液が湧いてきたのか、彼はじゅるっと下品な音を立てて啜《すす》った。

「はンン……もっとソフトに……」

しかし彼は秘唇を左右に広げ、私の肉芽を剝き出しにすると、舌で丹念に愛撫《あいぶ》してきた。

「ああ……上手……とってもいい」

こういう展開はマズいのでは、と頭のどこかで思いながらも、どうしても腰が動いてしまう。ときおりひくひくと背中が反《そ》って、官能の疼《うず》きを見せてしまう。

まあいいか。もう、こうなったら……。

彼も同じ事を考えたのだろう。服をすべて脱ぎ捨てて、覆《おお》い被《かぶ》さってきた。

そそり立った肉茎を花弁に押し当てようとしている。

でも、なんだかうまくいかない。

イラついてきた私は起きあがり、そのまま体勢を逆転させた。つまり私が上になっての、騎乗位の体位になったのだ。

「こうなったらもう、私がトコトン気持ちよくしてあげる！」

私はゆっくりと腰を落として、ギンギンになった彼のモノを呑み込もうとした……ところでハッと思い出した。

「ねえ。これって、私があんたとセックスしてあげることで、柊さんのデタラメなスキャンダルとやらを秘密にしておいてくれるって事だよね？」

「あ、いや、そういうわけでは……」

彼は慌て始めた。

「それにあんた、さっき、柊さんの事をめちゃくちゃ悪く言ったよね？　学歴がないとかキャバ嬢上がりだとか自称文化人だとか。ナニそれ？　学歴がなくても頭がいい人は、世の中のことをハッキリ見通せるのよ。柊さんはそういう人よ」

「ああ、そ、そうかもしれないけど」

「それになんか、立石さん以外にも男が居て、その男に良からぬ入れ知恵されてるって言ったよね！」

「言ったかも……」

だんだん腹が立ってきた。アルコールで歯止めが利かなくなるのは私の場合、下半身だけではない。怒りのコントロールも問題なのだが、もはや手遅れだ。

「言ったかも、じゃないでしょ？　絶対に言ってた！」

私は怒りに任せて彼を突き放し、ベッドから降りた。

「バカ言ってんじゃないわよ！」

力任せに彼の腕を引っつかんで身体《からだ》ごと一気に持ち上げ、右足の裏を彼の下腹部に突き当てると、後方にしゃがみ込みながらベッドの上から投げ飛ばしてしまった。巴《ともえ》投《な》げの要領だ。

てらだ岳志はそのまま宙を舞い、部屋のドアに激突した。

「い、いてえ！」

「イケメンのアンタとか、お酒とか、おしゃれな店の雰囲気で私のこと、好きにできると思った？　残念！　私は違うの！」

私は倒れ込んでいる彼を引っ張り起こすと、今度は一本背負いで投げた。

さっきまでの気分。せっかくキモチよくなってるのだし、もうこのままでいいかという投げやりな気分はウソのように消えていた。怒りがアルコールの代謝《たいしゃ》を早めたのか？

彼の身体が壁に激突して大きな音を立てたとき、ドアが激しくノックされ、チャイムが連打された。

マズい。

私も岳志も全裸だ。誰が来たのか知らないが、このまま誰かを入れるわけにはいかない。

そもそも、ここに誰が来るというのだ？

「ルームサービスです！」

続いてどこかで聞いたような声がした。

「そういうのはいいから、とにかく開けて！」

ドアが勝手に開いた。

そこには、ホテルのマネージャーらしい黒服の男と……鴨居崇がいた。

「またか。あんた、男をやっつけるのがよくよく好きなんだね！」

彼、てらだ岳志は全裸のまま床に伸びている。崇はそこに遠慮なく入ってきた。

「おい、ちょっと、なんだよこれは！」

ベッドサイドテーブルに置かれたスマホのような物体を手に取った崇は、速攻で床に叩きつけて破壊した。

「カメラだよ！　コイツが撮ってたんだ。たぶん……ワイファイで飛ばして、誰かが録画している」

「えっ⁉」

私はまたしても、いや、テレビ局の廊下での大立ち回り以上の、恥ずかしい映像を残してしまったのか……。

酔いもすっかり醒《さ》め果てていた。

「坊ちゃま……あの、わたくしはここで失礼させていただいても宜《よろ》しいでしょうか？」

ホテルのマネージャーは怯《おび》えた様子で出ていった。

「どうしてここが判ったのよ？」

「地獄耳は、あんたら官邸お庭番だけじゃないんだぜ。あんたがやたら手の早いイケメン俳優と、デートの約束をしたって聞いたから」

守らなければならないと思った、と崇は言った。

「大丈夫。自力で守ったから」

私はベッドのシーツを身体に巻き付けながら言った。

「最後の一線は越えなかったよ」

「イヤそれはどうでもいいんだけど……」

そう言いつつも崇はホッとした表情だ。

「それはいいけど……心配だから私のまわりをうろついてたってワケ？」

それには崇は異論も反論も唱えなかった。

「あの……もしかして、柊さんのマンションの辺りでウロウロしてた？」

「まあね……」

「どこまでヒマなのよ！　学校行きなさいよ！」

と、私が怒鳴ったその時、私のスマホがどこかで鳴った。床に落ちている私のバッグからだ。

急いで取り出して応答すると、切迫した津島さんの声がした。

「よく聞いてくれ上白河くん！　例の殺人犯の、次のターゲットが判った」

僅かに残っていた酔いが完全に吹っ飛んだ。

「誰なんですか？」

「柊ミカコさんだ。犯行予告が出た。柊さんは気丈《きじょう》にも、自ら囮《おとり》となって、犯人逮捕に協力したいと言ってくれた」

第五章　公僕の使命

「柊さんが次のターゲットですか？」

私は驚いて津島さんに訊《き》き返した。

「そうだ。ところで、今、君はどこにいるんだ？」

私は答えに詰まった。ホテルの一室で私は身体《からだ》にシーツを巻き付けただけ。同じ部屋にはなぜか鴨居崇が居て、私はヤバい映像を盗撮されたばかり。床には、てらだ岳志が全裸でひっくり返っている。

カオスな状況の中、崇は知らん顔をして冷蔵庫からビールを出すと勝手に飲み始めた。

「あ！　それ飲むな！」

思わず怒鳴ったのを津島さんに聞き咎《とが》められた。

「全部説明してみなさい。怒らないから」

まるで、不良娘の尻拭《しりぬぐ》いを何度もさせられるお父さんのような口ぶりだ。

仕方がない。腹を決めた私は、てらだ岳志がメッセージを送ってきたところから現在までを包み隠さず話した。

「……なるほど。判った。いろいろ問題があるね。いやありすぎる。つまりそのてらだ岳志というタレントに、君はハニートラップを仕掛けられたんだ」

「やっぱり……そういうことなんですね。すみません」

「しかし……困ったな。またしても問題になりそうな映像を撮られてしまった。そういうことだよね？」

さしあたりどうするか？　と津島さんは独り言《ひとりごと》ちた。

「そこには崇くんもいるんだよね？　崇くんは、鴨居家がそのホテルと昵懇《じっこん》だと言ってるんだろう？　その力を借りよう。ウチに民間ホテルをすぐに動かす権限は無いし、要員もいない」

「いえしかし、それだと、後からいろいろと」

「後のことは後で考えればいいの。問題を切り分けて、今あることをなんとか順々に処理していかなきゃ」

「口止めならもうしたよ」

美味《おい》しそうにビールを飲んでいた崇がそこで言った。

「だから心配しないで、ってきみのボスに言っといて」

「えっ？」

「心配ならもう一度、改めてプッシュしとこうか？」

ビールを飲み干した崇はソファから立ち上がると、部屋の電話を取りあげた。

「あ、すみません。さきほどの鴨居です。マネージャーをお願いします。改めて確認したいことがあって……」

崇は電話に出たらしいマネージャーに、「さっきも頼んだけど、この件は、外部へのリーク一切《いっさい》無しってことでよろしく。あっそれから、おれのことも親父には言わないで」などと頼んでいる。

その一部始終を電話ごしに聞いていた津島さんは、「どうやら大丈夫そうだな。ホテルへの支払いはウチが持つ。請求書だけもらっといて」と言って通話を切った。


それから一時間後。

意識を回復したてらだ岳志の身柄は所属事務所の人を呼んで引き取って貰《もら》い、ホテルから請求書だけ受け取った私と崇は、永田町のコンビニの二階にいた。

もう深夜だというのに、室長を除く津島さん以下全員が勢揃《せいぞろ》いしている。その中には、行方不明だった等々力さんもいるではないか。

「室長はご老体なので、明日の朝、報告をするダンドリになっている。ちなみに、等々力くんは、独自にいろいろ調査をしていた事が判明したので、別に心配する事はなかったんだよ」

　等々力さんスパイ説は杞憂《きゆう》だったということか。等々力さん自身も弁解した。

「上白河くん、きみが店の外から監視していたのは判ってたよ。だけどあの時は、相手の話の腰を折るのもアレだったから」

「だったらそうだと後から電話ぐらいくださいよ。急に消えてしまうし」

「しようかな、とは思ったけれど、簡単には事情の説明がしづらくてね。急に消えたのも話がそこで終わったから長居は無用っていう……それに僕は上白河くん、君が苦手なんだ」

　要するに、面倒くさかったらしい。

「で、成果はあったんですか？」

「成果？　なんの？」

　何を居直っているのだろうか、この人は？

「なんのって……等々力さんは楠木さんに関して、いろいろ調べてたんじゃないんですか？」

「なんか誤解があるようだけど……あの時おれが会ってたのは……親戚の、従姉妹《いとこ》だ」

「え」

　重要な聞き取りだと思い込んでいたのに……相手はイトコ？

「会ってたのは私用なんだよ。紛《まぎ》らわしくてすまんとは思ってる。おれの母親の介護の件で相談してて……お互い忙しくてなかなか会えなくてね。結局、親戚はまったく力を貸してくれないことが判ったから、売り言葉に買い言葉になって交渉は決裂して」

けどね、と言い訳をするように等々力さんは付け足した。

「サボってばかりだったわけじゃない。楠木の知人からもひととおり話は聞いた。その結果、楠木本人も、身の危険について多少は気にかけていたらしいことが判った。いわゆる『保険』をかけていたことも、いろんな筋から情報が集まるようにしていたことも」

集まった情報は玉石混淆《ぎょくせきこんこう》だが、と言う等々力さんに私は訊いた。

「例の送られてきた音声について、詳しい事は判ったんですか？」

「声紋《せいもん》鑑定の結果はまだ出ていないが……あの音声データについては、どうやら内部の反新島派のリークじゃないかという説がある」

等々力さんに代わって、津島さんがそう言った。

「内部って……官邸ですか？」

「秘書官や補佐官は総理の威を借りて、まさに我が世の春だが、その遣《や》り方を、誰もが無条件に容認しているわけではない。このままでは大変なことになる、道連れにされる、と危惧《きぐ》している職員も少なからずいるんだ。これは看過《かんか》出来ないという発言や指示があった場合は、記録を取っているそうだ。密かに録音という場合さえある。あとあとの『証拠』

としてね。役人は保身が第一だからね」

不祥事が露見《ろけん》し大事《おおごと》になった場合は責任を取らされ切り捨てられる、それをみんな恐れているのだ、と津島さんは言った。

「たしかに、送られてきたモノは、盗み録りだったようですが」

「盗聴器が仕掛けられていたとしても驚かないね。官邸に出入りする人物の挙動を怪しんだ職員が盗み録りしたんだろう。そして面会に応じた人物の、あのエラそうな感じは……確証はないんだが、どうも、あの物言いは……どう考えても……いや、止めとこう」

「ナニを今更もったいぶってるんですか！」

と、等々力さんに煽《あお》られた津島さんは、口を割った。

「だから新島秘書官だろ！」

そう言った津島さんは首を横に振った。

「我々は、予断を持ってはいけないんだが、これはもう予断じゃないな」

「それは判りましたが……あの、柊さんが狙われてるっていうのは、確かなんですか？」

「そうそう。これも等々力くんの御手柄なんだよな」

津島さんが等々力さんに話を振った。

「楠木さんの周辺に話を聞き込んでいくと、やはり、あの『ワイド・モーニング』の出演者が狙われてると。楠木さんは生前、番組関係者だけではなく、スポンサー企業の担当者や広告代理店にも取材をしていた。さまざまな方面から、あの番組に圧力がかかっていたことは間違いない。現に出演者が三人、襲われている」

「けど、柊さんを襲った犯人の花田、あれは別件ですよね？」

あの花田が柴田さんと楠木さんを殺害したのだとは、その場にいて取り押さえた私には、どうしても信じられない。

「柊ミカコさんのような人、いわゆる『物言う女性』に対する憎悪《ぞうお》に取り憑《つ》かれた人間は何も花田だけとは限らない。たとえば君の自衛隊の先輩の田崎、ああいう奴かもしれないじゃないか」

プロファイル的に君の先輩は犯人の要件を満たしている、と等々力さんは自信満々だ。

「なぜそう思うんですか？」

「田崎が官邸で君を見た時の、あの常軌《じょうき》を逸《いっ》した攻撃性。あれを見てピンときた。習志野にいる女性自衛官複数からも話を聞いて、裏を取った。あいつは女性を憎んでいる」

なるほど。姿を消していたあいだ、等々力さんはきちんと仕事をしていたのだ。

「言われてみればそうかもしれません。あの男は自衛隊時代、私が特殊作戦群にいる事自体、許せないって感じでした」

「まあ、君らの関係が険悪なのは一目瞭然《いちもくりょうぜん》だったけどね」

津島さんが割って入った。しかし、と私は思った。

「田崎について、警察は捜査しないと聞きましたが。アリバイがあるとか」

「それな。たしかに捜査本部は田崎を被疑者リストから外した。同席していたという新島の証言があったからな」

「そのアリバイ証言がウソだったという可能性は？」

「前にも言ったが、同席していた関係者が他にもいた、ということに一応なっているし、仮にも総理首席秘書官の証言だからね、それは疎《おろそ》かには出来ないということだよ。つまり、タテマエとしてはね」

「それは、必ずしも信じたわけではないってことですか？　新島さんの証言を」

「そうなるね」

津島さんは、アッサリと認めてしまった。

「なにしろ総理首席秘書官の言うことだ。捜査本部も我々も、一応は信じなきゃマズいだろ。少なくとも、表向きは」

腹の中ではどう思っていようが、と津島さんは続けた。

「ホンネとタテマエを使い分け、長いものには巻かれ、泣く子と地頭《じとう》には勝負を挑まない。それが我々日本人だ」

等々力さんもしたり顔で言った。

「じゃあ、捜査関係者はタテマエとしては田崎は犯人じゃないとしつつ、本音では必ずしも、そうは思っていないということですか？」

　私以外の全員が頷《うなず》いた。

「柴田秘書が殺害される前段階として、竹山議員の金銭疑惑があっただろう？　君がここに来た日のことだが」

「正確に言えば、竹山衆議院議員の選挙違反疑いの件ですよね。選挙区の市議会議員そのほかに現金をばらまいた疑惑」

　その方面の専門である石川さんが補足した。

「この件も、竹山議員が言っていた通り、地元の秘書である柴田さんが、事務処理をミスしただけだということが判っている。あたかも選挙資金と誤解されるような遣り方で現金を渡してしまっただけで、実態は知人への私的融通《ゆうずう》に過ぎず、法的にはまったく問題はなかった」

「そういうことだ。同時期に竹山事務所の口座に故意《こい》か間違いか、突然大金が振り込まれたんだが、それを柴田秘書が直《ただ》ちに出金して返却したことから、不要な誤解を招いたという経緯《けいい》もある」

　津島さんが付け加えた。

「この件を何者かが事実を歪曲《わいきょく》して犯人に吹き込んで、柴田秘書を殺すことこそが正義、いわば天誅《てんちゅう》だと思い込ませたという可能性もある」

「何者かって……それが新島秘書官ですか？」

「それについては回答を控える」

津島さんは断定を避けた。

「田崎……いや、犯人が目下《もっか》、次の犯行を計画していて、その標的が柊さんであるとして、それはいつ、どのように？」

「それは判らない。柴田秘書と楠木氏殺害の二件についても、法則性は認められない。特定の場所、時間帯、シチュエーションというものがない。だから犯人は臨機応変に、ゲリラ的に、柊さんを襲撃すると予想される。我々としては柊さんを完全ガードして、彼女の通常の行動範囲をすべて……」

「すみません津島さん。我々は官房副長官室で、民間人であろうが要人であろうが、ガードをする部署ではないと思いますが」

等々力さんがそう言った。それは全くその通りだ。

「捜査本部としてはどうなんですか？」

「柊さんのガードについては難色を示している。花田がすでに捕まっているわけだし」

「ターゲットではなく、襲撃者のほうをマークするのはどうです？　田崎を二十四時間監視するというのは」

「田崎に行動確認は付いている」

津島さんが答えた。

「捜査本部の連中も、新島秘書官が庇《かば》えば庇うほど田崎がクサいと思っているようだ。だが、柊さんについては本当のターゲットなのか？　と疑っていて、人員も限られてる以上、リソースを割《さ》くのは難しいと」

その時、事務所の電話が鳴り、津島さんが取った。

「はい、官房副長官室……ああ、柏木くんか……え！　田崎が行動確認を振り切った？」

それを聞いた全員に、緊張が走った。

「マズいことになった」

一同が動揺しているところに、突然ドアがノックされた。

「ごめんなさ〜い、遅くなりました！」

能天気な声でドアを開けて顔を見せたのは、柊さんだった。

「これはこれはどうも。夜分遅く、お運びいただいて」

津島さんが立ち上がって、柊さんを迎えた。

「我々としては、柊さんの安全を守ります！　全力で！」

さっきまでの動揺を窺《うかが》わせることなく津島さんは言い切った。

「では、柊さんが見えたので、具体的な検討を始めます」

妙に張り切っているように見えるのは、津島さんも柊さんのファンなのか。

「柊さんからは、犯人逮捕のために囮《おとり》になってもいいとの申し出があったが、それは出来ない」

そう言い切った津島さんは、私に視線を向けた。

「民間人で、しかも有名人である柊さんを危険に曝《さら》すことは避けたい。だから」

私にも津島さんの真意がすぐに判った。

「私が、柊さんの身代わりになるわけですね？」

津島さんは大きく頷いた。

「やってくれるか？　というか、やって貰わないと困る」

もちろん、やるしかない。だが本人の意向はどうか。

私は、柊さんを見た。この人のことだから、「誰かが身代わりになるのは困ります。私がやると言ったのだから私がやります」と言うかもしれない。固辞されたら面倒だ。

だが。

「お願いできるなら、有り難いわ。是非《ぜひ》」

アッサリと言ったので私は脱力した。

「だって本当はとても怖かったんだもの。レイちゃん、いえ上白河さんなら、あたしよりよっぽど敏捷《びんしょう》だし訓練も受けてるし」

背恰好《せかっこう》も似ている、と柊さんは言った。

「顔さえ隠せばトシも誤魔化《ごまか》せるし」

「よし、決まりだ」

津島さんは頷き、等々力さんと石川さんも頷いた。

「最初、囮になるって言った理由は、あたし、仕事をキャンセルしたり自粛《じしゅく》したり行動を変えるのがイヤなんです。だって脅《おど》しに負けることになるもの。犯人は、あたしを黙らせる気なんでしょう？」

柊さんの言うとおりだ。犯人は「物言う女性」「政府を批判する人間」が大嫌いなのだ。だからこそ柊さんを黙らせたいのだ。柊さんがテレビに出ず雑誌にもネットにも書かず沈黙を守ってどこかに隠遁《いんとん》すれば狙われなくなるかもしれないが、それは事実上の、柊さんの「死」でもある。

「判りました。柊さんのスケジュールの変更は一切ナシ、ということにしましょう。そうすれば犯人をおびき出すことにも繋《つな》がります」

私たちは、柊さんのスケジュールを詳細に聞き出した。自宅からテレビ局へのルートや移動時間、私生活のあれこれ。

「自宅からテレビ局、出版社、そのほかの仕事先への移動は全部、この上白河がやります。柊さんはテレビ局の近くにホテルを取ってください。お子さんもホテルから学校に通わせてください。お子さんにもガードを付けましょう」

そこで私は、あっと思った。

「もしかして……柊さん本人ではなく、息子ちゃんを狙って誘拐したりするのでは？」

「その可能性はありますね」

等々力さんも同意した。

「しかし子どもの替え玉、いや、身代わりというのは難しいし、学校を襲われる可能性もある……」

津島さんは難しい顔になった。

「短期決戦であれば、学校を休ませてという手もあるが……」

「しかし犯人の側も、あんまり長引かせる気はないのでは？」

今まで黙っていた石川さんが口を開いた。

「二件の犯行で証拠を山ほど残しているとの自覚はあるはずです。官邸の誰かが背後に居る場合、捜査に手心が加えられて、多少の時間的猶予《ゆうよ》は出来ると計算していても、やったことが殺人です。警察が本気で捜査していることは判っているはず……」

「そうだね」

津島さんは同意した。

「犯人の背後に首席秘……いや、政府高官がいるとしても、ああいう人種は簡単に人を切り捨てることを犯人は知らないんだろう。政府中枢《ちゆうすう》とのつながりがまだ生きている、と犯人は思っているのかもしれないが」

「犯人は、一種の『思想犯』ですよね？」

石川さんが訊き、津島さんはそうだと頷いた。

「ならば、犯行の目的完遂《かんすい》が第一で、残された時間が限られていることも、判っているのでは？　おそらく短期で決着をつけようとするでしょう」

「そうだね。その線で考えたほうがいいだろう」

津島さんは再度同意した。

「では、お子さんの安全を考えて、この一週間は学校を休んで貰って、退屈でしょうが、ホテルの部屋にいて貰う。で、柊さんはいつもの通り行動する……と、見せかける」

「私はどうすれば？」

「柊さんの自宅マンションからテレビ局に向かったり、テレビ局からインタビューを受ける場所に移動したり、そういう行動の際に身代わりになる。行きつけのレストランなどは、カット。顔バレしてしまう」

「了解しました」

私は納得したが、着るものなどは柊さんがいつも着用しているようなものを使うことになるのだろう。頭は帽子を被《かぶ》って誤魔化すか？　柊さんは帽子を被るのか？

「あたしのスタイリストさんにだけはこの件をバラしてもいいですか？　彼女の協力がな

いと、この計画は成功しません」

柊さんの提案というより「要請」を、津島さんは受け入れた。

「しかし……犯人は柊さんがここに来ていることを既に知っているのではないか。そうしたらすべて察知されている可能性が」

そう言う石川さんに、柊さんは「大丈夫です」と言った。

「それも考えたので、途中で普段は使わないホテルに寄ってタクシーを乗り換えました。それも、三回」

「それは、私の提案だ」

津島さんがちょっと得意そうに言った。

「では、そのスタイリストさんを交えて作戦をまとめましょう」

その打ち合わせは夜明け頃まで続いた。


ほぼ徹夜状態の柊さんは、息子ちゃんと一緒に日本橋蛎殻町《かきがらちょう》にある水天宮前《すいてんぐうまえ》のホテルにチェックインした。そのあと、ほど近い浜町にあるテレビニッポンに向かい、朝のワイドショーに出演した。

柊さんのマンションの鍵を預かった私は、室内に入って柊さんの服に着替え、そこからタクシーを呼んで浜町にあるテレビ局に向かった。局舎内で本物に入れ替わるのだ。

本番を終えた柊さんは次の仕事先に向かうが、それも直行するのは私で、柊さんは商用ライトバンに乗って、わざと遠回りすることになっている。

その間、私は電話で津島さんたちと緊密に連絡を取っている。だがテレビ局やホテルに津島さんたちが来ると囮作戦がバレるので、そういう接触は一切無い。それだけに、見捨てられたような気分で、次第に不安になってくる。

「田崎を別件で挙げることは出来ないんですか？」

私は電話で津島さんに訊いた。

「もちろんそれは捜査本部としても考えているが……そもそも田崎が今現在、どこに居るかが判らない」

津島さんは言い訳するように言った。

「奴は上白河くんと同じ、自衛隊の特殊作戦群にいたわけだろ？　つまり、特殊作戦のプロだよね？　自衛隊の特殊訓練を受けた男に警察の行動確認を振り切られて、それっきりだ」

それを聞いた私は、身が引き締まった。油断は絶対に出来ない。

囮作戦一日目は何事もなく終わり、柊さんはホテルでの食事をルームサービスで済ませたという。

「ホテルのルームサービスって高いのよね。そもそも宿泊費とかってあたしの自腹になるのかしら？」

電話した私に、柊さんは冗談めかして言った。

「これが続くと大変だわ。ワイドショーもあたし、文化人枠だからギャラは安いのよ。だから大赤字になっちゃう」

「ボディガードも自腹だと、もっと大変ですよ」

私はそう言うしかない。

「そうよね。まあ、こういう事でもないと東京のホテルに泊まったりしないから。それも長丁場《ながちょうば》になると思ってセミスイートだし。こんなゼイタク、こんなことでもない限り、絶対しないから……いい経験だと思うことにするわ」

ほとぼりが冷めたら、これをネタに書くからね、と柊さんは言った。

「そもそも、あたし、本業はモノカキだから。忘れてるかもしれないけど、エッセイストなのよ」

一日目は無事に暮れた。


そして、二日目。

この日も柊さんは「ワイド・モーニング」に出演する。昨日と同じように、私は柊さんに扮《ふん》してタクシーを呼んで浜町に向かった。

本番は無事に終了し、この日は他にテレビに出たりインタビューを受けたりする仕事もなく、自宅に帰って原稿を書くことになっている。

「子どもが退屈してるのよねぇ。一服盛って寝てでもらおうかしら、と思うくらい。いや、冗談よ。大事な我が子に睡眠薬なんか飲ませませんよ」

と、柊さんは愚痴《ぐち》った。

「彼にもね、あんまり詳しい事は言えないから、妙に心配させちゃってるみたいだし。もしや、あたしが浮気しているのでは、な〜んて疑われちゃったりして」

「犯人が襲撃してこないのが一番ではあるんですけどね」

「でも、あたしを襲ってこなければ、他の誰かに矛先《ほこさき》が向くんでしょう？　とはいっても、襲われるのはあなたなのよね」

柊さんは申し訳なさそうに言った。

「いえ。犯人と目《もく》される人間はかなり狡猾《こうかつ》な男ですから、私の入れ替わりを見抜いている可能性も捨てきれません。だから、柊さんもゆめゆめ怠《おこた》りなくお願いします」

「判ってるけど……」

私はお弁当屋でデラックス幕の内弁当を買って、柊さんの自宅マンションで食べた。

実際、この生活がいつまで続くのだろう？

二日目にして、緊張し続けている私は、かなりヘトヘトになっていた。訓練で鍛《きた》えたメンタルがなければ続かなかっただろう。

そうして、三日目。

いつものように浜町のテレビ局に向かい、局の中で柊さんと会い、無事を確認して、私はスタジオの外のモニターで本番がつつがなく進行するのを確認していた。が……。

ここ数日はおとなしい感じであまりキツい事を言わなかった柊さんが、今日はなぜか番組開始早々から飛ばし始め、がんがん毒舌を吐いている。

「なんなの、あの『母親ならポテトサラダくらい作ったらどうだ？』ってあのジジイ……あ、ごめんね。お爺さん、って言うべきだけどホントに余計なお世話すぎるし、根性悪すぎだからやっぱりジジイでいいや。スーパーで子連れの母親をロックオンして何を買うのか、目を皿のようにしてチェックしてるんでしょう？　キモすぎ。ほかにも粉ミルクを買おうとすると『子どもには母乳が一番』ってわざわざ言いにくるジジ……ごめんなさい、高齢男性も多いっていうし、あたしも何度かそういう高齢男性に遭遇《そうぐう》したことがある。たとえば息子のおヨメさんに公開授乳を強要して、あわよくば若い女のおっぱいを見ようとするのも、きっとその手のジジイよね。ワンオペで子ども育てて働いて、そのうえにポテトサラダまで作れって何様？　ポテサラって滅茶苦茶《めちゃくちゃ》手間がかかるんだよ？　一度も作ったことないから言えるんだよそんなこと」

そんなイヤガラセに母親は疲れ果てている、そんなだから少子化がとまらないし、離婚して養育費踏み倒す男が多い。問題の根っこは同じ！　ポテサラ爺《じじい》も、選択的夫婦別姓を認めないおっさん政治家も、全員まとめて地獄に落ちろ！　と柊さんは何かのタガが外れたようにあらゆるものをぶった切りまくった。その舌鋒《ぜっぽう》の鋭さに司会のタレントもタジタジだ。

「柊さん、どうしちゃったんですか？　何かヤバいものとかキメてないですよね？」

などと笑えないギャグを飛ばしている。

これは……田崎を挑発《ちょうはつ》しようというのか？　それとも、三日目になって柊さんにも鬱憤《うっぷん》が溜《た》まり、それを一気に晴らしたかったのか？

毒を吐きまくった柊さんは、スッキリした表情になってはいたが……。

本番は無事に終了した。

柊さんは次の仕事……週刊誌のインタビューに向かうために、一日目と同じく、商用のライトバンに乗り込んだ。私はタクシーを呼んで、雑誌社のある神楽坂《かぐらざか》を運転手に告げた。

首都高を使えば襲われる確率も下がるのだが、それでは何の意味もない。むしろ隙《すき》を見せて、田崎……犯人を引きつけなくてはならない。

「首都高は使わずに下の道を行ってください」

と頼んで、小伝馬町《こでんまちょう》、岩本町《いわもとちょう》、御茶の水《おちゃのみず》、水道橋《すいどうばし》を経由した。

飯田橋《いいだばし》を越えて、あと少しというところで、それは起きた。

一台の車が私の乗ったタクシーに追突してきたのだ。

「うわ！」

激しい衝撃に、タクシーの運転手さんは慌《あわ》ててハンドルを切って車線を変えたが、後ろの車も車線を変えて、再度、追突してきた。

「なんだあの車は！　なんのつもりなんだ！」

運転手さんは怒り、激しく動揺している。

すぐに大きな交差点に差し掛かった。行く手は赤信号。止まらないといけない。しかし、後ろでは問題の車が、またしてもアクセルを踏んだ。

激しい衝撃。

その車は「わ」ナンバーのレンタカー。４ＷＤのランドクルーザーだ。運転席はよく見えないが、こんな事をするのは、田崎しかいない。

交差点の右から大型トラックが接近してくるのが見えた。後ろのランドクルーザーは荒々しくエンジンを吹かして私の乗ったタクシーを交差点に押し出そうとしている。

運転手さんは必死になってブレーキを踏んでいるが、タクシーはじりじりと前に押し出されてゆく。

明らかに私を狙っている。この車ごと、私を殺そうとしている。

このままだとタクシーごと大型トラックに押しつぶされて大惨事《だいさんじ》になってしまう。

ランクルはエンジンを思い切り吹かせてなおも押し出しにかかっている。タイヤが空回りしてゴムが焼ける臭いが物凄い。

ふぁんふぁーん！　と大音量の警笛が右から迫ってきた。

大型トラックもブレーキをかけて停《と》まろうとしているが、急には無理だ。

私はタクシーから転がるように降り、運転席から運転手さんを引きずり出した。

ランクルの運転席からも人が降りてきた。変装も何もしていない。田崎そのひとだった。

私は走って車道から逃げた。

「このクソ女！　ポテトサラダの何が悪い！」

田崎は怒号とともに追ってくる。確実に私のことを柊さんだと思い込んでいる。

追いつかれて足にタックルを受けた私は、そのまま植え込みに倒された。

私の足を押さえつけた田崎は、右手に戦闘用の大きなナイフを構えて、振り上げたが。

「やめろ！　柊さんに手を出すな」

と聞き覚えのある怒鳴り声がして、何者かが田崎の右腕を摑《つか》んだ。

長身の男性……それは立石議員だった。どうして立石さんがここに！

田崎は掴まれた腕を振りほどくと向きを変え、今度は議員に襲いかかった。

マズい。私一人でも手に余る相手なのに、こんな足手まといがいては力を出し切れない。速攻で決着をつけなければ！

田崎が議員に気を取られている隙を突いて、私は田崎に足払いを掛けた。倒れながらもナイフを振り回す腕に関節技をかけて脱臼《だっきゅう》させ、怯《ひる》んだ隙に顔面を素手《すで》で殴りつけた。

立石議員はその場に蹲《うずくま》っている。

今、殺《や》らなければ私が殺《や》られる！

恐怖か怒りか危機感か、噴出するアドレナリンのまま、私は田崎を殴り続けた。

「貴様か……」

そこで田崎はようやく私が替え玉になっていた事に気づいた。

「誰か！　警察を呼んで！」

大声で叫び周囲の人に通報を求めた。

「もう呼んだよ！」

と言う声が聞こえたが、私は田崎の髪を掴んでガンガンと後頭部を路面に叩きつけ、これでもか、とその顔を拳《こぶし》で連打した。

だが……田崎は血だらけの顔でニヤリと笑った。

なんなのだこの余裕は？

このままおとなしく捕まるつもりになったのか。

それとも、私の打撃が全くダメージを与えていないのか……。

その答えはすぐに判った。

駆けつけた制服警官を見た田崎は、あっさり私を振りほどいて立ち上がったのだ。

すぐにパトカーが一台、二台と集まり、制服警官も五人に増えて田崎を取り囲んだ。

「田崎だな？　田崎保《たもつ》！　暴行、殺人未遂《みすい》、道路交通法違反で現行犯逮捕する！」

警官に告げられた田崎は、いきなり大声で笑い始めた。

私に激しく殴られて田崎は流血している。血に染まった顔で呵々大笑《かかたいしょう》する姿は、さながら悪鬼のようだ。

その、悪鬼が動いた。目にもとまらぬ速さだ。

まずい。

気をつけて！　と警官たちに叫んだ時には、既に遅かった。

白い光が一閃《いっせん》、二閃……何回か煌《きら》めくと同時に、臨場《りんじょう》していた警官たちが次々に倒れていった。

一撃必殺……。

倒れた警官五人のまわりに血溜まりが広がってゆく中、私は田崎と対峙《たいじ》した。

防御の構えをとった私に、しかし田崎は手を出そうとしない。

「貴様は、あの反日女の手先になったのか？」

「反日？　あんた、それで愛国者のつもり？　ただの殺人鬼が！」

そう言われた田崎は、顔を歪めた。笑っているのだ。

「いずれ、きちんと決着を付けてやる」

そう言い残すと血に染まった顔と服のまま、前面が大破したランドクルーザーに乗り込み、バックしてハンドルを切り返すと、そのまま走り去った。

後を追うのは無理だ。制服警官五人がひどい出血で昏倒《こんとう》している。夥《おびただ》しい量の血が歩道に流れている。そして、立石議員はといえば服の上から右腕を切られて、これも出血がひどい。

冷静になれ。

必死に自分に言い聞かせた私は、スマホを取り出して救急車を呼んだ。

＊

「立石議員は右腕を切られて重傷です。幸《さいわ》い、動脈は外れているのですが、神経を損傷しています」

現場からすぐ近くの大学病院に運ばれた立石議員は緊急手術を受けた。かなり長時間にわたる手術だったので、終わった時は既に午後になっていた。

駆けつけた柊さんに私が容態《ようだい》を説明した。

「大切な方を守れなくて、申し訳ありません」

「いえ……立石の命には別状ないんですよね。無謀なことをした彼が悪いんです。彼は、あたしの事を心配してくれて、上白河さんをあたしだと思い込んで、守るためにタクシーを尾《つ》けていたんだと思います。その結果……本当に、申し訳ないです」

柊さんは、責任を感じてか、泣き崩れた。

「田崎に刺された警察の方たちも、なんとか手術が成功して、一命は取り留めたようです。だから、どうか自分を責《せ》めないで」

「あなたも……顔に傷が」

「ああ、これは」

田崎がナイフを振り回した時に、切れたのだろう。たいしたことでは無い。

「とにかく、警官の皆さんが一命を取り留めて、良かったです。それで、犯人は？」

「申し訳ない。逃走中です。捜査本部が被疑者を田崎保と断定して、東京都及び近隣の埼玉・千葉・神奈川に緊急配備を敷いていますが、未だ逮捕に至っていません」

廊下に待機していた室長が説明して頭を下げた。ここには室長を含めた「官房副長官室」の全員が揃っていた。

「議員の意識は戻っています。是非、お見舞いを」

津島さんが、柊さんを病室に案内した。

「あの……ここまでハッキリした以上、新島秘書官はアリバイ証言を取り消して、田崎との関係を白状するんですよね？」

私は室長に訊いた。

「上白河くん、あなたがそう思うのは無理もない。しかし……あの男がそんなに素直だと思いますか？　権力の、まさに中枢に居座って総理を操っている男ですよ。慢心という言葉はあの男のためにあるようなモノです」

いつもは温厚な室長が、剣呑《けんのん》な言葉を発した。目も鋭くなっている。

「秘書官は、この期《ご》に及んでアリバイ証言については勘違いだったと言ってるようです。そして、田崎との関係も、官邸に出入りする大勢の一人に過ぎないと言い張っています。つまり、まったく深い関係ではないと」

しかし、そういう言い訳をすればするほど新島はクロだと自白しているとしか、私には思えない。

「我々は、田崎のバックにいるのは新島秘書官で、一連の事件の黒幕は新島であるという心証を深めました」

「私もそう思います」

その時、私のスマホが鳴った。

知らない発信者だったが、私は応答した。

「はい？」

『上白河くんだね？　私は新島。総理首席秘書官の新島だ』

私は室長に声を出さず「ニ・イ・ジ・マ」と告げた。

『これから、是非、君に会いたい』

「え？　お忙しくてなかなか面会できない新島さんですよね？」

『若いくせに皮肉が上手だな。私は、会う必要がある相手にはすぐ会うんだ。今からすぐ会いたい。官邸に来てくれるか？』

私はスマホを途中からスピーカーモードにしていた。室長は「官邸で会おう」という新島の言葉には首を横に振った。

「……私、今、病院から離れられないんですが……」

『そんなことを言っていいのかね？　なんなら立石議員が余計なことをして、警官五人を負傷させたとリリースしてもいいんだよ？　SNSで糾弾《きゅうだん》させることもできる。彼が議員辞職したら、野党はますます支持率が下がるだろうねえ』

新島は政局に絡《から》めて私に圧力をかけてきた。立石議員の立場が弱くなれば、柊さんへの風当たりも強くなる。

『どこで会おうが大きな問題ではないだろう？　もしや君はスパイ映画の、悪の首領の執務室みたいなところに呼び出されていると思っているのか？　ボタン一つで床が開いて君は人食いワニの餌食《えじき》になるとか』

「そんなバカなことは思ってませんよ」

室長を見ると彼は渋い顔を作って頷いた。まあ仕方ないでしょう、ということだ。

「では、今から伺《うかが》います。首席秘書官室に行けばいいんですか？」

『私の個室というモノはないんだよ。受付で名前を言ってくれれば、しかるべき会議室に案内する。ああ、言っとくが、君単独で、来なさい。ほかの連中には用はない』

室長は、それにも渋い顔で頷いた。


それから三十分後。

私は総理官邸の会議室にいた。

朝、簡単なものを食べてから何も口にしていない。病院でも食事するどころではなかった。

広い会議室で一人で待っていると、お腹が鳴ってしまった。我ながら、図太い。

そこに、ドアが開いて、人相《にんそう》があまり良いとは言えない、いや、ハッキリ言って悪相の男が入ってきた。

「新島です」

仕立ての良さそうなスーツを着ているが、まさにそのスーツを、傲慢《ごうまん》さと性格の悪さが着て歩いていると言いたくなる人物だ。黒ずんだ顔色と目付きがすこぶる悪い。定食屋で隣にこの人が来たら思わず席を替わってしまうタイプ、というところか。

「食事はしたかね？　ここの食堂はなかなか美味《うま》いんだよ。カレーとかどうだい？」

「結構です。それよりお話を早く済ませたいので」

お腹は減っていたが、この男と一緒には食べたくない。

「そうか。では単刀直入に本題に入る。私と田崎の関係だが……どうも君たちは副長官から妙な話を吹き込まれてるのか、私が田崎の黒幕だという説を信じているようだが、それは、風評だ。ハッキリ否定しておく。田崎とは以前から名前を知っている程度の関係で、あの日も世相について、民間人の意見を聞こうということで私が呼んで、たわいない話をしていただけだ。ほら、君らがホテルのラウンジで私たちを見たと言っている、あの日のことだ。殺人教唆《きょうさ》なんてとんでもない。むしろ、彼が柴田秘書の殺害に関与しているのではないかと心配して、自重《じちょう》しろと言っていたのだ」

新島は言いたいことを一気にまくし立てた。

「しかし事ここに至った以上、あの男は危険だ。彼の正体……前職とはいえ自衛官であったことが広く知られた場合、深刻な社会不安を引き起こすのは間違いない。だから、今のうちに秘密裏になんとかした方がいい。いや、しなければならない」

新島はそう言って、私を見た。

「……で、私が、何か？」

「いや、君が適任ではないかと思ってね」

「なにが適任だと言うんですか？」

「なにって……その」

新島は一瞬、言葉に詰まった。

「なんというか、君は忖度《そんたく》ということを知らないんだな」

「何か指示があるのなら、ハッキリと言って戴《いただ》く必要があります。誤解が生じてはいけませんから」

「そうだね。それが軍隊……自衛隊だよな」

新島はそう言って溜息をついた。

「私の口からハッキリしたことを言えるはずがない」

「ハッキリ言えないことは理解できません。できるなら、作戦命令書でも欲しいところです」

「どこまでいっても軍隊だね」

「つまり指示の内容は、田崎をころ……」

「それ以上は口にするな。言い方を変えなさい」

「……田崎を、排除しろ、という意味でありますか？」

「排除、ね。まあ、そういうことだ」

「それは、この世から、という意味でしょうか？」

「……」

新島は卑怯《ひきょう》にも、答えなかった。

「私からも秘書官に一つ、質問してもよろしいでしょうか？」

「言ってみなさい」

「田崎はきわめて原理主義的で、反日への憎悪に凝《こ》り固まった人物です。そんな田崎に、竹山議員の金銭疑惑を吹き込んだのは新島秘書官、あなたなのではありませんか？」

「さあ？　君が何を言っているのか、私には意味が判らないな」

新島はそうトボけたが、多分それが図星なんだろうという手応《てごた》えを、私は感じた。

「とにかく、秘書官がハッキリと指示されない件については、内容が不明である以上、お断りします。田崎は自衛隊を辞めて今は民間人であり、一方、私は官房副長官室に所属する公僕《こうぼく》です。公務員は国民を守るものです。自衛隊で私はそれを叩き込まれました」

私は息を吸い込み、毅然として言った。

「ハッキリと、お断りします」

仮に私が田崎に危害を加えるとすれば……それは「自衛隊時代に迫害された私怨《しえん》」を晴らしたことにされてしまうだろう。実際にそうしたい気持ちもかなりある。しかし、そんなことをすれば何よりも、自分で自分を許せなくなる。

「そう」

新島はアッサリと言ったが、顔を歪めて私を睨みつけた。

「そうかね。私の、というか官邸の力を見くびらないほうが君のためだと思うがね。いうところの『長い腕』を我々は持っているし、その長さは君の想像を超えてはるかに長いんだ」

何を言っているのかよく判らないことを、新島は言った。

確かに、この時点で、私は新島の力を甘く見ていた。そしてその悪辣《あくらつ》さについても。

「そういうことなら……仕方がない。せっかく君に出世のチャンスを与えたというのに、上白河くん、君はそれをドブに捨てた。それでは最低限、田崎の身元は伏せる方向でやるよう、君んところの室長に言っておいてくれたまえ。田崎には精神的な疾患がある。それがハッキリすれば報道も出来なくなるだろう」

「秘書官のお考えとしては、田崎が精神的に問題があるとマスコミにリークして、事件全体が報道されない方向に誘導したい、ということなのですね？」

確認する私に新島は答えず、無言でわざとらしい笑顔を作った。

「もしや秘書官は田崎が今、どこにいるのか、ご存じなのではありませんか？」

新島はそれにも答えることなく立ち上がると、会議室のドアを開けた。

「では、あらためて君たちのところの室長に要請しよう。ご苦労だった。帰っていいよ」

官邸から歩いてコンビニの二階に戻ると、室長以下の面々も病院から戻ってきていた。

私は正直に、新島とのやりとりを話した。

「まあ、どうせそんなことだろうと思った」

等々力さんは皮肉な笑みを浮かべた。

「新島は、君がここまで忖度を一切しないヒトだとは思ってなかったんだろうな……しかし君」

等々力さんは心配そうな顔になった。

「新島が口にした、君への脅しだが……『長い腕』ってやつ。あれは、もしかして」

その時、事務所の電話が鳴って、石川さんが出た。

「はい判りました」

電話を切った石川さんは、みんなに告げた。

「今から一時間後に、日本橋浜町のテレビニッポンで、柊ミカコさんの記者会見が始まるそうです！」

その知らせに、一同は色めき立った。

「あのヒトのことだから、全部ぶっちゃけるんじゃないか？　おれたちが言えないことを、全部ぶちかますぞ、これは！」

「そうですよね！　柊さんならやってくれますよね！」

室長と津島さんは渋い顔ながら、仕方ないという様子で苦笑いしたが、等々力さんと石川さんは「やったやった！」と小躍《こおど》りせんばかりだ。

「室長！　我々も立ち会いましょう！」

すでに出かけようとしている石川さんの勢いに、室長も津島さんも「では行きますか」と、腰を上げた。

＊

スタジオに設《しつら》えられた記者会見場。ちょうど夕方のニュースの時間帯なので、テレビニッポンはもちろん生放送だ。他局や新聞、雑誌各社も取材に詰めかけている。

私たちは、スタジオの外のロビーでモニターを見ながら、記者会見を見守ることにした。

「それでは、柊ミカコさんの、このたびの一連の事件についての記者会見を始めます」

司会進行のアナウンサーの挨拶《あいさつ》で、会見が始まった。

その冒頭、柊さんは立ち上がって深々と一礼した。

「このたびは、いろいろとお騒がせしてしまい、申し訳ありません」

「柊さんは、何に対して謝ってるんだ？」

モニターを見ている等々力さんが、疑問を口にした。それは私も思った事だ。

「こういう場合、とりあえず謝るというのがパターンではあるけど、柊さんは、自分がテロ攻撃の標的になったのに、お騒がせしたと謝るべきなのか？」

等々力さんの、そして私たちの疑問は、記者会見が進むにつれいっそう膨《ふく》らんでいった。

「柊さんは番組での発言が原因で、犯人に狙われたとのことですが、それについては？」

「犯人がどう思っているのか、私には判りません」

「言論の自由を暴力で封じられるようなことについてはどうお考えですか？」

「それについては……お答えを控えたいと思います」

「犯人に襲われて負傷した立石議員は、犯人についてどんな事を言っていますか？」

「それについても、捜査中なので、コメントを控えたいと思います」

「立石議員を負傷させた犯人について、怒りはありますか？」

「それはもちろんあります」

「立石議員を守ろうとして重傷を負った警官についてひと言お願いします」

「本当に申し訳ないと思っています」

「柊さんがレギュラー出演している朝の番組の出演者が続けて狙われたことについて、なにかご意見は」

「何も申し上げることはありません」

モニターを見ていた石川さんは、ありありと失望の表情を見せた。

「なんだこれは。全然ぶっちゃけてくれないじゃないか……」

モニターを見ていた人たちもザワザワと失望を口にしている。柊さんが通りいっぺんの回答を繰り返し、質問にストレートに答えることも一切なく、ただ謝るだけという、要するにきわめて彼女らしくない対応に、みんな驚いて失望しているのだ。

「ガッカリだなあ……ぼくたちが表に出せない情報でも、民間人の柊さんならすっとぼけてポロリと口にしちゃったり、臆測みたいにさりげなくバラしちゃうとか、絶対にやってくれると思ったのになあ。これじゃあ記者会見する意味、全然ないじゃないか！」

やがて、シラけた雰囲気のまま記者会見は終了し、柊さんはスタッフに囲まれて私たちのいるロビーの前を通過し、楽屋に移動して行った。

「私、柊さんに会って、話してきます」

ロビーに充満する、なんとも消化不良というか不完全燃焼な雰囲気に耐えられなくなった私は、楽屋に向かった。

ドアをノックして「上白河です」と名乗ると、中から「どうぞ」と声がかかった。

楽屋には十人ほどの人に囲まれて、柊さんがいた。

「みなさん、悪いんですけど、ちょっと出ていただけますか？」

柊さんが声をかけて全員がぞろぞろと退出し、私と柊さんの二人だけになった。

「記者会見……いつもの柊さんじゃなかったですね……どうしちゃったんですか？」

私は、遠回しに話せない。ずばっと訊いてしまった。

「ごめんなさい。でも、これはあなたのためなの」

意外な返事に、私は固まった。

「……それは、どういう……？」

柊さんは、黙って私にスマホを見せた。

画面には私とてらだ岳志がホテルのベッドで絡んでいる、例の動画が映し出されていた。

「これを表沙汰《おもてざた》にしたくなければ、何も言うな、って。いつものあたしなら鼻で笑って撥《は》ねつけるところだけど……自分のことじゃなくて、あなたのことだし……それにこれは、あなたが羽目《はめ》を外してのことじゃなくて、きっとなにか事情があってのことだと思ったし、そういうものを、ここだけ切り取って広められたら、前途あるあなたの、将来を閉ざしてしまうことになるって……」

柊さんの目からは涙が溢《あふ》れ出した。

「そんな……いいのに。私のことなんか……」

と言ったものの、柊さんがそこまで私の事を心配してくれた有り難さと同時に、私は自己嫌悪《けんお》に押しつぶされそうになった。全部、私が悪いのだ。騙《だま》されて飲んだお酒のせいとはいえ、たくさんの人に迷惑をかけてしまった。

「上白河さん……レイちゃん。こんなことで自分を責めちゃだめ」

私の心を読んだかのように言いながら、柊さんは泣いている。

「いつかきっと、笑って思い出せるようになるから」

私の親はかなり厳しくて、子どものために泣くことなんかなかったけれど、柊さんは私のために泣いてくれている……。

私も、感極まって……気がついたらしゃくりあげて泣いていた。

二人で抱き合って、しばらく泣いた。

「でもね……あたしの会見、異様だったんでしょう？　ヘンな感じがありありとしたでしょう？　いいのよ、ホントのことを言って」

柊さんはそう言って、少し笑った。私も正直に言った。

「そうですね。いつもとまったく違うし、何かというと『お答えを控えさせていただきます』『話せない』『捜査中なので』って」

「でしょ？」

それが作戦なんだけど、と柊さんはペロッと舌を出した。

「判るヒトには判ったと思う。逆に、判らないヤツは鈍感《どんかん》すぎるから、ジャーナリストなんか辞めちゃえってことなんだけど」

「どういうことですか？」

「判ってるヒトには、どこからか横槍《よこやり》が入ったって、ピンときたはず」

私は、今からちょっと前に官邸に呼ばれて、新島首席秘書官に「犯人の田崎を始末しろ」という意味のことを暗に指示されたことを話した。

「なるほどね。それなら時間的にツジツマは合うわね」

柊さんは、私の盗撮動画が送信されてきたメールのタイムスタンプを確認した。

「きっとあなたに断られた新島が、ならばあたしにって矛先《ほこさき》を変えたのよ。あたしはそれまで、全部話してやろうと準備してたんだから……突然、方向転換するしかなくなって、何も準備してないものだから、話すことがなくなってしまったのよ」

私の盗撮動画をネタに、柊さんの口を封じた卑劣《ひれつ》な工作が明らかになった。新島は、私と柊さんが親しくなっていたことまで調べあげていたのだ。

「でも、柊さん、これからが大変なんじゃないですか？」

バカなマスコミがきっと的外れな批判をする……私はそれが心配だった。

「大丈夫。そういうのには慣れてるから。連中もね、判っててバカな事書くのよ。判ってるくせに、ってのが凄くシャクなんだけどね、まあそれについては、おいおいひっくり返してやるつもり」

柊さんは、反撃の時期を探っているのだ。津島さんと同じく、転んでもタダでは起きない人だった。


会見場から全員が揃って事務所に戻ったところで、室長が「実は」と話し出した。

「記者会見の最中に、私にメールが送られてきた。動画つきでね、しかもその動画は」

室長は私を見た。すべてを言われるまでもなく、私には動画の内容が判っていた。

「その動画っていうのは、ホテルの部屋にあった、ワイファイのカメラで撮られたものですよね？　そして動画を送ってきた人物はおそらく新島秘書官だろうと」

室長は私を見たまま、頷いた。

「これが例の『長い腕』ですね」

やっぱり、と私は思った。

「そして送り主からの要求は、この恥ずかしい動画を広められたくなかったら、言うことを聞けって事ですよね？　柊さんを黙らせたのと、同じ遣り方で」

ヤクザと同じ、卑怯な遣り方だ。室長が沈鬱《ちんうつ》な口調で言った。

「発信者は名乗っていないが、添えられたメールの文面には、『諸君が犯人の身元に関する情報を公表した場合、諸君のうちのひとりについても、きわめて都合の悪い情報が公開されることになるだろう』とある。これはもう、語るに落ちるというか、動画を送りつけてきたのが誰か、火を見るより明らかだね」

「自分と田崎との関係を伏せたいがための口封じですよね。自分が誰だか白状してるのと同じだ」

津島さんが抑えた口調で言ったが、その声は怒りを隠せない。

「そっちがその気なら、こっちにも考えがある」

そう言うと、津島さんは電話をかけた。

「あ、おれ。今度の件で話があるんだが……なんだ、お前もおれと同じ意見なのか？　そうだ。何驚いてるんだよ。こんなことされて黙ってられますかって。そこまで権力の犬じゃない？　うん、同感だ」

津島さんは晴れ晴れした表情で通話を切った。

「捜査本部の柏木と話をした。ヤツもこの件では怒ってる。ここは筋を通そう、ということで意見が一致した。柏木は、警官五名が田崎に重傷を負わされた事に憤激《ふんげき》しているし、犯人の身元について隠蔽《いんぺい》しろという圧力にも腹を立てている。この件を解決して、絶対に公表してやると凄い勢いだったよ。まあおれも多少煽ったけども」

「と、いうことは」

等々力さんが面々を見渡した。

「今回の件で警察は官邸の圧力には屈しない。むしろ、その圧力が不快だから、犯人の身元についてては明らかにするってことですね？」

「そうだね」

と、室長がハッキリと言った。

「我々は下駄《げた》の雪じゃないんだ。なにを言われても従うと思われているなら、それは大きな間違いだ。我々が従うのは、法律。それのみだ！」

言い切ったあとで室長は小さく、「基本的にはね」と言い添えた。

おおと歓声を上げたり拳を突き上げたり、というような派手なことはないが、全員が頷いて決意を新たにした。

そこへ、電話が入った。私のスマホが振動したのだ。

『上白河か？　おれだ。誰にも聞かれない場所に移動してから応答しろ』

私は黙って席を離れ、ドア近くまで移動してから応答した。

相手は、田崎だった。

「何の用？」

『貴様の昔の男と、そいつの女を捕まえてる。死体を増やしたくなかったら福生に来い。来るなら誰にも言うな。そしてお前一人で来い。見殺しにするなら、それはそれでもいい。またあのサヨクのクソ女を狙うだけだ』

「捕まえてるって、どういうことよ？」

私が訊くと、『貴様のスマホはテレビ電話になるか？』と言ってきた。

判らないと答えると、田崎は「設定」を開いてここをこうしろと言ってきたので、その通りにすると、スマホの液晶画面に、顔面が腫《は》れ上がった男女が背中合わせに縛りつけられている映像が表示された。

私は慌ててイヤフォンを装着して、他の人に聞かれないようにした。

暴走族の元カシラ・ジョーと、ジョーを私から奪ったくせに、テレビでは私を悪者にしてウソ八百を言いまくった、泥棒猫のクソ女だった。

『ほら、レイ様に泣いてお願いしろ！』

と田崎に腹を蹴られたクソ女は、スマホに向かって哀願《あいがん》した。泣き続けて目が腫れている。

『ねえ、昔あんたにひどいことをしたの、本当に悪かったと思ってる。あの時はどうかしてたんだよ。あんたのことが羨《うらや》ましかった。私がクズだってことも知ってる。でもあの人が好きだっていう、あたしの気持ちは本当なんだ。お願い、助けて！』

『言いたいことはそれだけか』

田崎がクソ女の顔を殴った。

『おれが言う！』

とジョーが叫んで、カメラはジョーを向いた。

『悪かったよレイ。考えてみりゃ、おれの人生にお前ほどいい女はいなかった。でもおれは、お前がいつかおれを棄《す》てて、この街を出ていくだろうと判ってた。そうなるのがいやだった。だからどうせ棄てられるのなら、いっそその前に、おれ自身の手で、と思っちまったんだ。それが悪いことなのか？』

悪いに決まっている。どれだけ私が傷ついたと思っているのか。言い返したかったが、私は黙っていた。

スマホのカメラの向きが変わり、田崎自身が映った。

『判ったか。お前の大事な男はおれの手中にある。そいつが殺されてもいいのか？』

「どうぞ。好きにしてやって。好きなだけいたぶって、ぶっ殺していいよ」

私はイヤフォンマイクに向かって小声で言った。だけど、そうもいかないことはよく判っていた。

公務員として倫理《りんり》的に許されないことだし、それ以前に、このままカシラと泥棒女を見殺しにすれば、自分が一生後悔するだろうということが、私には判っていた。

自衛隊時代に私の性格を熟知している田崎なら、それは百も承知の筈《はず》だ。行動を読まれている、と私は思った。

『お前こそ好きにしろ。だがコイツらの惨殺《ざんさつ》死体がどこかの歩道橋にぶら下がっているのを見たくなければ、お前ひとりで福生に来い。それがこいつらを助ける絶対条件だ』

「判ったけど……私がそいつらを助けに行くのは、その腐れチンコに未練があるからでも糞ビッチを許したからでもないんだよ。理由はただひとつ。私が公務員で、それも元自衛官で、私の仕事が国民を守ることだから」

『ふん。いかにも貴様らしい綺麗《きれい》ごとだな』

田崎は鼻で嗤《わら》った。

『腐れなんとかにもクソ女にも人権はあるってか。貴様のそういうところが気に入らん。とにかくおれの言う通りにしろ』

「福生のどこに行けばいいんだよ？」

『まあ、福生まで来い。詳しい場所は追って教える』

田崎がそう言って、通話が切れた。

私は、そのまま黙って、こっそりと出かけることにした。言われたとおりにするしかない。一人で来いと言われて一人でノコノコ行くバカがどこにいる、と言われそうだけど。

さりげなくドアを開けようした時、激しい勢いでドアが向こうから開けられた。

「あのひどいビデオはなんですか！　鴨居家の跡取りをなんだと思ってるんですか！」

怒鳴り込んで来たのは崇の継母《ままはは》にして副総理夫人の後妻である、鴨居夫人だった。

「訴えてやる！　未成年淫行《いんこう》、それも女が少年を手込めにしてどういうつもりです！」

「は？」

オフィスに居た全員が、目がテンになって義母の怒りに戸惑《とまど》った。何に怒っているのか、まったく訳がわからない。

「奥様、未成年淫行とは、なんのことでしょうか？」

津島さんが丁寧《ていねい》に訊いた。鴨居夫人は私を指さして糾弾《きゅうだん》した。

「そこにいるその女、そのあばずれが、うちの崇さんを誑《たぶら》かしたんですっ！」

そこに、崇がなぜかひどく慌てた様子で、継母の後を追うように入ってきた。

「ちょっと……あんた、やめろよ。やめてくれよ」

そのあいだにも鴨居夫人はヒステリックに私を罵《ののし》っている。私は崇に訊いた。

「見ての通り、あんたのお母様から私、物凄く怒られてるんだけど、どういうこと？　なにかあった？」

崇は「は？　何の話だよ？　知らねえし」と、私を見ないで答えた。

完全に挙動不審で、目をそらし、下を向いて自分の爪先《つまさき》を見ながら、なにやらぼそぼそ呟いているが、全然聞こえない。

「なんですかって、これですこれっ！」

ヒートアップした鴨居夫人は、スマホ画面を私に突きつけた。

それは、例の、私がてらだ岳志と絡んでいる、あの盗み撮り映像だ。

「これが、なにか？」

「なにかって盗人猛々《ぬすっとたけだけ》しい！　しらばっくれる気なの、アナタ？」

「これは……たしかに私ですが、これと、お怒りの理由がまったく繋がりません」

そう言ったら、鴨居夫人はいっそうヒートアップして失神寸前まで激昂《げっこう》した。

「この女は、ナニを言ってるの！　主人に言いつけますよ！　主人がどれほどの人物なのか、良く知っているはずです！　これは絶対に、問題にしてやります！」

何をそんなにこの人が怒っているのか？

彼女が突きつけているスマホの画面をまた見ると、なんだかてらだ岳志の顔が、記憶にあるものとはちょっと違っているようにも思える。

「しらばっくれるのもいい加減にしなさい！　うちの崇を騙《だま》してこんなビデオを」

「お母さま、見間違ってませんか？　それ、崇くんじゃないですよ」

「自分の息子の顔を見間違える母親がどこにいますか！　これは崇です！　間違いありませんっ！」

「いやいや、そんなことは絶対に……」

「私に言い返すつもり？　警視総監を呼びなさい！　最高裁判事を呼びなさい！」

崇の継母は怒りで錯乱《さくらん》してしまったようだ。

津島さんが目配せをしている。とりあえず逃げろ、という意味だ。

何がなんだかよく判らない私は、これ幸いと、後の面倒な事を津島さんたちに任せる形にして、さっさと事務所を出てしまった。


表に出てすぐタクシーを拾った。福生に着いた時にはもう夜になっていた。

『一人で来たんだろうな？』

田崎から電話が入った。私は「約束は守った」と答えた。

『じゃあ、今から場所を教える』

指定されたのは、福生の中心街・富士見通りからかなり離れた、街外れの廃倉庫だった。

百メートルくらい手前で私はタクシーを降り、倉庫まで歩いた。

シャッターは閉まっているが、持ち上げると、簡単に開いた。

ゆっくりと足を踏み入れる。中は暗いが、シャッターが開いて街灯の光が差し込んだ。

広い倉庫の中央に、男女が二人、縛り付けられて座っていた。ジョーと女、二人ともクズの中のクズだ。

「やっと来たのか」

ジョーが言った。

「来たくなかったけどね、見殺しにするとあとあと化けて出られそうだから」

「助けに来たと思って、ずいぶんエラそうだよね」

クソ女も負けじと減らず口を叩くので、私はこのまま帰ろうかと思った。

「エラそうで悪い？　アンタらが殺されてバラバラにされてカラスの餌《えさ》になっても、私は全然なんとも思わないんだけど？　逆に、ざまあと思ってスカッとするかもね」

「じゃあ、そうすれば？」

クソ女は虚勢《きょせい》を張った。

「うん。そうする」

私はシャッターに向かって歩き出した。

「芝居はやめろ。帰るフリだけだ。オマエはそういうことは出来ないヤツだ」

ジョーがそう言った。

「助けて欲しいんでしょ。正直にそう言いなよ」

私がそう言い放つと、ジョーは「助けてくれ」と言った。

「助けてください、でしょ？」

私は完全に上から目線で言ってやった。

「……助けてください」

私は引き返して、二人のクソ人間を縛っている太いロープを手持ちのスイス・アーミーナイフで切断しようとした。この小さく折りたためる「十徳《じっとく》ナイフ」は自衛隊時代から、いつも持ち歩いている。

……と。

空気が震える感じがした。

咄嗟《とっさ》に横っ飛びにその場を離れると、背後から音もなく、田崎が飛んできた。天井から吊《つ》るされたロープに摑《つか》まって、私を襲ってきたのだ。

私めがけて田崎が突き出したナイフは狙いが狂い、クソ女の首筋に刺さった。

そして田崎の足はジョーに激しく命中して、二人とも数メートル吹っ飛んだ。

バランスを一瞬崩した田崎だが、即座に体勢を立て直して私に向かってきた。着ているのはカーキ色の戦闘服だ。たぶん胸を守るボディアーマーを装着しているはずだ。

「抹殺《まっさつ》すべきヤツは多いが……順番に処理していくしかない。まずは上白河レイ、貴様だ」

田崎は胸元から取り出したナイフをひゅっと投げてきた。

飛んで来るナイフは、訓練すれば避けられる。不意を突かれると無理だが、こんなふうに正面から投げられるのは怖くない。

咄嗟にナイフを避《よ》けた私は反撃に出た。唯一《ゆいいつ》の武器のアーミーナイフを思い切って投げる。ただし急所は外した。

「こんなもの」

太腿《ふともも》に刺さったナイフを田崎は無造作《むぞうさ》に引き抜いて放り投げ、私に向かってきた。

とりあえず逃げた。柊さんの身代わりで着ていた服はフェミニンなスカートだが、構わず走るしかない。

倉庫は天井が高い二階建てだ。作業のためか中央は吹き抜けになっており、壁に沿って通路がある。

私はスチールの階段を駆け上り、通路を走った。

田崎も追ってくる。

通路からはなおも天井に向かって、簡単なハシゴのような階段があった。

こういう場合、上へ上へと登るのは馬鹿だと思っていたが、実際に追われているとそんな判断は出来ないのだと思い知った。

果たして、ハシゴを登るうちに田崎に追いつかれた。

下から伸びてきた手にスカートを掴まれそうになる。別に破けても脱げてしまってもいいが……引きずり下ろされるわけにはいかない。

田崎のハシゴを摑む手を思いきり踏みつけ、靴底に渾身《こんしん》の力を込めた。

「このクソアマっ」

思わず手を離しバランスを崩した田崎の顔を、そこで数段下りて、蹴ってやった。手応《てごた》えからして歯が数本折れたはずだ。

堪《たま》らず、田崎は落下した。

ちょうどそこは吹き抜けになっていて、田崎は一階まで一気に落ちた。高さにして数メートルという微妙な距離だ。

落下して動かなくなったので、死んでいないにしても相当のダメージを与えて、無力化できたと思った。

そうなれば、負傷した二人のクソ人間を救護しなければならない。

私は階段を下りて、一階のフロアに向かった。

よくあるパターンとしては、クソ二人を救護しているとその背後から襲われる展開だ。

それを避けるために、全体を見渡せる場所から私は救急車を呼んだ。

「負傷者がふたり……もしかすると三人になるかも」

そう連絡はしたものの、クソ女の首からはかなりの出血があって、止血しないと死んでしまう。

「助けて」と言おうとしたのか女が口を開けると、ゴボゴボと口から大量の血を吐いた。

救命措置《そち》をすべきだが、死んだかどうか判らない田崎が起き上がってこないとも限らない。

ここは、見殺しか。

とはいえ、ゴボ、と血を吐かれると、完全に無視は出来ない。

一瞬、クソ女の様子を見ようと視線を巡らした隙に田崎が消えた。ほんの一瞬だった。

その直後、首筋に刃物が押し当てられた。

「一気にスパッとやるよりも、貴様が見苦しく命乞《いのちご》いするところを見てやろう」

「そこまであんたに恨《うら》みを買うこと、したっけ?」

「した方は覚えてない。そういうもんだ」

田崎はナイフの刃に力を込めた。

刃を当てられた皮膚が切れて、血が滲《にじ》んでくるのが判った。

「ひと思いにやれば?　私を殺したいんでしょ?」

「殺したらそれで終わりだろ。殺したいヤツに怨《うら》みつらみがあるからこそ、のたうち回るところが見たい。そういうもんだ」

「じゃあ、どうするの?　指を一本ずつ切り落とす?」

時間を稼ぎながら私は生き延びる方法を必死で考えた。視界の隅に光るものがある。

さっき投げたアーミーナイフだ。

「そうして欲しいのか？」

田崎は不思議そうに私の顔を覗《のぞ》き込んだ。

その隙を突いた。

私は、田崎の顔面に頭突きをカマした。

田崎は不意を突かれて飛び退《の》いた。口からも鼻からも夥《おびただ》しく流血している。

床に転がっていたアーミーナイフを素早く拾い、ふたたび田崎の太腿めがけ、ワンアクションで私は投げた。見た感じ、田崎の胴体はボディアーマーで防御されているが、腰から下はノーガードだ。下半身は面積が狭い分、標的になりにくく防御が手薄になる。

今度も太腿に刺さった。今度は急所を狙った。狙い通りかなり太い血管を切ったようで、戦闘服のズボンから血が溢れ出てきた。

形勢逆転。これなら素手で仕留められる。

今度は私が田崎を追う側に回った。相手はかなりの出血をしながら逃げる。俊足だが、次第に足がもつれてきた。

私は床に転がっている何かの残骸《ざんがい》や金属片を手当たり次第に投げた。ほぼすべてが田崎の足に命中して、田崎の足はさらにもつれた。

「くそ」

田崎はつんのめってひっくり返り、手を伸ばして太腿に刺さったアーミーナイフを抜いた。そんなことをしたら出血がひどくなる。死にたいのかこいつは？

果たして、大腿部《だいたいぶ》の動脈が傷ついているのだろう、血が間歇《かんけつ》的に溢れ出てきた。

「あんた、もうすぐ死ぬよ」

「貴様を殺してから死にたかった」

と、田崎は最後の力を振り絞《しぼ》り、手の中のナイフを私めがけて投げた。

間一髪《かんいっぱつ》で避けた。ナイフは私の頬を切って後ろに飛び去った。

少し迷ったが、止血をしてやることにした。だが、近づいて傷口を押さえたところで
……。

「そこまでだ！」

倉庫に、聞き慣れた声が響いた。

「上白河くん。気持ちは判るが、そいつを殺すな！」

入口には、捜査本部の柏木さんと、我らが津島さんがいた。

津島さんには私が田崎のトドメを刺そうとしているように見えたのか。

助けようとしていたのに。

「田崎保。殺人未遂の現行犯で逮捕する！」

二人の背後には、救急車もパトカーも到着していた。サイレンを切って忍び寄っていたのだ。

「このクソ嘘《うそ》つきが……一人で来いと言っただろう！」

田崎は救急隊に足を止血されながら、言った。

「一人で来たけど？」

「そう。上白河くんはウソを言ってはいない。彼女の居場所はすぐ判った。彼女のスマホが発する電波と事務所の前で拾ったタクシーがここを教えてくれた」

「悪運の強い女だな」

担架に乗せられたジョーが憎たらしい事を言った。クソ女の方は、声を出すのも苦しいようだ。ザマアミロだ。

「無事で良かった、と言いたいところだが」

津島さんが私を見た。

「ちょっと顔が紅《あか》いな。それは化粧かね？」

「これ、血が出てるんです」

四台目に来た救急車に、私も乗った。

*

「田崎は危険ドラッグを乱用しているので責任能力が無く、供述の内容にも証拠能力が無い可能性があると、早々とマスコミが流してる。これは官邸の工作だろうな」

音量を絞ったテレビを見ながら等々力さんが言った。

「捜査本部の柏木氏も最悪の場合、起訴出来ない可能性があるとは言っていたが、どうなることか。精神鑑定で刑事責任能力があると判断されて、その鑑定結果を裁判所が認めてくれればいいんだが……」

「残念ながら今のこの国では、司法すらも歪められる可能性は、ある。だがそうなった時こそが、すべてを知る我々の出番だ」

津島さんがコーヒーカップをソーサーに置いた。大きな音がした。

「絶対に公表してやる！　どんな手を使っても、そして、どれだけ時間がかかろうとも」

この件は、田崎を逮捕した警視庁捜査本部、及び検察に委《ゆだ》ねられた。我々のすべきことは、もうない。あるとすれば……。

気の抜けた空気が流れていた事務所のドアがノックもなく開くと、異様な空気とともに、どこかで見たような背の低い人物が入ってきた。仕立ての良さが素人《しろうと》にも判るストライプの超高級スーツを着こなして、ギャングのボスのような帽子を少し崩して被っている。

「ふっ、副総理！」

津島さんが飛び上がって直立不動になり、ペコリと頭を下げて出迎えた。

「どうしてまたこんな、ムサいところに」

「他に適当な場所が思いつかなかった」

その人物は顔を歪め、浪曲師《ろうきょくし》のような嗄《か》れた声で答えた。

「ちょっと場所を貸して貰うぞ」

「はい……それは結構ですが」

「もうすぐここに、新島が来る。おれが呼びつけた」

そこに御手洗さんが室長室から慌てて出てきた。

「これはこれは鴨居副総理。ここで新島秘書官と何を話されるのですか？」

「官邸では、誰が聞いているか判らんし、プライベートで一席設けるのもシャクに障《さわ》る。こんなクソみたいな案件でホテルの部屋を取りたくない。カネが惜《お》しい」

「ははあ、それで、ここを」

クソみたいな案件でわが事務所を使うというのもずいぶんな言い方だと思うが、こういう威張《いば》り腐ったジジイにはナニを言っても通じないだろう。

「おい、茶ぐらい出せ！　そこに座るぞ！」

徹頭徹尾《てっとうてつび》態度のデカい副総理は、勝手に応接セットのソファにふんぞり返り、テーブルに足を投げ出した。

ここにある中で一番上等な玉露《ぎょくろ》を淹《い》れて持っていくと、崇の父親でもある男は、私をギロリと鋭い目で睨みつけた。

「オマエか！」

「は？」

「家内が大騒ぎしておった。崇の筆おろしの相手はオマエか」

「あ、いやそれは」

室長が間に入ってこようとしたが、そこに、新島があたふたとやって来た。いつもは反《そ》っくり返っているのに、今はまったく別人のように腰が低い。揉み手でもしそうなほど卑《ひ》屈《くつ》な感じだ。

「副総理。お呼びでしたらお部屋でも財務省でも、どこにでも出向きましたのに、なんでまたこんなところに」

「黙らっしゃい、この卑劣漢《ひれつかん》が」

「はっ！」

一喝《いっかつ》された新島は、副総理の前で直立不動になった。

「だいたいお前は総理の信頼と寵愛《ちょうあい》を良いことに調子に乗って、虎の威を借りすぎる！お前自身は偉くも何でも無いタダの公務員であるってことが、判ってるのか！」

「あの、副総理……お話がよく……」

新島は戸惑い首を傾《かし》げている。

「なんだ？　オマエは耳が遠くなったのか？」

「いえ、そうではありませんが」

「オマエなあ、総理は永久に総理の座にいるとか思ってないか？　独裁国家じゃねえんだから、党総裁には任期ってモノがあるんだぞ。総選挙で負けて野党に転落する場合もある」

「ええ、それはもう、重々承知しております」

「だったらオマエ、総理が辞めた後のことも考えておくべきじゃねえのか？　今みたいに傲岸不遜《ごうがんふそん》な横紙破りを平気で続けてたら、いずれ相当なしっぺ返しが来るぜ？　オマエはもう経産省には戻れねえってもっぱらの噂だ」

副総理は新島に座れとも言わないので、総理首席秘書官は立ったまま平身低頭している。

「あの……そういうお話は、人の居るところではなく」

新島は、私たちの前で叱責《しっせき》されることが余程イヤなのか周りを見たが、副総理の鋭い眼光におどおどと目を伏せた。

「そんなの関係ねえだろ。とにかく、いくらこの国でも、さすがに許されない一線というものがあるんだ。それを越えたらオマエ、完全にアウトだよ。その辺、判ってるんだろうな？」

「……おっしゃることがよく……」

新島は、なおも釈然《しゃくぜん》としない顔で答えた。

「オマエが総理の最側近という地位を利用して、あちこちに圧力を掛け放題、気に食わない人間は黙らせ放題ということは判っている。まあ、それはいい」

いいのかよ！　と私たちは内心で叫んだ。

「しかし、政権の延命に、こともあろうに犯罪者を利用するのはアウトだろう」

「なんのことか、ワタクシには一向に……」

「田崎のことだよ！　オマエが以前から田崎と付き合いがあって、いつか利用してやろうと画策《かくさく》していたのはオレの耳にも入ってる」

「それは、総理秘書官として、国民各層から幅広い意見を吸い上げるために……」

「まだ言うか！　だいたいのネタは上がっていると、オレが言ってるのが判らないか！　オレが知ってるということは、政界ではみんな知ってるって事でもある。まあ、オレが広めたって面もあるがな」

副総理は畳み掛けた。

「落ち目の政権を守るために、秘書官のお前は禁じ手を使った。政権批判の急先鋒と言っていい竹山の秘書、ジャーナリストの楠木、そしてテレビで口うるさい柊ミカコを黙らせるために、あの男……田崎を巧く使って……ハッキリ言えば、殺人教唆《きょうさ》をしたろ！」

図星を指された新島は凍り付いた。

「いくらなんでも副総理、それは無茶です。論理の飛躍です。まあ世間話の中でそういう話が冗談で出たかもしれませんが、誰が本気にするものですか」

「あの田崎なら本気にして実行に移すという計算があったろ！　お前と田崎の仲なら、お前が巧く煽って、事後もケアしてやるとかなんとか巧いことを言えば乗ってくると計算したろ！　自分の手を汚さず、コトは済むってな！」

新島秘書官は顔を引《ひ》き攣《つ》らせて固まった。

「オイ新島。この事が露見したら、オマエどころか、政権も、党もふっ飛ぶんだぞ。その辺のこと、判ってるのか？」

「……副総理、お言葉ですがこれにはなにか、行き違いがあるように思うのですが……」

「竹山の件は、もう触るな。あいつはキチンとやってる。政策の方向が違うからといって、罪をでっち上げて黙らせようとするな。いくらバカなマスコミだらけだといっても、バカはバカなりに、いや、バカでもプライドはあるから、自分をバカにする相手に復讐《ふくしゅう》する機会を虎視眈々《こしたんたん》と狙ってるぞ。今まで山ほどの政権が、そういうカタチでバカにしっぺ返しを食らわされて転覆《てんぷく》してきたのを知らねえのか！」

「……ご指摘、痛み入ります。さすが副総理、実に炯眼《けいがん》でいらっしゃいます！」

新島は、絞り出すような声で、やっと答えた。

「それから、政権に対してキツい事を言う人物を、無理に黙らせようとするな。貴重なご意見として承《うけたまわ》っておけ。それがガス抜きになるんだ。それはオマエのボスにも言っておけ」

　副総理なら自分で言えばいいのに、と思ったが、さすがに私も黙っていた。新島も黙って聞いているしかない。

「自分の思うように動かない組織があるとして、それにいちいち手を突っ込むな」

まあ、それはオレも自戒すべき事ではあるが、と副総理は言って、顔を歪めた。

「この事はあえて私から総理に言っておく。きみは有能な官僚ではあると思うが、『ノリ』を外れてはイカン。ヤクザみたいな手法を、苟《いやしく》も官邸に勤める、官僚中の官僚が使うのは言語道断《ごんごどうだん》！　その事を肝《きも》に銘《めい》じておけ」

　そう言うと、副総理は立ち上がって出ていこうとした。

　慌てて私が先回りしてドアを開けようとすると、この老人は私に顔を近づけて、小声で言った。

「あんなヘタクソな合成、バレバレだ。女房はカッカして怒ってるが、私は判っとる。気にするな」

　副総理はそう言って、私のお尻をパンと叩いた。

「息子は男だから、あの程度ではなんともならん。むしろ麗《うるわ》しき乙女《おとめ》たる、きみの方が傷ついているだろう」

そこで私のことを改めてしげしげと見た。

「しかし崇はなかなか女の趣味がいいな。さすが私の息子だけのことは、ある」

ニヤリと笑うと、出ていってしまった。

セクハラだけど、あまり気にならない。

後に残った新島は、我々の前で大恥をかかされた格好になった。

眉間《みけん》に深い皺《しわ》を寄せ、どす黒い顔色で、ねっとりとした脂汗《あぶらあせ》を吹き出させている。

「室長！　ちょっと話がある！」

そう言って、自分から室長室に入っていった。ネコが居なくなるとネズミが騒ぐというが、副総理が帰った途端に威張り散らすのか。

室長はヤレヤレという表情で苦笑しながら、そのあとに続いた。

やりとりが気になる私たちも、ドアを少し開けて、中を覗いた。覗き見&盗聴だ。

「副総理の、あれはなんだ！　お前ら一体、どんな手を使った？」

「ハイ、ですから新島秘書官、私ども、お立場は重々判るんでございますがね、これ、ちょっと悪質でございましょう？」

「悪質って、何がだ！　どうしてここで副総理が出て来て、私に向かってああいう事を言うんだ？　どうして私が副総理にあれこれ指図《さしず》されなきゃいけないんだ？　全部お前らが仕組んだことか？　そうだろう？」

「いえいえ滅相《めっそう》もない。私どもは一同、衷心《ちゅうしん》より秘書官の御為《おんため》を考えているわけでして。そこで、いかがでしょう、秘書官。今ここで最も重要なことは何かと考えますとですな、その、問題の人物が連続殺人犯であるということです。そうですよね？」

「そうだ！」

新島はそう言った。

「ですからね、この一件に秘書官が関係なさるとですね、万が一にもお怪我《けが》でもございますと、ひいては総理にもご迷惑が」

「そうだ。それこそが断じてあってはならないことだ！　仮にそうなった場合、お前らのせいだぞ。飼い犬に手を噛《か》まれるとはこのことだ！　何がなんでもタザ……いや、問題の人物をキチ×イということにしてしまえ！」

さすがに田崎の名前を出さないだけの分別《ふんべつ》はあるようだ。

「検察と捜査一課に手を回せ。適当な鑑定医を見繕《みつくろ》って押しつけろ！」

「お言葉ですが秘書官、今、そこまでのことをやってしまいますと、さすがに秘書官のお名前に傷がつくかと。人の口には戸は立てられない、そう申しますでしょう？」

室長は暗に、もはや隠蔽工作は不可能だと匂わせている。

「そうなりますれば、私どもにもどうしようもなくなってしまいまして、申し訳ないことにもなりますので」

「だからお前たちはその『人の口に戸を立てる』ための部署だろうが！　たかがドブ浚《さら》いの分際《ぶんざい》でエラそうな口を利くな！　身の程を知って、自分の職責を果たせ！」

そこまで言われて、私は我慢できなくなった。

気がついたときにはドアを開けて、新島に怒鳴っていた。

「お断りします。私たちは、ドアを開けて、人殺しに罪を逃れさせる仕事なんて、絶対にやりません！」

「なんだオマエは……裏切った上に、盗み聞きか！」

新島は私を見てさらに激昂した。

「この不良職員めが！」

「不良なのはどっちですか！」

言い返した私に、等々力さんが「きみ、なんてことを言うんだ！」と注意をしたが、声の大きさにも張りにもまるで迫力がなく、その叱責は本当に「表面上の、カタチだけ」のモノだった。本心では「やれやれ！　もっとやれ!!」と目で訴えている。

石川さんは、といえばハッキリ私を援護してくれた。

「秘書官。お言葉ですがウチの上白河は民間人二名の命を救った上に、放置するとあと何人殺すか判らない犯人を捕らえたんですよ！　評価こそすれ、叱責には当たりません！」

「まあまあ君たち……落ち着いて。まあねえ、宮仕《みやづか》えが長くなって、権力の中枢にいて、何でもかんでも自分の思い通りになるのを目《ま》の当たりにすれば、どんな優秀な人間でも、まあそれなりにね、変わってはいくものだ」

津島さんは無難な「そもそも論」でこの場を収めるつもりなのか。しかし。

「だが優秀じゃないモノは、どんどんおかしな方向に暴走していく。我々はまさに、その生きた事例を目の当たりにしているわけだよ。以《もっ》て瞑《めい》すべしとはこのことだろうね」

津島さんは真面目《まじめ》くさって、言った。新島は怒りのあまりか、何を言われたのかにさえ気づいていないようだ。

そこにすかさず室長が割って入った。

「……それにでございますな、秘書官。副総理があであでございましたから、すでに党内でもいろんな動きが出始めているやに聞いております。これ以上、下手に工作なさいますと、およそ秘書官のお為にはならないかと……」

室長は慇懃無礼《いんぎんぶれい》に、新島を切り捨てる動きがあることを匂わせているのだ。

「秘書官はドブ浚いとおっしゃられましたが、ドブの中にもいろいろな情報がございます。私どもも、ただボーッと、官房副長官に連なっておるのではないわけでして」

「きっ、きみは副総理のアレを……叱責を事前に知っていたというのか？」

「さあ、何のことでございましょう？」

室長は、完全にすっとぼけた。

新島は肩を落とし室長に背を向けた。その背中に、室長は追い打ちをかけた。

「どうも、ご理解を賜《たまわ》りましてありがとうございます。私もこの件、失念させていただきますので……それでは、ごめんくださいませ」

新島の顔が歪んだのを、出口で扉を押さえていた私はハッキリと見た。

総理首席秘書官が立ち去った後、室長は、ニッコリと微笑《ほほえ》んで私たちに言った。

「津島くん。以て瞑すべしというのは、宿願《しゅくがん》を果たして安心して死ぬことができる、という意味だぞ。まだまだ死ぬわけにはいかんよ、きみ」

エピローグ

「しかし……室長が最後の最後で、そういう手練手管《てれんてくだ》を使ったとはな！」

一件落着した「お疲れ会」で、津島さんが改めて驚いてみせた。

赤坂見附《あかさかみつけ》の居酒屋で、何か理由を見つけては「お疲れ会」をやるのが、官房副長官室の恒例らしい。オヤジしかいない職場ならではの文化だろう。でも、私は嫌いではない。お酒は一人で飲むよりワイワイ飲んだ方が楽しいし、食事だってそうだ。なんだかんだ言って、ゾクをまとめていた時代は、私にとって楽しかったのだ。

「等々力くんにそういう特技があることも知らなかったぞ」

津島さんは赤い顔を等々力さんに近づけて肩を抱いた。

「止めてくださいよ。そういう過剰《かじょう》なスキンシップ、苦手なんですよ」

「なんですか、等々力さんの『特技』って？」

何も知らない私に石川さんが教えてくれた。

「等々力さんは、アイコラの名手として、一部では知られている存在なんだよ。静止画の顔すげ替えならやるヤツは多いけど、動画となると、なかなか……」

「まあそれで、訴えられかかったこともあるんですが」

等々力さんはそう白状して、モロキュウを齧《かじ》った。

「そういう趣味は、ほどほどにしておいてくださいよ。能ある鷹《たか》は爪を隠すと申しますしね」

今回は特別に私がお願いしてやっていただきましたが、と室長は温厚な口調で言った。

そうか。副総理の言った「ヘタクソな合成」をやってのけたのは等々力さんか。てらだ岳志と私のあのビデオは、室長の発案でアイコラの隠れた名手・等々力さんの手によって加工されていたのだ。本当に「ヘタクソ」なのかどうかは知る由《よし》もないが、崇がホテルの部屋に入って来るくだりが実際のものである以上、編集で限りなく「本物」に見せることが出来たのだろう。

そして崇とてらだ岳志の顔をすげ替えたその捏造《ねつぞう》ビデオを、室長は崇の継母《ままはは》に見せたのだ。

鴨居夫人があれほど激怒し、未成年淫行《いんこう》だのあばずれだのと私を罵《ののし》ったのも、副総理がニヤニヤしていたのも、全部それが理由だ。

それは、崇の父親の副総理を、土壇場《どたんば》で動かすためだったのだ。

「いやあね、私も、理不尽《りふじん》な圧力には屈しない自信はあるんですが、相手があの男だと、万が一のこともありますから、その保険という意味でもね」

「それが、鴨居龍三《りゆうぞう》副総理を引っ張り出すことだったんですね！」

石川さんは畏怖《いふ》の表情で室長を見た。

「まさに九回裏逆転満塁ホームラン！」

「室長は、こういう事をするところが怖いんだ」

等々力さんにも怖がられてしまった室長は、いやいやと笑みを浮かべて冷酒を飲み干した。

新島総理首席秘書官はその後、「一身上の都合で辞任」する素振《そぶ》りを見せたが、「総理の強い慰留《いりゆう》」があって職に留まっている。要するに、何もなかったような顔で、シレッと執務しているということだ。だが津島さんによれば「少しは大人しくなった」らしい。

「田崎に対する殺人教唆《きようさ》に関しては、たぶん、立件出来ないだろう。新島はひとことも言質《げんち》を与えていないし、そもそもが証拠もない。司法としてはせいぜい田崎の刑事責任能力を認定して、実刑に処するのが限界だ」

等々力さんが悔しそうに言った。

「まあ、現実はこんなもんだ。あの総理は、腹心の大失敗を屁《へ》とも思ってないんだろう。責任は『痛感』するもので、取らなくてもいいからな。国民もそれを許している」

一番効くお灸《きゆう》は、選挙で大敗する事なんだが、と津島さんは言った。

「腹心の大失敗」と津島さんは言ったが、政権批判を封じるために二人の命が失われ、一人が狙われたのだ、決して軽いことではない。過剰《かじょう》に忖度《そんたく》した田崎が、歪《ゆが》んだ正義感に駆り立てられ暴走したと言っても言い訳にはならない。本来なら裁きが下されるべきだ。実行犯の田崎はもちろん、教唆した人物に対しても。

「まあ、正論が通らないのが政治の世界です」

悟《さと》ったように言う室長に、津島さんも畏怖の表情だ。

「しかし室長は怖いですからな。『総理の本当にヤバい案件』を温存してるんだから……だから官邸も、ウチを脅《おど》すだけ脅すけど、最終手段を講じてこないわけで」

みんな判ったような顔をしているが、その『総理の本当にヤバい案件』とは何だろう？ 津島さんも、等々力さんも、そして石川さんも教えてくれない。

もしかすると、それは一種の都市伝説みたいなモノなのかもしれないが……。

「とはいえ、コラージュの件で一番迷惑を蒙《こうむ》ったのは上白河くんだったね。これについてはきちんと謝らねばね。申し訳なかった」

室長は居ずまいを正して、私に頭を下げてくれた。

だが、祟の顔をコラージュした捏造ビデオを見せられた私は驚愕《きょうがく》し呆《あき》れかえり、怒りや恥ずかしさという以前に……あまりの馬鹿馬鹿しさに思わず笑ってしまったのだ。

しかし笑って済ませることでもない。

「私はまあ、いいとして……いくら本人の同意を取っていたとしても、あの出来損ないのドラ息子は未成年ですよ？　児童虐待《ぎゃくたい》じゃないんですか？　倫理《りんり》的には、やっぱり問題が残るんじゃないかと」

「いやそれはきみの言うとおりだ。まったくもってその通り。超法規的とは言っても、倫理を無視していいことにはならないからね」

と、室長が再度私に頭を下げたところに、崇がやってきた。

「こらこら。崇くん。ここは未成年者が来るところじゃないよ」

津島さんが半分冗談で注意した。

「あっちの席では家族連れが食事してますけど？　まあいいじゃないですかビールくらい」

崇はそう言って図々《ずうずう》しく席に交じってしまった。

「ビールはダメ！」

と私は言ったが、聞いちゃいない、という雰囲気で崇は身を乗り出してきた。

「で、あんた、ナニ喋《しゃべ》ってたの？　室長にナニを謝られてたの？　どっちかっつーと、謝るのは、アンタの方じゃね？」

「なに言ってるのよ。未成年であるアンタの事を心配してたのよ！」

例の……ビデオの件で、と言い返すと、崇は笑い出した。

「おれ？　だからおれなら全然かまわないんだって。だいたい減るもんじゃねえし、あんな、ネトウヨイケメン野郎よりおれのほうが百万倍イケてるし、ぶっちゃけあんたと……ああなってもいいって思ってるし」

崇の声はだんだん小さくなる。

「ありえません！」

私はキッパリと言った。

「百万年経っても絶対、無理。あんたとなんて！　だいたいアンタ、どうして私の行くところ行くとところに現れるのよ？　福生もそうだし、柊さんのマンションの外にも居たでしょ？　あの時のホテルにも……あの時は助かったけど……それに、ここにも来ちゃって。アンタなに？　私のストーカー？　親の名前を使って私のスマホの位置情報とか知ってるわけ？」

気がついたら、一気にまくし立てていた。

「だいたいあんた、親の七光りの」

「ストップ誹謗中傷《ひぼうちゆうしよう》！　ダメぜったい言葉の暴力！　おれ、諦《あきら》めないからね」

崇と言い合いながら頬がカッと熱くなっていることに私は気づいた。それが怒りなのか恥ずかしさなのか、それともそれ以外の何かなのか、混乱している私には、もはや何がなんだか判らなくなっていた。

参考文献

『官邸官僚　安倍一強を支えた側近政治の罪』森功（二〇一九）文藝春秋
『ふたりの怪物 二階俊博と菅義偉』大下英治（二〇一九）エムディエヌコーポレーション
『自衛隊最強の部隊へ―偵察・潜入・サバイバル編』二見龍（二〇一九）誠文堂新光社
『自衛隊最強の部隊へ―戦法開発・模擬戦闘編』二見龍（二〇二〇）誠文堂新光社
『ザ・必殺術』マスター・ヘイ・ロン／ブラッドリー・J・シュタイナー著
天海陸・田丸鐘訳（二〇〇二）第三書館
『殺人捜査のウラ側がズバリ！　わかる本』謎解きゼミナール編（二〇一〇）
KAWADE 夢文庫
『「捜査本部」というすごい仕組み』澤井康生（二〇一三）マイナビ新書

この作品はフィクションであり、登場する人物および団体は、実在するものといっさい関係ありません。

内閣裏官房

一〇〇字書評

切り取り線

購買動機（新聞、雑誌名を記入するか、あるいは○をつけてください）

□（　　　　　　　　　　　　）の広告を見て
□（　　　　　　　　　　　　）の書評を見て
□ 知人のすすめで　　　　□ タイトルに惹かれて
□ カバーが良かったから　　□ 内容が面白そうだから
□ 好きな作家だから　　　　□ 好きな分野の本だから

・最近、最も感銘を受けた作品名をお書き下さい

・あなたのお好きな作家名をお書き下さい

・その他、ご要望がありましたらお書き下さい

住所	〒				
氏名		職業		年齢	
Eメール	※携帯には配信できません		新刊情報等のメール配信を 希望する・しない		

この本の感想を、編集部までお寄せいただけたらありがたく存じます。今後の企画の参考にさせていただきます。Eメールでも結構です。

いただいた「一〇〇字書評」は、新聞・雑誌等に紹介させていただくことがあります。その場合はお礼として特製図書カードを差し上げます。

前ページの原稿用紙に書評をお書きの上、切り取り、左記までお送り下さい。宛先の住所は不要です。

なお、ご記入いただいたお名前、ご住所等は、書評紹介の事前了解、謝礼のお届けのためだけに利用し、そのほかの目的のために利用することはありません。

〒一〇一－八七〇一
祥伝社文庫編集長　清水寿明
電話　〇三（三二六五）二〇八〇

祥伝社ホームページの「ブックレビュー」からも、書き込めます。
www.shodensha.co.jp/bookreview

祥伝社文庫

内閣裏官房《ないかくうらかんぼう》

令和 2 年 8 月 30 日　初版第 1 刷発行
令和 5 年 3 月 1 日　　　第 6 刷発行

著　者　安達《あだち》 瑶《よう》
発行者　辻　浩明
発行所　祥伝社《しょうでんしゃ》
東京都千代田区神田神保町 3-3
〒101-8701
電話　03（3265）2081（販売部）
電話　03（3265）2080（編集部）
電話　03（3265）3622（業務部）
www.shodensha.co.jp

印刷所　萩原印刷
製本所　ナショナル製本
カバーフォーマットデザイン　芥 陽子

Printed in Japan ©2020, Yo Adachi　ISBN978-4-396-34654-6 C0193

祥伝社文庫の好評既刊

安達　瑶
闇の流儀　悪漢刑事
狙われた黒い絆――。盟友のヤクザと共に窮地に陥った佐脇。警察と暴力団、相容れられぬ二人の行方は⁉

安達　瑶
正義死すべし　悪漢刑事
現職刑事が逮捕⁉　県警幹部、元判事が必死に隠す司法の〝闇〟とは？　別件逮捕された佐脇が立ち向かう！

安達　瑶
殺しの口づけ　悪漢刑事
不審な焼死、自殺、交通事故死……。不可解な事件の陰には謎の美女が。佐脇の封印された過去が明らかに⁉

安達　瑶
生贄《いけにえ》の羊　悪漢刑事
警察庁への出向命令。半グレ集団の暗躍、庁内の覇権争い、踏み躙《にじ》られた少女たちの夢――佐脇、怒りの暴走！

安達　瑶
闇の狙撃手　悪漢刑事
汚職と失踪――市長は捕まり、若い女性は消える街、眞神《まがみ》市。乗り込んだ佐脇も標的にされ、絶体絶命の危機に！

安達　瑶
強欲　新・悪漢刑事
最低最悪の刑事・佐脇が帰ってきた！　だが古巣の鳴海《なるみ》署は美人署長の下、人心一新、すべてが変わっていた……。